de Bibliotheek

Breda   Teteringen

D0996367

EEN ONVERWACHT WEERZIEN

Karin Peters

Een onverwacht weerzien

Westfriesland

www.uitgeverijwestfriesland.nl

ISBN 978 90 205 3046 9
NUR 344

Eerste druk in deze uitgave
Oorspronkelijke uitgave © 1988, Uitgeverij Kok, Kampen
Omslagontwerp: Hendriks grafische vormgeving, Kampen
© 2011, Uitgeverij Westfriesland, Utrecht

Alle rechten voorbehouden.

HOOFDSTUK 1

'En dit zijn dus theerozen.' De jongen raakte voorzichtig de zacht-roze bloem aan.

'Die zet je op tafel als je theedrinkt,' proestte het meisje.

'O, Claartje,' lachte Michel van Oeveren. De blik die hij het meisje toewierp grensde aan verering, maar zij merkte het niet op. Ze was pas zestien en hoewel ongelooflijk romantisch, kwam het absoluut niet in haar op dat Michel, de zoon van hun tuinman, verliefd op haar zou kunnen zijn. Ze vond hem reuze aardig. Ze kon hem alles vragen, hij stond altijd voor haar klaar. Of het nu was om haar fiets-band op te pompen, of haar regenkleding naar school te brengen als er een onverwachte bui losbarstte, Michel was er altijd. Ze speelde al met hem toen ze nog een kind was, dit tegen de zin van haar moeder, de statige mevrouw Robberts.

Haar moeder had niets tegen de jongen, beweerde ze. Maar ze was van mening dat haar dochter niets van waarde van hem kon leren. Michel had alleen de lagere school gehad, terwijl Claartje de middelbare meisjesschool volgde. Daarbij, mensen van het soort van Michel en zijn ouders kenden ook geen manieren, vond ze. Wat wisten zij bijvoorbeeld af van een goed glas wijn, van het feestelijk dekken van een tafel? Michels moeder, die als huishoudster bij haar werkte, raakte soms nog in de war met het verschillende bestek. Dat was in de ogen van Claartjes moeder onvergeeflijk.

Toch, wat de omgang met Michel betreft, had Clare haar eigen zin gedaan. Ze ontvluchtte soms de sfeer in huis. Altijd maar deftig en je netjes moeten gedragen, het hing haar soms mijlen de keel uit.

Clare was een levenslustig, vrolijk meisje met stralende diepblauwe ogen en haren in een warme kastanjekleur. Een kleur die volgens haar moeder bijna onfatsoenlijk was. Daarom moest ze die haren zoveel mogelijk wegstoppen onder een muts of hoedje.

Deze middag had ze echter niets op haar hoofd. Moeder rustte, ze had weer last van hoofdpijn. In die rustuurtjes was Clare in de tuin, de plaats waar ze het liefst was. Voor het eerst viel haar nu Michels bewonderende blik op en ze kleurde een beetje.

'Wat heb je toch prachtig haar,' zei de jongen. 'Het lijkt wel of het licht geeft als de zon erop schijnt.'

'Ik zou blond haar willen hebben, zoals jij,' beweerde ze.

'Je bent mal,' viel Michel verontwaardigd uit. 'Heb je weleens kastanjes geraapt in de herfst? Als ze pas gevallen zijn en nog glanzen? Daar lijkt jouw haar op...'

'Ach, schei toch uit.' Clare vond het ineens nogal overdreven. 'Heb je al gehoord dat we logés krijgen?'

'Moeder vertelde het.' Hij zei er niet bij dat zijn moeder had gemopperd dat dit weer een massa extra werk zou geven.

Twee jongeheren uit Engeland. Twee meer om achterna te lopen. En daarbij kon ze hen ook niet verstaan.

Clare rekte zich uit en hij nam haar sierlijke figuurtje in zich op.

'Ze zullen mij vast mee uit nemen. Dat lijkt me leuk. Het is hier vaak saai.'

Hij keek haar na toen ze na een korte groet wegliep. Het golvende haar zwaaide op haar rug. Met heel zijn jongenshart was hij verliefd op dit meisje. Hoewel zijn verstand hem zei dat hij die verliefdheid beter kon vergeten, dacht zijn hart daar anders over. Als hij maar een glimp van haar opving was zijn dag goed. Maar de laatste tijd had hij het gevoel dat ze hem ontglipte. Ze praatte nog wel met hem, maar haar leven was zo duidelijk anders dan het zijne. Vroeger had hij nog weleens gedroomd. Als ik groot ben haal ik haar weg uit dat sombere huis, bij haar zeurende moeder vandaan. Zij hoort altijd in de zon te leven. Maar nu wist hij dat er anderen zouden komen, die haar veel meer konden geven dan hij ooit zou kunnen. Mooie kleren, sieraden, en personeel niet te vergeten. Hij was maar de zoon van de tuinman, en werkte sinds kort in de fabriek. En hoewel hij droomde dat hij nog eens de baas zou zijn in diezelfde fabriek, ook dan zou hij niet goed genoeg zijn voor Claartje van de notaris.

Toen Clare binnenkwam lag haar moeder nog op de divan.

'Zo kind. Waar ben je geweest?' Haar stem was klagend en ook een beetje verwijtend. Toen Clare zei dat ze uit de tuin kwam, schudde haar moeder het hoofd. Met dezelfde klagende stem zei ze: 'Wat zoek je in de warmte? Je krijgt sproeten van de zon. Heb je weer met die jongen gepraat? Dat zou je niet moeten doen. De manier waarop hij naar je kijkt bevalt me niet. Ik kan me niet voorstellen dat hij zo dom zou zijn zich iets in zijn hoofd te halen wat jou betreft. Maar je weet het maar nooit. Je bent trouwens nog veel te jong, voor welke jongen dan ook.'

'Ach, moeder, ik praat gewoon wat met hem. Michel is aardig.'
Haar moeder zuchtte. 'Als ik maar in staat was geweest meer kinderen te krijgen. Maar nadat jij was geboren werd ik nooit meer echt gezond. Voor die tijd kon ik alles aan. Ik zat in verenigingen, was voorzitster van diverse comités. Maar nadien... ik ben nooit meer sterk geworden.'
'Wanneer komen de jongens?' vroeg ze om haar moeder af te leiden. Clare had dit al meermalen gehoord.
'Ik denk dat het echte jongeheren zijn,' wees haar moeder haar terecht.
'Ze komen morgen in de loop van de middag. Ik hoop dat ik me dan wat fitter voel.'
Clare was ervan overtuigd dat dat het geval zou zijn. Haar moeder zou absoluut die jongeheren willen ontvangen.
Robin, de zoon van tante Paula. De laatste was een zuster van haar vader en woonde in Engeland. Robin bracht een vriend mee die Brian heette.
Meer wist ze er niet van. Maar het leek haar enorm spannend om 'jongeheren' op bezoek te hebben. Daarbij, als Robin ook maar enigszins op zijn moeder leek, konden het dagen worden vol onverwachte gebeurtenissen. Clare had haar tante Paula slechts één keer ontmoet. Zij bleek een zo boeiende persoonlijkheid, sprankelend en zo totaal anders dan haar moeder, dat Clare haar diep bewonderde. Om haar Engels te oefenen schreef zij tante Paula regelmatig.

Toen Clare de volgende middag uit school kwam, waren de jongens er al. Wat verlegen kwam ze binnen. Het eerste wat haar opviel waren de heldergrijze ogen van Brian. Hij stond onmiddellijk op, stelde zich voor en hield haar kleine hand iets te lang vast. Clare kreeg het koud en warm tegelijk. Toen haar ogen de zijne ontmoetten sloeg haar hart enkele slagen over.
Ook Robin, haar neef, was een aantrekkelijke jongeman. Hij zag eruit of hij wist wat hij wilde. En zijn donkere, intelligente ogen hadden onmiddellijk gezien wat er met zijn vriend was gebeurd toen Clare binnenkwam. Toen het meisje zich tot hem wendde, en enkele vragen stelde, naar zijn moeder vroeg en naar de reis, voelde hij haar interesse voor Brian. Hij vroeg zich af of hij Brian moest waarschuwen zich wat in te houden. Hij wist dat zijn vriend zeer romantisch was. Dit was waarschijnlijk een erfenis van diens Ierse voorouders. Aan de andere kant, ze bleven slechts enkele weken en Brian was

niet het type om een onschuldig meisje te verleiden. Dus besloot hij dat hij zich op de achtergrond zou houden.

De enkele weken dat de jongens in Nederland waren wilden ze graag zoveel mogelijk van de omgeving zien. Clare was hun gids. De zomervakantie was juist begonnen dus had ze alle tijd. Ze genoot enorm. Ze namen de trein naar Amsterdam en bekeken de stad.

Hoewel Clare slechts éénmaal in de hoofdstad was geweest en ze veel nieuwe indrukken opdeed, herinnerde ze zich 's avonds in hoofdzaak de blik in Brians ogen, zijn glimlach die speciaal voor haar bestemd leek en de manier waarop hij haar soms voorzichtig aanraakte.

Brian had verteld dat er plannen bestonden dat zijn ouders naar Amerika zouden vertrekken. En ook dat hij misschien niet meeging. Clare droomde dat hij in Europa zou blijven om haar. En dat zij dan gauw bij tante Paula zou gaan logeren en hem daar weer zou ontmoeten.

Als ze in de omgeving bleven van het stadje waar Clare woonde, ging Robin op een gegeven moment vaak een andere richting uit. Omdat, naar zijn zeggen een bepaald museum of een oude stad hem meer interesseerde dan de natuur, waar de andere twee zo gek op schenen te zijn.

Clare en Brian waren verliefd en hadden geen behoefte aan andere mensen.

Brian was helemaal in de ban van dit meisje met haar grappige Engels.

Er kwam een dag dat ze van 's morgens tot 's avonds buiten waren aan de rivier. Ze hadden een picknickmand bij zich die was klaargemaakt door mevrouw Van Oeveren. Toen zij deze aan het inpakken was kwam Michel de keuken binnen. Hij zei eerst niets, stond met de handen in de zakken toe te kijken hoe zijn moeder de stapeltjes sandwiches in de mand legde.

'Gaat ze weer met hen weg?' vroeg hij eindelijk nors.

Zijn moeder knikte. 'Als je bedenkt hoe bang haar moeder altijd is dat ze met verkeerde vrienden optrekt, dan begrijp ik haar niet. Een meisje met twee jongens, het is niet fatsoenlijk.'

'Moeder, de een is een neef van haar. Daarbij, Claartje is nog een kind.'

'Jaja, leer mij de jeugd kennen. Claartje krijgt van die andere jongen alle aandacht die een meisje maar kan wensen. En dat is nou net waar ze op wachtte,' besloot zij met verrassend inzicht.

Toen Clare binnenkwam wierp ze een verlegen blik op Michel. Intuïtief voelde ze aan dat hij het niet leuk vond dat ze zoveel met de twee jongens optrok. En in een behoefte iets aardigs te zeggen, keerde ze zich naar hem toe. 'Zullen wij ook een dag gaan picknicken? Als de jongens weg zijn?'

'Here, bewaar me,' liet mevrouw Van Oeveren zich ontglippen. Ze hoorde haar zoon onmiddellijk toestemmen. Hoewel het in haar aard lag overal direct commentaar op te leveren, hield ze in dit geval haar mond stijf dicht. Ze was ervan overtuigd dat zoiets toch nooit zou gebeuren.

Toen de drie jonge mensen wegfietsten keek Michel ze na. Hij wist dat hij mijlen van hen vandaan stond. Hij in zijn werkkleren, zijn handen vuil van het werken in de tuin, zoals hij altijd op zaterdag deed. Daar die twee heren in kostuums met witte overhemden en glimmende schoenen. En dan de taal die zij spraken. Hij kon er geen woord van volgen terwijl Claartje lustig meebabbelde. Met een gevoel van moedeloosheid liep hij de tuin weer in. Het was of de fleur van de dag af was. Terwijl de zaterdag juist de enige dag was dat hij zich zorgeloos voelde. Omdat hij dan buiten kon werken.

Robin nam al snel een andere route. De andere twee protesteerden niet eens meer, dacht hij grinnikend. Over enkele dagen zouden ze terugkeren naar Engeland. Dat zou een klap voor beiden zijn.

Clare en Brian dachten niet aan het naderende afscheid. Ze waren de hele lange, zonnige dag buiten en er kwam een moment dat een omhelzing niet genoeg was. Daar in die wereld van zon en gras en dansende vlinders hadden ze elkaar lief. Clare ontdekte dat de liefde anders was dan haar moeder altijd be-weerd had. Mevrouw Robberts zei dat mannen alleen aan zichzelf dachten en dat een vrouw zich maar had te schikken. Met een verbeten gezicht had ze haar dochter gewaarschuwd voor mannen en hun zogenaamde liefde. Het ging bij mannen om hun eigen plezier, had ze beweerd.

Clare ontdekte dat Brian in elk geval anders was. Hij was zo lief, zo vriendelijk en later zo mogelijk nog verliefder, dat Clare dacht dat Brian of een uitzondering was, of dat haar ouders het in bepaald opzicht slecht met elkaar hadden getroffen.

Toen ze die middag van meisje vrouw werd, was ze van mening dat deze ervaring iets zo geweldigs was, dat ze het nooit meer zou vergeten.

Na die dag gingen ze er nog enkele malen samen op uit. Robin kreeg meer en meer het gevoel dat hij buitenspel werd gezet. Hij begon zich een beetje ongerust te voelen door de manier waarop die twee met elkaar omgingen. Het verwonderde hem dat Clare's ouders niets merkten. Maar haar vader was de hele dag op kantoor en haar moeder was vooral met zichzelf bezig.

De dag kwam dat ze afscheid moesten nemen. Het viel Robin op dat het afscheid hartelijk was maar dat ze zich alle twee prima in de hand hadden. Hij wist niet dat ze de vorige dag al onstuimig afscheid hadden genomen met de belofte elkaar te schrijven en de afspraak dat Clare zou proberen in de kerstvakantie naar Engeland te komen. Tante Paula zou haar vast wel willen uitnodigen.

Daarna gingen de dagen voorbij en ze waren voor Clare allemaal gelijk. Het leek of de kleuren buiten minder fel waren, of de zon minder uitbundig scheen. Vaak zat ze op haar kamer te dromen.

Toen kwam de eerste brief. Haar moeder had deze het eerst in handen en het was Claartjes geluk dat zij erbij was, anders had mevrouw Robberts de brief zeker gelezen.

'Waarom krijg jij een brief van die jongen,' vroeg ze scherp.

'Dat is toch gewoon,' antwoordde haar dochter. 'We zijn twee weken samen opgetrokken.'

'De beleefdheid eist dat hij míj een brief schrijft, als dank voor de logeerpartij.'

Clare antwoordde niet. Haar moeder had zich nauwelijks met de jongens bemoeid. Mevrouw Van Oeveren had gekookt en de logeerkamer schoongehouden.

'Je bent nog veel te jong om met heren een briefwisseling te onderhouden,' zei haar moeder dan. 'Daarbij, deze Brian is maar een gewone jongen. Geld heeft hij niet.'

'Ik hoef toch geen jongen met geld te trouwen,' meende haar dochter. 'Wij zijn zelf rijk.'

'Trouwen? Waar denk je aan! En rijk zijn... Weet je wel hoe duur een huishouden is? We hebben een tuinman en een huishoudster.'

Het was inderdaad waar dat de meeste kennissen minder personeel hadden, dacht Clare. Er kwam hier ook nog één keer in de week een werkster. Maar ja, mama was niet sterk, ze kon eigenlijk niets zelf. Ze stak haar hand uit naar de brief en haar moeder gaf deze met tegenzin over.

'Ik hoop dat het de eerste en de laatste is,' merkte ze wrevelig op. 'Dit geeft geen pas. Je bent nog veel te jong.'

Als moeder toch eens alles wist, griezelde Clara, terwijl ze met de

brief naar boven ging. Dan zou ze vast nooit meer van haar hoofdpijn afkomen, dacht ze cynisch.

Op haar kamer gekomen, draaide ze de sleutel om. Met een kussen
in haar rug ging ze op bed zitten en begon te lezen. Het eerste gedeelte was vol van hoeveel hij van haar hield. Ze genoot en verlangde naar hem. Een volgende passage deed haar schrikken:

> *Over twee weken vertrekken we naar Amerika. Alles is al gere-
> geld. Ik moet mee. Mijn vader wacht daar een gouden toe-
> komst. Het schijnt zo te zijn dat je in Amerika heel snel geld
> kunt verdienen. Mijn vader weet al een goede positie voor mij.
> Als ik geld verdiend heb, kom ik over enkele jaren terug om jou
> te halen. Dus ook als het wat langer duurt, blijf op mij wach-
> ten! In mijn volgende brief zal ik je mijn adres in Amerika stu-
> ren. Als jij mij snel terugschrijft, krijg ik de jouwe nog in Enge-
> land. In gedachten ben ik bij je en zie ik je mooie ogen. Iedere
> avond om tien uur zal ik naar de poolster kijken. Doe jij dat
> ook, dan zijn we toch even dicht bij elkaar...*

De brief ging nog romantischer door, maar dat nam niet weg dat de
tranen Clare over de wangen liepen. Amerika, dat was aan het andere eind van de wereld! Hoe lang zou ze moeten wachten? Hij had
het over jaren...

Ze schreef dezelfde dag nog terug. Ze vertelde hoeveel ze van hem
hield en dat hij altijd de enige zou blijven... Het zou zeker twee
weken of iets langer duren voor ze antwoord zou krijgen.

In die twee weken bekroop een angstig gevoel haar.

Toen er weer twee weken verlopen waren, toog ze naar de bibliotheek en las een paar medische boeken. Veel voorlichting had ze niet
gekregen, maar ze begreep al snel dat ze een kind verwachtte... Van
Brian, een jongeman die ze niet kon bereiken en die op het punt
stond naar Amerika te emigreren. En ze had zijn adres niet!

Terwijl ze leefde tussen vrees en hoop, veranderde ze van een jong
meisje in een zorgelijke jonge vrouw. Het zou minder erg zijn als ze
maar iets van Brian hoorde. Maar er kwam geen brief meer. Eerst
verdacht ze haar moeder ervan dat ze de brieven onderschepte. Maar
toen die een keer meldde dat ze het verstandig van 'die Engelse jongen' vond dat hij niet meer schreef, verwierp ze die gedachte.

Er was niemand die ze in vertrouwen kon nemen. Van haar moeder
hoefde ze geen steun te verwachten, haar vader leefde voor het no-

tariaat en aan de strenge huisarts durfde ze niet te denken. Ook tante Paula schrijven, of Robin, dorst ze niet. Soms dacht ze aan Michel. In haar wanhoop en angst kwam soms een oplossing bij haar op, die ze eerst wegduwde, maar die telkens weer bij haar terugkwam...

HOOFDSTUK 2

Toen ze op een morgen duizelig en misselijk aan de ontbijttafel zat begreep ze dat ze niet lang meer kon wachten. Het was die dag zaterdag en mooi nazomerweer. Toen ze in de keuken aan mevrouw Van Oeveren vroeg waar Michel was, keek deze haar onderzoekend aan. 'We zouden nog een keer picknicken,' verklaarde het meisje.

Mevrouw Van Oeveren zei met duidelijke tegenzin dat Michel in de schuur was en keek het meisje door het raam na. Er was iets met Clare. Ze was veranderd, leek ouder, volwassener ook. Het beviel haar niets dat ze opnieuw contact zocht met Michel. Ze bracht die jongen het hoofd op hol.

Toen Clare wat later met Michel in de keuken kwam en zijn moeder de blik vol aanbidding zag die hij het meisje toewierp, beviel het haar nog minder. Ze begon echter met het klaarmaken van de mand. Michel ging nog even naar huis om iets anders aan te trekken.

'Waarom wil je met hem... eh, de dag doorbrengen,' vroeg ze Clare. 'Ik voel me een beetje alleen. U vindt het toch wel goed?'

'Als ik het niet goedvind zal het toch wel doorgaan,' mopperde mevrouw Van Oeveren. Tenslotte, Clare wilde het, haar zoon was onmiddellijk enthousiast, ze zouden naar haar niet luisteren. Daarbij, Michel was een knappe jongen, ze was trots op hem. Misschien was het wel goed dat hij met iemand omging die zoveel hoger was. Dat kon hem nog weleens van pas komen.

Michel was helemaal in de wolken toen hij wat later met Clare wegfietste. Zou ze hem toch aardiger vinden dan hij had durven hopen? Het kwam tenslotte vaker voor, een gewone jongen met een rijk meisje, of andersom. En als hij zo rijk was als Clare zou het hem totaal niet kunnen schelen, al was zij de dochter van een vuilnisman.

Toen ze eenmaal een mooi plekje in het bos hadden gevonden was hij een en al zorgzaamheid. Hij spreidde de plaid voor haar uit, ging naast haar zitten, maar niet té dichtbij. Hoewel Clare al die goede zorgen nauwelijks op scheen te merken. Ze was gaan zitten met de handen om haar knieën gevouwen en haar gedachten leken ver weg. Toen de stilte bleef duren verbrak hij die door te vragen: 'Is er iets, Claartje?'

'Noem me toch niet zo,' viel ze uit. 'Ik heet Clare, en ik ben geen kind meer.' En toen ze zijn gezicht zag: 'Neem me niet kwalijk. Alles is ook zo moeilijk.' Waarop de tranen begonnen te vloeien.

Michel schoof wat dichter naar haar toe, legde een hand op haar schouder.

'Huil toch niet. Ik wil alles wel voor je doen... Heus, als ik je ergens mee kan helpen.' Voorzichtig veegde hij een traan weg die langs haar neus liep. Ze leek zo teer en breekbaar, hij zou haar wel altijd willen beschermen.

'Je wilt alles voor me doen?' herhaalde Clare. 'En als ik je nu eens vroeg met mij te trouwen?'

'Trouwen? Ach, maak daar geen grapje over. Je moet allang weten dat ik van je houd.'

Ze keek hem eindelijk aan. 'Ik meen het, Michel. Ik kan namelijk geen kant meer uit. Ik ben in verwachting van Brian. Hij is in Amerika. Wat moet ik doen? Mijn ouders zullen de schande niet overleven.'

Ze merkte dat Michel zijn hand wegnam en voelde zich ineens vreemd kwetsbaar. Michel kon haar een gevoel van veiligheid geven, dacht ze.

'Waarom kijk je zo? Zo...' aarzelde ze dan.

'Het is vreemd als iemand ineens heel anders blijkt te zijn dan je dacht dat ze was.' Michel streek met zijn hand over het voorhoofd of hij een droombeeld wilde verjagen. 'Je wilt dus met mij trouwen omdat je een kind verwacht? Hoe zullen je ouders daarop reageren? Jij als dochter van de notaris die met de zoon van hun tuinman trouwt?'

'Het gaat niet om hen. Jij... hoe denk jij erover?'

'Wel, ik... Clare, ik houd al heel lang van je. En als jij van mij hield... Maar dat is niet zo, is het wel?' Klonk er toch een sprankje hoop door in zijn stem?

'Ik mag je erg graag, je bent mijn beste vriend. Maar ik houd van Brian. Als dit niet was gebeurd, zou ik nooit aan jou gedacht hebben.'

'Je bent wél eerlijk,' antwoordde hij bitter. 'En als die Brian ooit terugkomt?'

'Het zou laag zijn jou dan in de steek te laten.'

'Ja, dat zou iedereen zeggen. Maar jij... je eigen gevoelens, blijven die buitenspel?' Hij was opgestaan, trok haar ook overeind, hield haar in zijn armen en kuste haar zachtjes.

Clare wilde zich losrukken, maar het was allemaal zo vriendelijk en rustig dat ze roerloos bleef staan.

'Ik zal maken dat je hem vergeet en van mij gaat houden,' zei Michel met het optimisme van een verliefde jongeman van eenentwintig jaar.

Clare besloot het die avond aan haar ouders te vertellen, hetzelfde zou Michel doen. Haar moeder zat te handwerken en haar vader las de krant.
Clare deed of ze las en probeerde intussen een zin te vinden waarmee ze beginnen zou.
'Ik hoorde van mevrouw Van Oeveren dat je met haar zoon bent gaan picknicken,' zei haar moeder dan. 'Je weet dat ik het niet prettig vind als je met hem omgaat.'
'Ach, volgend jaar gaat Clare studeren en dan gaat het vanzelf over,' reageerde haar vader vanachter zijn krant.
Clare haalde diep adem. 'Ik ga niet studeren. Michel en ik gaan trouwen. Ik ben blij dat hij met me wil trouwen. Ik ben in verwachting.'
Dit was zeker niet de voorzichtige manier waarop ze hen had willen voorbereiden.
Haar moeders hand vloog naar haar keel, ze leek naar lucht te happen als een vis op het droge, dacht Clare oneerbiedig. Vader liet zijn krant zakken, keek haar over zijn bril aan.
'Ik vind dit geen leuk grapje,' zei hij boos.
'Denkt u dat ik over zoiets grapjes maak?'
'Wat heeft die... die tuinjongen met je gedaan,' hijgde haar moeder.
'Michel heeft niets gedaan. Het kind is van Brian. En ik wilde het zelf. Niet het kind natuurlijk... maar dat andere... dat wel...'
'Wat zeg je?' Haar moeder kwam half overeind, werd weer terug in haar stoel geduwd door vader.
'Je wilt toch niet zeggen dat je met die Engelsman onder mijn dak... jij, een kind van zestien jaar...'
'Niet onder uw dak.' Terwijl Clare naar de twee verbijsterde mensen keek, was het of ze ouder werd. Op een rustige toon vertelde ze van haar liefde voor Brian. En ook dat hij slechts eenmaal had geschreven en nu in Amerika was en niets wist van het feit dat zij in verwachting was, anders zou hij absoluut... Voor ze die opmerking kon afmaken kwam haar vader ertussen. 'Denk dat maar niet. Als hij het wist zou hij zeker nooit meer iets van zich laten horen.'
'Zo is hij niet. Maar om jullie de schande te besparen van een ongehuwde moeder als dochter bij u in huis, zal ik met Michel trouwen. Hij is een aardige jongen. Misschien kan vader hem ander werk bezorgen en...'
'Dat is onmogelijk,' zei haar vader ferm. 'Je kunt niet met die jongen

trouwen. Je zult arm zijn, dat kan ik niet toestaan. En dan het stands-verschil. Je bent zo heel anders opgevoed. Er is nog wel een andere mogelijkheid. Ik heb een vriend in de stad, hij is arts en...'

Nu was het Clares beurt om spierwit overeind te komen. 'Nooit van mijn leven. Het is Brians kind en ik wil het houden. Daarom zal ik met Michel trouwen. We hoeven niet arm te zijn. Ik ben immers rijk en...'

'Je moet nu eens en vooral weten dat je dat *niet* bent. Op dit huis rust een hypotheek. Van wat ik verdien kunnen we ruim leven, maar dat is dan ook alles.'

'Mijn dochter met een tuinman,' kreunde haar moeder nu. 'We zou-den je naar tante Paula kunnen sturen tot het kind er is en...'

'Nee,' viel Clare haar hard in de rede. 'Ik doe er geen afstand van.'

Vader was opgestaan, liep langzaam heen en weer. 'Ik geloof dat in-derdaad de enige oplossing is dat ze met die jongen trouwt. Misschien zal men ons bewonderen omdat wij totaal niet op rang of stand let-ten. Niemand behoeft toch te weten dat het kind niet van Michel is. Als ze zo snel mogelijk trouwen... het kind wordt dan te vroeg gebo-ren. Ik zal zo gauw mogelijk naar Van Oeveren gaan om de zaak te bespreken.'

Hierop barstte Clare's moeder uit in een hysterische huilbui.

Enigszins ongeduldig bracht haar man haar een glas water dat hij, in zijn geïrriteerdheid, half over haar japon gooide. Het koude water deed haar naar adem snakken, maar ze leek weer wat gekalmeerd.

'Er moet dus zeer snel iets gebeuren,' zei Clare's vader, die een man van snelle beslissingen bleek.

Hetzelfde zei mevrouw Van Oeveren tegen haar zoon.

'Als het allemaal waar is,' merkte de vader op.

De vrouw wierp een wrevelige blik op haar man. 'Natuurlijk is het waar. Michel liegt niet. Het feit ligt er dus. Het meisje zit in de pro-blemen en Michel moet haar helpen.'

'Dit zal Michel niet gelukkig maken,' waarschuwde zijn vader.

'Ach, wat is geluk.' Michels moeder haalde de schouders op. 'Het is eigenlijk een prachtkans voor Michel. Daarbij is hij dol op dat meis-je.'

'Dat is het juist...' Vader die bij de kachel zat met zijn kousenvoeten op de plaat, knikte om zijn woorden kracht bij te zetten. 'De liefde komt maar van één kant en dat kan nooit goed gaan. En dan... Mi-chel is een gewone jongen die in de fabriek werkt. Wat moet hij met een deftig poppetje als het dochtertje van de notaris.'

'Hij hoeft niet in de fabriek te blijven. Misschien kan hij op kantoor bij de notaris.'

Toen Michel dat later hoorde, zei hij: 'Nooit, moeder. Ik wil geen genadebrood. Trouwens, ik ben het liefste buiten. Als er ooit werk komt waarbij ik buiten kan zijn, dan laat ik de fabriek onmiddellijk in de steek.'

'Goed, goed, we zullen zien.' Zijn moeder wilde hem op dit moment niet tegenspreken. Maar wat er nu stond te gebeuren had ze nooit durven dromen. Dat zij de schoonmoeder zou worden van Clare Robberts, de dochter van de notaris. Misschien dat mevrouw Robberts zich nu ook een beetje zou intomen, en haar wat minder duidelijk zou laten merken dat zij de mindere was.

Clare en Michel trouwden binnen een maand. De bruiloft werd toch een groot gebeuren. Men moest immers de schijn ophouden. Haar moeder had Clare geïnstrueerd haar boeket voor haar buik te houden. Er waren nu eenmaal altijd mensen met scherpe ogen.

Clare beleefde deze dag nauwelijks bewust. Ze aanvaardde de bewondering en liefde van Michel, zoals ze deze al enkele weken als vanzelfsprekend over zich liet komen. Ze koesterde een grote genegenheid voor Michel, maar het leek niet op de gevoelens die Brian in haar had wakker gemaakt. Tot het laatste toe had ze gehoopt dat er een brief van Brian zou komen. Natuurlijk zou niet alles teruggedraaid zijn, maar ze zou iets hebben gehad om zich aan vast te klampen.

Ze kon niet weten dat mevrouw Van Oeveren ook aan enkele brieven dacht die uit Amerika waren gekomen. Brieven die zij had opgevangen en achtergehouden... Brieven die ze thuis voorzichtig had geopend om tot de ontdekking te komen dat ze er geen woord van kon lezen. Ze was er echter van overtuigd dat deze brieven alleen onrust konden brengen. Ze had niemand er iets van verteld en ze op een rustig moment verbrand in het grote keukenfornuis. Ze zorgde er altijd voor de post op te vangen. Maar er was niets meer gekomen. Die jongen zou het wel spoedig opgeven en mocht hij het ooit in zijn hoofd halen terug te komen, dan zou Clare al lang en breed met haar zoon getrouwd zijn.

De trouwplechtigheid werd gevolgd door een grote receptie waarbij het halve stadje kwam feliciteren. De enige die van al die belangstelling genoot was Michels moeder. Ze raakte niet moe te vertellen dat zij het allang aan had zien komen. En dat ze natuurlijk wel een knappe schoondochter kreeg maar dat het nog zeer de vraag was of ze ook iets in het huishouden kon. Maar dan was zijzelf er om het meisje het een en ander te leren.

Clare hoorde dit alles geërgerd aan. Ze mocht Michels moeder niet. Ze had pas de laatste weken gemerkt hoe overheersend ze was.

Haar eigen moeder hield zich deze dag op de achtergrond. Clare wist dat dit een zware dag voor haar was. Dat het voor haar dochter ook het geval was, daar zou ze wel niet bij stilstaan. Het wilde allemaal niet zo tot Clare doordringen.

's Avonds laat werden ze met vaders auto naar het kleine huisje gebracht dat hij voor hen gekocht had. Het was wel heel iets anders dan Clare gewend was. Michel das er echter dolgelukkig mee. Hij vond dat ze enorm hadden geboft met deze woning. Een woonkamer, een keuken en zelfs een aparte slaapkamer.

Clare had met haar moeder wat eenvoudige meubels gekocht en ook het een en ander van thuis meegenomen. Het geheel zag er gezellig maar sober uit.

Toen ze thuiskwamen liet ze zich in een stoel zakken. Ze was erg vermoeid van de hele dag staan en lopen en wreef haar pijnlijke voeten.

Michel knielde bij haar stoel, deed voorzichtig haar schoenen uit. 'Heb je te kleine schoenen gekocht?' vroeg hij, terwijl hij zachtjes haar voeten wreef.

Ze schudde het hoofd. 'Ik had ze in moeten lopen maar daar is niets van gekomen.' Het had haar allemaal te weinig geïnteresseerd, wist ze. Ze had zich nauwelijks op de bruiloft voorbereid.

Ze keek neer op Michels blonde hoofd. Een vreemd gevoel bekroop haar. Hij gedroeg zich als haar bediende. 'We zijn nu gelijk,' zei ze zachtjes.

Hij keek haar aan. 'Ik zal jou nooit als mijn gelijke kunnen beschouwen. Je bent zoiets verhevens voor mij.'

'Alsjeblieft, schei uit. Je zou nu toch moeten weten dat ik maar doodgewoon ben? Ik begrijp jou niet. Je bent met mij getrouwd zonder er ooit over te praten dat ik een kind van een ander verwacht. Van een andere man waar ik van hield, waar ik nog steeds van houd.' Ze wist niet waar de behoefte hem te kwetsen ineens vandaan kwam.

Michel was opgestaan, keek op haar neer. 'Als je geen kind had verwacht zou ik nooit de kans hebben gekregen met je te trouwen. En als je in verwachting was geraakt zonder van die ander te houden zou ik niet met je zijn getrouwd. Dan zou je niet deugen. Laten we maar naar bed gaan.' Zijn ogen waren somber en Clare wist dat ze nu de dag voor hem bedorven had. Maar ze kon immers niet voortdurend doen alsof.

Toen ze in bed lagen deed hij geen poging haar aan te raken en hoewel Clare een beetje angstig was geweest, was ze nu verontwaardigd. Want diep in haar hart had ze zich nieuwsgierig afgevraagd hoe Michel zou zijn.

Intussen vertelde ze zichzelf dat ze het met hem niet anders dan vreselijk gevonden zou hebben. Niets was immers te vergelijken met de liefde die tussen haar en Brian was geweest.

Het was bijna voorjaar toen Clare's zoon werd geboren. Het verliep alles zeer voorspoedig 'voor een eerste', zoals de dokter zei. Ze noemden hem naar Michels vader Frans, maar werd Frank genoemd, hetgeen schoonmama onmiddellijk deed vragen wat er aan de naam Frans mankeerde. En waarom Clare zo deftig bleef doen, ze hoorde nu bij hen.

Het laatste wat Clare wilde was bij haar schoonmoeder horen. Gelukkig nam Michel het voor haar op, zei dat het later alleen maar lastig was als er twee waren die Frans van Oeveren heten.

Vanaf het begin was Clare stapel op het kind. Hoewel de baby veel huilde, ook 's nachts, was zij altijd degene die opstond om het kind te troosten. Michel kwam er nauwelijks aan te pas. Hij deed eerlijke pogingen van het kind te houden, maar hoe meer Frank uiterlijk op Brian ging lijken, hoe moeilijker het voor hem werd. En Clare moedigde hem zeker niet aan het kind ook eens vast te houden of met hem te spelen. Het was of ze het kind alleen voor zichzelf wilde houden.

Terwijl Frank opgroeide van een huilende baby tot een zeurderige peuter en een lastige kleuter, kabbelde hun huwelijk voort of ze al jaren getrouwd waren. Michel was nog steeds dol op Clare en zij was altijd vriendelijk tegen hem. Maar Michel had heel vaak het gevoel dat ze mijlenver weg was met haar gedachten. Als ze met Frank op schoot zat, dromerig voor zich uitstarend, dan wist hij zeker dat ze aan de vader van het kind dacht. Op haar manier hield Clare heus wel van Michel, het was trouwens moeilijk niet van hem te houden. Maar als hij haar liefkoosde moest ze altijd weer aan Brian denken. Ze had Michel gezegd dat ze enkele jaren wilde wachten met een tweede kind omdat Frank anders aandacht te kort zou komen. Misschien had ze daarin wel gelijk, dacht Michel toegeeflijk, want alle aandacht die Frank kreeg moest van zijn moeder komen. Oma Van Oeveren keek nooit naar het kind om, negeerde het zelfs openlijk. En Clare's ouders kwamen heel weinig. Haar moeder was ziekelijk. Men fluisterde dat de notaris geld had verloren met speculeren. Het waren geruchten maar Michel verwachtte ook niet dat de notaris zijn problemen met hem zou bespreken.

Clare was veel met Frank bezig, misschien was het kind daardoor zo lastig, dacht Michel weleens. Hij kon zich absoluut niet alleen vermaken.

Frank was vijf jaar toen zijn zusje werd geboren, dat naar tante Paula werd genoemd. Niet Paula maar Paulette, wat weer het nodige commentaar uitlokte. In de eerste plaats van oma Van Oeveren die beweerde dat Clare te veel boeken las, anders was ze nooit op zo'n naam gekomen. En dan van de notaris die vroeg waarom het meisje geen Louise heette, naar Clare's moeder. Clare zwichtte gedeeltelijk, Paulette's tweede naam werd Louise. Ze kon immers haar vader niet zeggen dat tante Paula veel meer voor haar betekende dan haar eigen moeder. Al die jaren was ze met tante blijven corresponderen. Tantes echtgenoot die Clare nooit had gezien, was overleden en had tante als een zeer rijke vrouw achtergelaten. Ze bewoonde samen met Robin een schitterend landhuis in het zuiden van Engeland.

Robin was leraar en inmiddels verloofd. Naar Brian had Clare nooit durven vragen.

Intussen bracht haar vader regelmatig wat extra's voor hen mee. Soms fruit, of andere luxe etenswaren, maar ook wel geld. Michel verdiende niet zoveel in de fabriek, hij deed zijn werk ook niet met plezier. Michel was niet langer meer zo vrolijk als vroeger en zijn zonnige kijk op de toekomst verdween. Clare voelde zich soms schuldig tegenover hem. Michel was dol op haar en zij voelde nog steeds niet die liefde voor hem, die toch bij een huwelijk hoorde, naar ze meende te weten.

Paulette leek uiterlijk sprekend op haar moeder. Ze was een stil kindje dat zich prima alleen kon vermaken. Frank was vanaf het begin jaloers op zijn zusje en kon het niet hebben als Clare het kind even bij zich nam.

Het gevolg was dat Paulette eigenlijk een beetje werd verwaarloosd, ze was geen kind dat aandacht trok. Michel deed zijn uiterste best het kind die aandacht te geven die ze bij haar moeder te kort kwam. Maar overdag was hij naar zijn werk. Als hij 's avonds het kleine meisje bij zich nam, zat ze of heel stil, of begon te worstelen om los te komen. Van de oma's moest ze het ook niet hebben. Mevrouw Van Oeveren beweerde dat het kind te veel op haar moeder leek en kon er blijkbaar niet toe komen Paulette eens aan te halen. Clare's moeder was te afstandelijk en kwam zelf haast nooit op bezoek. Als ze al kwam klaagde ze voortdurend hoe vreselijk ze het vond dat haar dochter zo moest wonen. In het deftige notarishuis voelde niemand zich echt ontspannen. Ook Clare niet.

Het was in die tijd vlak voor de oorlog dat Clare zo'n behoefte voelde haar hart uit te storten dat ze tante Paula in een brief alles vertelde van Brian. En ook dat Frank diens zoon was.

Tante Paula nam alles nogal laconiek op. Ze schreef onder meer dat Brian al na enkele jaren was teruggekomen en dat hij getrouwd was met zo'n 'echt Amerikaans mens zonder smaak'. Ze schreef ook dat hij geen kinderen had en dat hij een keer naar háár had gevraagd. Waarop tante had verteld dat Claartje getrouwd was en een zoon had.

Hiermee zou het hoofdstuk Brian voorgoed afgesloten moeten zijn, dacht Clare. En in de loop der jaren ging ze ook wel minder aan hem denken. Maar diep in haar hart bleef altijd dat gevoel van onvrede.

Toen de oorlog uitbrak moest Michel enige tijd onderduiken zodat Clare alleen was met de twee kinderen. In die tijd overleden haar ouders vrij kort na elkaar en toen bleek dat ze niet rijk konden gaan leven, zoals oma Van Oeveren altijd had beweerd. Op het huis van haar ouders rustte een hypotheek, evenals op dat van hen. Het gevolg was dat ze nadat alles verkocht was, maar heel weinig overhielden.

Ze verhuisden naar de stad en kwamen te wonen in een smalle straat waar nauwelijks zonlicht kwam. In dat huis werd Martijn geboren. Hij was het kind waar iedereen blij mee was. Geboren in 1945 in een tijd dat menigeen weer hoop kreeg dat de oorlogsjaren echt ten einde liepen.

Clare had dit kind bewust gewild. Voor Michel, omdat ze zich nog altijd schuldig voelde. Hij was lang weggeweest en zijn terugkeer had haar toch een gevoel van geluk gegeven. Er waren dagen dat ze zich vrolijk voelde en nauwelijks aan Brian dacht.

In de oorlog had ze weinig post uit Engeland ontvangen en het was of daardoor ook de afstand tussen haar en haar eerste liefde groter was geworden. Daarbij waren er andere zorgen. Michel verdiende nauwelijks genoeg om van te leven. Clare zag zich genoodzaakt enkele werkhuizen aan te nemen. Het feit dat ze was opgegroeid en opgevoed in zo'n huis als waar ze nu werkte kwam haar goed van pas.

In veel gevallen werd ze gevraagd voor de voorbereiding en de bediening aan tafel als er een diner werd gegeven.

Clare probeerde er wat van te maken en net te doen of ze het plezierig vond te werken. Maar het was moeilijk waardig overeind te blijven, zeker nu hun bestaan zoveel armoediger was geworden.

Mevrouw Van Oeveren vond er voldoening in dat haar deftige schoondochter uiteindelijk toch niets meer was dan zijzelf. Zij woonde in dezelfde straat. Daar had Michel voor gezorgd. Hij was van mening dat zijn moeder nadat zijn vader was overleden niet te ver bij hem uit de buurt moest wonen. Toen Michels vader was overleden was ze buitengewoon flink geweest, zei men. Maar volgens Clare had ze een totaal gebrek aan emoties, wat haar in staat stelde alle problemen verstandelijk te benaderen. De narigheid was dat ze sinds haar mans dood Michel had verkozen als haar persoonlijk bezit. En evenmin als wie ook kon Michel tegen haar op. Het was trouwens te laat om in opstand te komen.

Clare zag nog gebeuren dat, als haar schoonmoeder niet voor zichzelf kon zorgen, ze bij hen zou intrekken en dat niemand daar iets tegen zou kunnen doen. En die tijd was waarschijnlijk niet ver meer want ze was reumatisch. Clare betreurde het vaak dat deze ziekte de gewrichten aantastte en niet haar scherpe tong.

Zij was het er ook niet mee eens geweest dat Michels moeder zo dicht bij hen in de buurt kwam wonen. Maar ze had zich er uiteindelijk bij neergelegd. Ze zette Michel nooit de voet dwars, deed zoveel mogelijk wat hij wilde, schuldig als ze zich nog altijd tegenover hem voelde.

HOOFDSTUK 3

Op 4 april 1952 vierde Martijn van Oeveren zijn zevende verjaardag. Niet dat aan die dag bijzonder veel aandacht werd besteed. Toen hij wakker werd was zijn vader al naar de fabriek, evenals zijn broer Frank.

Zijn zusje was naar school.

Hij kreeg die morgen een flinke schep bruine suiker in zijn pap. Zijn moeder had een nieuwe broek voor hem gemaakt uit een oude van zijn vader, maar daarom niet minder keurig, zoals zij met de moed der wanhoop beweerde. Want Clare, zijn nog jeugdige moeder, was niet handig met naald en draad. Het feit dat zij prachtig kon borduren en Engels en Frans kon lezen en schrijven, deed niets ter zake. Voor een moeder van drie kinderen was het uiterst belangrijk dat zij naaien kon. 'Dat is goud waard,' zoals grootmoeder Van Oeveren beweerde. Nu waren in grootmoeders ogen veel dingen goud waard, en dat waren juist zaken die zijn moeder niet goed kon. Als Martijn zei dat niemand zo goed voor kon lezen als zijn moeder, maakte grootmoeder een snuivend geluid dat betekende dat voorlezen in elk geval geen 'goud waard' was.

Intussen maakte Martijn zich klaar om naar buiten te gaan. Over enkele dagen zou hij naar school gaan en dan was het uit met het spelen.

Clare keek haar jongste zoon na. Het was zo'n parmantig ventje met zijn blonde haar en bruine ogen. Hij was de enige van haar kinderen die op zijn vader leek. Ze was daar nog altijd blij om, ze had soms het gevoel dat ze met Martijn iets had goedgemaakt met Michel.

Ondanks drie kinderen en een zwaar, soms armoedig leven, plus naast haar eigen gezin ook nog twee werkhuizen, zag Clare er jong uit. Ook dat onderscheidde haar van de meeste vrouwen uit de buurt. Vandaag was de enige dag, behalve zondag, dat ze niet het huis uit moest om elders te gaan werken. Het zou haar sieren als ze op zo'n dag haar eigen huis een flinke beurt gaf, dat wist Clare heel goed. En hoewel ze heus wel enkele uren aan het huis besteedde, zorgde ze toch dat er tijd overbleef om te lezen. Boeken die ze leende bij haar werkhuizen. Boeken die haar deden dromen over een ander leven waarin ze het gemakkelijker zou hebben. Maar het bleef bij dromen want Michel, haar vaak sombere en in zichzelf gekeerde echtgenoot, zou nooit iets bereiken in de fabriek. Ze had hem leren kennen als een vrolijke jongen, die had gedacht dat hij in de fabriek binnen korte tijd kon opklimmen van arbeider tot chef. Maar hij was arbeider gebleven. En Frank zou wel dezelfde weg opgaan. Hij werkte ook in de fabriek, was vaak nors en slechtgehumeurd. Hij had een hekel aan iedereen die het beter had dan hijzelf. Vanaf dat hij zich bewust werd dat er mensen waren die zich veel meer konden veroorloven dan zij doordat ze rijk waren, had Frank veel geld willen verdienen. En dan het liefst zonder er iets voor te doen. Na de lagere school had hij geweigerd door te leren, ondanks aandrang van zijn ouders.

En hoewel Michel had beweerd dat 'kennis macht was' had Frank geweigerd ooit nog een boek in te kijken. Frank had nooit met zijn vader overweg gekund en vanaf zijn lagereschoolleeftijd had hij altijd juist dat gedaan wat Michel hem afraadde, of zelfs verbood. Ach, Frank. Hij was haar enige kind dat in liefde was verwekt. Ze mocht niet klagen, zeiden andere vrouwen soms. Een zoon van twintig, een dochter van vijftien, en Paulette was al acht jaar geweest toen haar jongste werd geboren. En hij zou wel de laatste zijn. Er waren vrouwen die ieder jaar een kind kregen. Dat had Michel haar bespaard en daar was ze hem dankbaar voor. Nee, ze mocht niet mopperen. Maar een feit was, dat ze wel iets anders van het leven verwacht had zo'n twintig jaar geleden. Ze zuchtte, zette dan de sombere gedachten van zich af. Er zou vandaag stellig een brief van tante Paula komen, zij schreef altijd als een van de kinderen jarig was. Hoewel, sinds haar zoon Robin anderhalf jaar geleden door een ongeluk was omgekomen, schreef ze minder regelmatig. Arme tante, was er iets ergers denkbaar dan je enig kind verliezen? En hij had haar niets nagelaten, geen schoondochter, geen kleinkinderen.

Tante woonde sinds een halfjaar in Nederland, in een prachtig huis aan de Vecht. Clare was er nog nooit geweest, hoewel tante het haar herhaaldelijk had gevraagd. Maar het was een heel gedoe zo'n treinreis en het kostte ook behoorlijk geld. Michel had het er niet voor over, hoewel hij haar zeker niet zou tegenhouden als ze alleen wilde gaan.

Ze wendde zich eindelijk van het raam af. Ze zou opschieten want een dag thuis was als een geschenk.

Clare dronk haar koffie zonder suiker omdat suiker duur was en ze nog altijd zuinig aan moesten doen. Daarbij kon je suiker missen, volgens haar schoonmoeder, die overal verstand van had. Ze zuchtte in zichzelf. Toen ze Michel trouwde had ze zijn moeder erbij gekregen. Clare had al snel ingezien hoe deze vrouw het leven van haar mannen regelde. Niet voor eigen bestwil maar om haar onverzadigbare behoefte over alles en iedereen de baas te spelen. Het vervelende was alleen dat ze daar zo goed in was, dat ze waarschijnlijk zo vaak gelijk had, dat de familie allang had ingezien hoe dwaas en nutteloos het was zich tegen haar te verzetten.

Clare beschouwde haar als een kruis dat ze moest dragen. Soms was ze bang dat Michels moeder ook haar kleinkinderen zou tiranniseren. Niet Frank, ze deed altijd geraffineerd of hij niet bestond. Frank verwenste haar stiekem, daar was ze zeker van. Maar haar oudste durfde nog niet tegen zijn grootmoeder in opstand te komen. Toen ze de postbode aan zag komen liep ze hem tegemoet. Ze verheugde zich altijd op een brief van tante Paula. Ze vond het niet alleen heerlijk een brief van haar tante te krijgen omdat ze bijzonder op haar gesteld was, maar ook om te testen hoeveel ze nog van haar Engels wist. Om haar een plezier te doen schreef tante altijd in het Engels.

Toen Clare de brief las kwam er langzaam een trek van ongeloof op haar gezicht en toen van verbijstering. Ze las de brief tweemaal, bleef toen geruime tijd roerloos zitten. Het was of binnen in haar heel voorzichtig een teken van hoop werd opgericht. Later borg ze de brief zorgvuldig op, begon ze dan toch maar de kamer een grote beurt te geven. Tijdens het werk kon ze goed nadenken en ze moest eerst zelf een en ander goed overwogen hebben voor ze hierover met Michel praatte.

Na het avondeten toen hij, zoals gewoonlijk, naar zijn moeder wilde gaan, zei ze: 'Zou je wel gaan? Martijn is jarig.'

'Wat maakt dat voor verschil,' bromde hij. 'Gisteren was er een kind van een van de directieleden jarig. Ze reed in een open wagen het terrein rond met een groep kinderen, allemaal vrolijk gekleed. De wagen was versierd met slingers, ze kregen limonade en gebak. Ik hoorde dat ze een gouden horloge kreeg en aandelen in de fabriek.'

Hij keek verstoord naar Clare die in lachen uitbarstte. 'Wat een bespottelijk cadeau voor een kind.'

'Zo'n kind is later rijk,' merkte Frank op. 'Dat is een mooi vooruitzicht.'

'Is rijk zijn alles wat je wilt?' vroeg Paulette nieuwsgierig.

Hij keek zijn zusje aan. 'Ja, en ik zal alles doen om het te worden.'

'Ook stelen?' Martijns grote bruine ogen keken hem met iets van ontzag aan.

'Natuurlijk niet,' antwoordde Clare snel. Ze ving een harde blik op uit Franks grijze ogen en vroeg zich af wat zijn antwoord geweest zou zijn als zij hem niet vóór was geweest.

Even later stond Michel op. Natuurlijk ging hij naar zijn moeder. Clare had niet anders verwacht. Ze was al blij dat hij háár niet vroeg mee te gaan. Nu kon ze de twee jongsten voorlezen.

Toen Michel thuiskwam waren de kinderen al naar bed en gewoontegetrouw vroeg ze: 'Hoe was het?'

'Ze had vandaag veel pijn. Ik vraag me af hoe lang ze het nog redt in haar eentje.'

Dergelijke toespelingen maakte Michel vaker maar Clare ging er nooit op in. 'En op de fabriek, hoe was het daar?' vroeg ze dan.

Bevreemd keek hij haar aan. 'Hoe zou het daar moeten zijn? Dezelfde troep als altijd.'

'Zou je daar weg willen?'

'Wat is dat nou voor een vraag. Wat zou ik anders moeten doen?'

Clare steunde haar kin in de handen en keek hem aan. Iets in haar diepblauwe ogen trof hem. 'Ik moet je iets vertellen,' zei ze zacht.

Hij dacht bliksemsnel na. Ze zou toch niet? 'Verwacht je een kind?' vroeg hij bruusk.

Hij had gelijk spijt van zijn vraag toen ze haar ogen neersloeg.

'Ik dacht... je doet net of je iets... of je een verrassing hebt. En dat zou een verrassing zijn, waar of niet?' Het laatste klonk cynisch.

Ze boog het hoofd nog dieper en zei niets. Zou Michel zich er nooit bij neerleggen dat ze geen liefde kon huichelen? Ze wist heel goed dat hij het haatte als ze zijn liefde gelaten over zich liet komen.

Maar ze kon immers nooit de gevoelens terugroepen die ze had ondergaan in die zomer met Brian.

Het was niet eerlijk. Michel was goed voor haar, hij drong zich nooit op. Weinig mannen zouden... Ze keek op, legde haar hand op de zijne.

'Het spijt me zo,' zei ze zacht. 'Zou je nog een kind willen, Michel?'

Zijn bruine ogen rustten in de hare. 'Ik wil geen kind, ik wil jou. Vroeger dacht ik, op den duur zal ik haar voor me winnen. Eens zal ze helemaal van mij zijn... Maar goed, we dwalen af. Je wilde iets vertellen.'

Clare haalde diep adem. 'Ik kreeg een brief van tante Paula. Je weet dat ze een groot landhuis bewoont aan de Vecht. Ze is een rijke weduwe, maar ze is eenzaam...'

'In je eentje heb je niet veel aan aardse goederen,' beaamde hij.

'Dat schreef ze dus ook. Ze vroeg of wij bij haar willen komen wonen. Ik om in de huishouding te helpen en jij voor de tuin. We zullen geen geldzorgen hebben. De kinderen kunnen naar goede scholen en jij hoeft nooit meer naar de fabriek. Ze schreef mij dat ze er vaak aan dacht dat het enige kind van haar zuster zo sober moet leven terwijl zij het zo goed heeft. Tante Paula is een schat van een vrouw.' Ze keek hem aan. 'Ik weet heus wel dat we hier veel moeten achterlaten, maar...'

'Achterlaten? Wat bijvoorbeeld?'

Ze zag een blik in zijn ogen die haar de adem benam. 'Michel! Wil je?'

'Ik hoef nauwelijks na te denken,' antwoordde hij. 'Wat is hier dat ons bindt. Alleen, moeder...'

Clare hield een moment haar adem in. 'Jij bent niet verantwoordelijk voor haar. Je eigen gezin gaat voor.'

Hij knikte. 'Dat is zo. Maar hoe zal zij dit opnemen? Ze kan meegaan, als ze wil,' ontdekte hij dan.

'Michel! Dat meen je niet.'

'Waarom eigenlijk niet, Clare? Het is een groot huis vertel je me net.'

'Ze zal niet willen,' zei ze hoopvol. 'Buiten wonen is niets voor haar.'

Michel antwoordde niet en Clare dacht bij zichzelf dat haar schoonmoeder meestal anders reageerde dan verwacht werd. Maar het was toch absurd te veronderstellen dat een vrouw van over de zestig jaar alles wat ze had in de steek zou laten om naar een ander deel van het land te verhuizen. Maar als Michel nu eens alles wat ze had vertegenwoordigde? Clare was er niet gerust op. Michel ving haar onzekere blik op. 'We zullen moeten afwachten.'

Waarom ben je niet flink genoeg om te zeggen dat je er niet aan denkt je moeder mee te nemen, dacht ze. Maar ze zei het niet. Ze maakte Michel nooit verwijten. Hij had het zelf al moeilijk genoeg met haar, dacht ze.

'Hoe zullen de kinderen reageren?' vroeg ze zich af.

Michel volgde met zijn vinger een lijn in het tafelkleed, scheen na te denken. Onder de lamp zag ze tussen zijn donkerblonde haar zilveren draden glinsteren. Het ontroerde haar ineens.

'Ze zullen protesteren,' zei hij stellig. 'Maar ze hebben niets in te brengen.'

Nee, zij niet, dacht Clare. Je moeder wel.

Hij keek haar eensklaps aan. 'Ik weet toch niet of het verstandig is, Clare. In een eerste opwelling dacht ik, ik doe het. Weg van de fabriek, buiten wonen. Maar we zullen andere zorgen krijgen.'

'Die krijgen we toch nu de kinderen groter worden. En Frank is al evenmin op zijn plaats in de fabriek.'

Hij stond op. 'Laten we maar gaan slapen.'

Toen ze in bed lagen, piekerde Michel. Altijd was haar eerste en laatste gedachte voor Frank. Soms vroeg hij zich af of ze de andere kinderen wel echt zag. Dacht ze nog altijd aan die jongeman van toen, die Franks vader was, zonder dat hij 't ooit had geweten?

Als ze hem ooit nog eens ontmoette zou ze dan weer verliefd worden? Zou ze haar gezin in de steek laten? Hij was blij dat de kans nihil was dát ze hem ooit zou terugzien.

Hij was namelijk niet zeker hoe ze zou reageren. Hij was zijn hele huwelijk al onzeker over Clare's gevoelens. Hij vroeg zich af of het verstandig was hier weg te gaan. Ze kwamen dan in een totaal andere wereld terecht. De wereld waar Clare eigenlijk vandaan kwam.

Aan de andere kant, hij haatte de fabriek, het werk in de lawaaiige, stoffige ruimte, het wonen in de smalle straat waar alleen 's morgens de zon kwam. Door de hoge gebouwen die direct achter de huizen lagen, lag de straat bijna altijd in de schaduw.

'Laten we tot zaterdagavond wachten met het de kinderen te vertellen,' zei hij in het donker.

Clare knikte, draaide zich op haar zij. Het raam was een vage grijze vlek. Ze stelde zich voor dat ze in een slaapkamer zou liggen, met het raam open en dat er een boom vlakbij stond waarin de vogels nestelden. En dan 's morgens wakker worden door het zingen van een merel. Zo was het vroeger thuis geweest. Hier in de straat hoorde je alleen het gekwetter van de mussen in de dakgoot.

Misschien zouden er zelfs rozen bloeien in de tuin. Bloemen zag ze alleen op de markt en deze zomaar te kopen was nooit in haar opgekomen.

De kinderen zouden Engels kunnen leren. Paulette zou het snel onder de knie hebben, evenals Martijn. Maar Frank zou zich vast niet willen inspannen. Zou Frank eigenlijk mee willen gaan? Hij kon hier niet alleen blijven, hij was net twintig jaar. Frank zou misschien de meeste problemen geven.

Martijn had al de hele week het gevoel dat er iets in de lucht hing. Vader en moeder leken wel voortdurend te lopen denken. Fijngevoelig als Martijn was, had hij dit onmiddellijk in de gaten. Hij kreeg bijvoorbeeld, sinds zijn verjaardag, iedere morgen een grote schep bruine suiker in zijn pap. Dit was heel ongewoon maar hij was wel zo verstandig er niets van te zeggen. Tenslotte wist je het nooit met moeder, als ze in de gaten kreeg dat het heel snel ging met de suiker waren er misschien zondag wel geen koekjes. Want ze moesten altijd zuinig zijn, zoveel wist Martijn wel.

Die zaterdagavond zaten ze allen in het kleine kamertje, zelfs Frank. Maar hij zou vast nog weggaan, dacht Michel. Vader en moeder mopperden erover dat hij de stad inging, maar Frank deed wat hij zelf wilde.

Clare keek de tafel rond, ving de blik op van haar jongste, glimlachte.

'De ogen van dat kind, het is of ze recht in je ziel kijken,' had de dominee eens gezegd. Dat was echt taal voor een dominee, die ging over de ziel van de mensen, tenminste dat zei men. Maar niet over de hare, dacht ze.

Ze keek naar Michel, hij zat bij de kachel, zijn voeten tegen de voorkant.

Wanneer zou hij eens beginnen hun plannen te vertellen. Ze hadden al chocolademelk gedronken, straks moest Martijn toch echt naar bed en het duurde en duurde maar…

Toen Frank zijn stoel krassend achteruitschoof keek Michel op van zijn krant. 'Ik zou vanavond thuisblijven,' zei hij.

'Jij wel. Maar waarom zou ík dat doen? antwoordde Frank strijdlustig.

'Ik heb je iets te zeggen.'

'Dat hoeft toch niet lang te duren. Ze wachten op me.'

'Laat ze wachten. Binnenkort zie je hen nooit meer.'

'Gaan we verhuizen?' Paulette vroeg het hoopvol. Ook zij vond het vreselijk in deze sombere straat.

'Ja, we gaan verhuizen,' beaamde Michel.

'Naar een andere stad? Hebt u ander werk?' vroeg Martijn.

Vertederd keek Clare naar haar jongste. Hij wist dat zijn vader met tegenzin naar de fabriek ging en zo klein als hij was kon hij dat heel goed begrijpen.

'Niet alleen naar een andere stad, naar een ander deel van het land.'

'Amerika?' Frank kwam half overeind uit zijn stoel.

'Amerika is geen deel van dit land,' wees zijn vader hem terecht.

'Ach, hoe zou je dat ook voor elkaar moeten krijgen.' Het klonk minachtend.

Frank was geprikkeld om de terechtwijzing en hij had het gevoel dat zelfs Martijn hem dom vond. Clare wierp haar oudste een waarschuwende blik toe. Het was niet de eerste keer dat hij zijn vader neerbuigend behandelde.

'Laat je moeder de rest maar vertellen,' zei Michel.

Clare keek van de een naar de ander. De twee jongsten keken haar vol verwachting aan. Ze hoopte dat ze hen niet zou teleurstellen.

Ze vertelde hen alles wat ze wist over het huis en de omgeving waar tante Paula woonde. Ze vertelde over het wonen op een buitenplaats waar ze allen een eigen kamer zouden hebben. Waar ze naar een goede school konden gaan en nog veel konden leren. Waar een grote tuin was en...

'Hebben jullie ook aan mij gedacht?' vroeg Frank. 'Ik ga niet meer naar school. Wat kan ik daar doen, wat kan ik bereiken? Ik wil geld verdienen.'

'Voorlopig kun je mij wel helpen in de tuin,' zei zijn vader.

'Ik denk er niet aan. Jullie worden daar niet meer dan personeel voor een excentriek oud mens die uit een land komt waar ze nog butlers hebben. Als dank mogen jullie bij haar inwonen!'

'We zullen zo gauw mogelijk geschikt werk voor je zoeken,' zei Clare snel. 'Als ik tante Paula terugschrijf zal ik haar vragen voor je uit te kijken. Zij kent daar heus wel mensen.'

'Hij kan ook hier blijven,' zei Michel langzaam.

Clare keek haar man aan. Kwam dit zojuist bij hem op of had hij daar al die tijd aan gedacht. Vond hij dit de beste oplossing. Wilde hij dat Frank en zij gescheiden werden? Dat kon niet waar zijn.

'Dat zou je best uitkomen,' zei Frank. 'Nee ouwe, ik ga mee en let op, ik zal me beter redden dan een van jullie. Ik ga het daar maken.'

'Met die tante kun je toch Engels praten,' ontdekte Martijn dan. 'Nou mam, dan wordt het toch nog eens 'goud waard'.' Het kind haalde de woorden van zijn grootmoeder aan, er niet aan denkend dat zijn grootmoeder meestal heel andere dingen bedoelde.

'Grootmoeder gaat ook mee,' zei Michel dan.

Er viel een stilte waarin iedereen elkaar aankeek.

'Dat kun je niet menen,' zei Frank. 'Je wilt dat mens toch niet meenemen? Waar zit je verstand?'

'Frank,' waarschuwde Clare. 'Ze is je vaders moeder.'

'Kan zijn. Maar onmogelijke creaturen zijn wel vaker iemands vader of moeder. Nee, dit is te gek. Hoe komen jullie op die gedachte.'

'Het kan niet anders,' antwoordde zijn vader. 'We kunnen haar hier niet achterlaten.'

'Er zijn genoeg oudere mensen die niet door hun kinderen verzorgd worden.'

Hetzelfde had Clare gezegd en Michel had hetzelfde antwoord gegeven. 'Ze wil ons niet verliezen.'

'Nu, dan wordt het voor iedereen een stuk minder aantrekkelijk, nietwaar?'

Frank stond op.

'Ga je nog weg?'

'Ja. Ik heb een mooi verhaal te vertellen.' De deur sloeg achter hem dicht.

'Ik heb liever niet dat hij alles rondbazuint,' mopperde Clare. 'We zijn nog niet weg.'

'Waarom wil Frank niet dat oma meegaat,' kwam Martijn. 'Ze is heus wel aardig.'

'Poeh,' deed Paulette. 'Tegen jou misschien. Maar jij bent wel de enige.'

De kinderen praatten er nog over door, maar Clare noch Michel bemoeiden zich ermee.

Ze wisten beiden dat Paulette gelijk had. Michels moeder was niet bijzonder op de kinderen gesteld. Martijn had echter toch een streepje voor, misschien omdat hij zo sprekend op zijn vader leek.

Die avond ging Clare als laatste naar boven. Michel lag al in bed. In haar lange witte nachtjapon zittend voor de spiegel, vlocht ze haar dikke kastanjebruine haren. Michel keek naar haar en ze voelde zich niet op haar gemak.

'Frank is nog niet thuis,' zei ze, om maar iets te zeggen.

'Dat is hij nooit om deze tijd en je maakt je zelden zorgen.'

'Dat doe ik ook nu niet,' zei ze haastig.

Hij was toch al van mening dat Frank voor haar het belangrijkste was, daarom deed ze meestal of haar oudste weinig in haar gedachten was.

'Kom je nog in bed.' Zijn stem klonk ongeduldig. Clare wist dat hij haar bij zich wilde hebben en ook dat zij daar totaal niet voor voelde.

'Het is onverstandig je moeder mee te nemen,' zei ze in bed stappend.

'Daar hebben we 't al over gehad.'

'Kan wel zijn, maar toen wisten we de mening van de kinderen nog niet.'

'Natuurlijk wisten we die wel. Frank is negatief. Martijn het tegenovergestelde en Paulette staat er tamelijk neutraal tegenover.' Hij steunde op een elleboog en keek haar aan.

Clare zuchtte. 'En ik dan. Ik kan immers totaal niet met haar overweg. En dan hele dagen in hetzelfde huis.'

'Clare.' Zijn hand lag op haar schouder. 'Moeder weet heus wel dat ze daar volledig van ons afhankelijk is. Ze zal heus wel veranderen. En zo niet, dan brengen we haar terug. We houden het huisje nog enkele maanden aan.'

'Wanneer denk je te gaan?'

'Over een maand. We zitten dan goed in het voorjaar, het is misschien een goed idee als we daar eerst een zomer meemaken.'

'En wat kunnen we meenemen?'

De zachte blik was uit zijn ogen verdwenen, toen hij zei: 'Dat hoeven we nu niet te bespreken. Als je me wilt afleiden van iets waar jij totaal niets voor voelt, dan is je dat weer aardig gelukt.'

Clare bleef doodstil liggen, toen hij zich met een ruk omdraaide. Ze wist dat hij volkomen gelijk had. Ze schaamde zich, maar toch kon ze niet anders. Het was niet in de eerste plaats omdat ze geen kinderen wilde, niet voortdurend in angst wilde zitten of ze soms zwanger was, hoewel dat ook een rol speelde. Ze voelde een grote genegenheid voor Michel maar toch irriteerden zijn liefkozingen haar. Ze had lang gedacht dat ze dit voor hem verborgen kon houden, maar sinds geruime tijd wist ze dat hij haar doorhad. Dat hij in iedere uitvlucht een afwijzing zag, wat het meestal ook was. Ze konden er ook niet over praten. Over zoiets praatte je met niemand.

Martijn hielp zijn oma met het inpakken van enkele koffers. Hij sleepte spullen aan uit de kast, vroeg zich bezorgd af of ze alles wel konden meenemen. 'We zijn met z'n zessen, iedereen kan wat dragen,' antwoordde grootmoeder op zijn vraag. 'Hier deze bijbel en die twee vazen moeten hierin.'

'Wij nemen alleen kleren mee in de koffers,' vertelde Martijn. 'Een grote auto komt later om de meubels. Mama wil eerst zien wat ze kan neerzetten.'

'Het is al erg genoeg dat ik hier vandaan moet. Ik kan toch niet al mijn spullen achterlaten.'

Martijn keek naar haar. Klein en tenger was ze, met grijs haar en kille blauwe ogen. Ze was tegen hem nooit onvriendelijk, maar een zeker wantrouwen deed hem toch vaak wat afstandelijk reageren. Hij had thuis al te vaak gehoord hoe moeilijk ze was.

'Waarom wilde u toch graag mee?' vroeg hij nieuwsgierig.

'Graag? Ik had geen andere keus. Moet ik alleen hier blijven wonen zonder dat er iemand naar me omkijkt? Voor de winter om is vinden ze mij dood in mijn huis.'

Martijn huiverde. Hij was nog nooit met de dood in aanraking geweest. Wel had hij al diverse keren een begrafenisstoet gezien. En één keer een heel deftige stoet met koetsen en paarden met zwarte kleden. Het had hem met diep ontzag vervuld.

'Thuis hebben ze er zeker over gepraat,' veronderstelde zijn grootmoeder.

'Wij moesten toch weten dat u ook meeging,' antwoordde Martijn eenvoudig.

'Het is het lot van oude mensen. Niemand vindt het echt prettig dat ze erbij zijn. Gelukkig heeft je vader een flinke dosis plichtsgevoel. Want je moeder had mij het liefst hier gelaten.'

Martijn antwoordde niet. Grootmoeder wilde vaak met hem over thuis praten, meestal over zijn moeder, waar volgens haar van alles aan mankeerde. Maar zo klein als hij was, Martijn ontweek deze vragen. Hij was trouw aan de mensen waar hij van hield en dat zou hij zijn hele leven blijven.

Jammer genoeg werd deze eigenschap nooit bijzonder gewaardeerd. Want als hij zijn moeder verdedigde werd grootmoeder kribbig, zei dat hij er niets van begreep. En als hij thuis zei dat grootmoeder heus wel aardig was, lachten Frank en Paulette hem uit en keek moeder een beetje medelijdend.

Martijn wenste soms dat hij ouder was, dat de mensen echt naar hem zouden luisteren, zouden begrijpen wat hij bedoelde.

Hij wist toen nog niet dat er meestal alleen naar de mensen met de grootste mond wordt geluisterd.

HOOFDSTUK 4

De trein reed kreunend het station van Zwolle binnen. Het was een drukte van belang, en Michel van Oeveren kwam adem te kort om zijn familie geordend met bagage en al uit de trein te krijgen. Het slepen met koffers begon vooral zijn moeder snel te vervelen.

'Ik sjouw met koffers, terwijl andere mensen het in kisten versturen.' Ze wees verontwaardigd naar het lossen van kisten uit een goederentrein.

'Wij reizen in een passagierstrein, moeder,' antwoordde Michel kribbig en dirigeerde iedereen naar de vertrekhal. Clare keek speurend om haar heen of ze een glimp van haar tante zag. Haar blik werd getrokken door een man in uniform. Toen viel haar oog op de gedistingeerde vrouw naast hem: tante Paula.

'Clare, mijn lieve Clare,' riep tante Paula en omhelsde haar nichtje. Ze had tranen in haar ogen. 'Eindelijk ben je er dan...'

De rest van de familie keek verbaasd naar de emotionele begroeting, die zo anders was dan ze gewend waren. Mevrouw Van Oeveren snoof hoorbaar. Clare maakte zich los uit tantes omhelzing en stelde haar voor aan haar netjes maar zeer eenvoudig geklede familieleden. Toen tante Paula Franks hand drukte, keek ze naar zijn gezicht en zei: 'Jongen, wat lijk jij op je vader!'

Frank keek naar Michel en trok zijn schouders op. Dat mens was gek. Clare schrok. De laatste op wie Frank leek, was Michel. Maar hij wist niet beter of dat was zijn vader. Michel keek donker en mevrouw Van Oeveren ijzig. Clare redde de situatie door Paulette en Martijn voor te stellen.

De man in uniform bleek tante Paula's chauffeur te zijn. Met hulp van Michel en een kruier werden de koffers naar buiten gezeuld. Daar stond een grote, zwarte auto te wachten. Frank was onder de indruk. 'Is die van u?'

Tante Paula schudde het hoofd. 'Nee hoor. Net als deze chauffeur is hij gehuurd.'

Frank keek teleurgesteld. Met moeite kreeg de chauffeur alle bagage in de enorme achterbak van de Amerikaanse wagen. Hij bleef onverstoorbaar, toen hij de hele familie in de auto probeerde te stouwen. Martijn mocht voorin bij tante Paula op schoot. Eindelijk reden ze weg.

Clare sloot even de ogen. Ze was doodop en hoopte de gelegenheid te krijgen wat uit te rusten, voordat de hele familie weer moest eten. Het fraaie landschap dat voorbijschoot, bekeek ze amper. Het was bosrijk, en af en toe afgewisseld met weilanden.

Tante Paula vertelde van alles, en gaf antwoord op vooral vragen van Martijn. Maar ook hij was vermoeid en viel ten slotte stil. Tante begreep het en ook zij zweeg. Na wat een eindeloze tijd leek, zei ze: 'We zijn er nu bijna.'

'Veel huizen staan hier niet,' mompelde Frank.

'Nee,' zei tante, 'ik woon vrij afgelegen. Ik hoef niet tussen de mensen te wonen. Maar het dorp is maar een kwartiertje fietsen.'

Clare zag dat haar oudste twee elkaar aankeken. Ze las hun gedachten. Ja, daar had ze zelf ook niet aan gedacht. Dit waren jonge mensen, die opgegroeid waren in een stad.

Morgen als ze uitgerust waren zou ze erover denken, besloot ze.

Toen ze het huis zagen, omringd door een groen gazon met zware bomen, waren ze allen onder de indruk.

'Dit is bijna een kasteel,' zei Martijn met ontzag.

'Spookt het hier?' vroeg Paulette.

'Jazeker,' antwoordde tante. 'In een oud huis spookt het altijd.'

Iedereen stapte nu uit en terwijl tante met de chauffeur afrekende vroeg Michel: 'Wist je dat het er zo uitzag, Clare?'

Ze haalde de schouders op. 'Het is altijd anders dan je denkt.'

De volgende uren vlogen voorbij. Ze bekeken het huis, behalve de bovenste verdieping, wat Paulette natuurlijk onmiddellijk opviel.

'Boven is alles afgesloten, ik kom daar nooit,' antwoordde tante kortaf op haar vraag.

Ze kregen hun afdeling toegewezen. Een ruime zitkamer en keuken. Clare en Michel een grote slaapkamer, de kinderen een kleinere. De meubilering was praktisch en niet overdreven kostbaar.

Veel rieten meubelen en in de slaapkamers witgelakt hout.

'Onze eigen spullen passen hier niet,' aarzelde Clare.

'Kind, laat die waar ze zijn,' antwoordde tante kordaat.

'Dat zou belachelijk zijn. Je dankt goede spullen toch niet zomaar af,' kwam Michels moeder verontwaardigd.

'Misschien kunnen ze naar een liefdadige instelling,' zei tante sussend.

Clare liet het onderwerp rusten, ze zou daar later wel op terugkomen. In zekere zin waren er maar enkele voorwerpen die ze hier graag wilde hebben. Het meeste was immers al twintig jaar oud. Daarbij hadden ze ook heel wat meegenomen.

Paulette was verrukt van haar kamer. Er was een balkon en ze stelde zich voor hoe ze geschaakt zou worden door een knappe jongeman. Alleen... waren hier wel jongens? Waren hier, in deze omgeving, eigenlijk wel mensen, behalve zijzelf?

Er was een grote badkamer met een betegeld bad waar Martijn helemaal verrukt van was. Tante zei hun nu dat ze eerst wat moesten rusten en zich opknappen. Daarna zouden ze eten en praten.

'Zij regelt dus al wanneer ik moe ben en wanneer ik me moet wassen,' mopperde Michel.

'Ze bedoelt het niet kwaad,' glimlachte Clare.

'Het is absoluut geen mens dat mij aanstaat,' verkondigde grootmoeder.

'Wil je die vinden? Dat is zoiets als een naald in een hooiberg,' grinnikte Frank.

Zoals gewoonlijk negeerde zijn grootmoeder hem.

Ze pakten het een en ander uit, knapten zich wat op in de grote badkamer en gingen dan wat onwennig naar beneden.

Het eten werd opgediend door een zwijgzame vrouw van middelbare leeftijd. Aan haar gezicht was te zien dat ze het bepaald niet eens was met deze invasie.

Michels moeder had, tegen haar zin overigens, een kamer gekregen aan de andere kant van het huis. Clare begreep dat tante dit expres zo had geregeld. Ze had in haar brieven weleens het een en ander laten doorschemeren over de moeilijke verhouding die ze met Michels moeder had.

Het pleitte voor tante Paula dat ze geen bezwaar had gemaakt toen ze hoorde dat ze mee zou komen. Dat haar schoonmoeder het in dit huis absoluut niet beviel was aan haar te zien. Clare kende die streng dichtgeknepen mond en ogen die alles leken te zien, maar al te goed.

Na het eten zaten ze in de zitkamer die uitkeek op de voortuin, of eigenlijk was het een park. Het was een heldere dag, het gras was diepgroen, de struiken bloeiden in wit en roze. Alleen de hoge bomen waren nog kaal.

'Ik heb me vanaf het begin bevoorrecht gevoeld dat ik hier kan wonen,' zei tante.

'In je eentje?' vroeg Michels moeder.

De ander keek haar aan. 'In Engeland hadden we ook zo'n soort huis. Daar had ik mijn man.'

'En dat was genoeg?' Het klonk tamelijk geringschattend en Clare dacht in een flits aan de tengere iets gebogen man, die Michels vader was geweest.

'Dat was inderdaad genoeg,' antwoordde tante Paula dromerig. 'Daarbij bracht hij vaak relaties mee naar huis. We hadden nogal eens gasten die bleven logeren. Maar hier voel ik me weleens eenzaam en daarom ben ik zo blij dat jullie er nu zijn.'

'Maar wij willen niet eenzaam wonen,' reageerde Frank. 'Wat moeten wij hier doen. U bent oud, maar wij niet. Wij willen hier niet levend begraven zijn.'

Tante Paula keek van de een naar de ander. 'Hebben wij elkaar verkeerd begrepen, Clare?' Er was een gekwetste blik in haar ogen en Clare haastte zich haar gerust te stellen.

'Mij lijkt het hier heerlijk. De kinderen zullen wel wennen.'

'En ik...' kwam Michel nu.

'Er is werk genoeg. Dit is een buitenplaats met een enorme tuin. Er hoort ook nog een kleine boomgaard bij. Michel zou in de tuin kunnen werken. Clare kan wat in het huis helpen. Vijftien minuten hier vandaan is een dorp met een goede school voor Martijn. Paulette kan naar de stad fietsen. Ik heb er weleens aan gedacht honden te gaan fokken. Dat zou Frank op zich kunnen nemen. Jullie weten toch dat ik rijk ben. Jullie hebben altijd hard gewerkt. Ik vond mijn leven zinloos en toen dacht ik aan jullie.'

'Ik heb de indruk dat dit in totaal nietsdoen zal ontaarden,' zei mevrouw Van Oeveren bitter. 'Hebt u voor mij ook nog een taak?'

'U kunt rustig leven met uw kinderen en kleinkinderen vlakbij. Dat is toch heerlijk. Als u mij Paula wilt noemen, wij zijn van dezelfde leeftijd, denk ik.'

'Moeder heet Line,' kwam Michel vlug.

Zijn moeder stond op. 'Michel, zou je te weten kunnen komen wanneer er een trein naar Rotterdam vertrekt.' Daarop verliet ze de kamer.

In de stilte die volgde keek Clare naar haar tante. Het was allemaal zo goed bedoeld. Maar misschien hadden ze te impulsief gehandeld. Het leven leek hier wel een lange vakantie te worden, zoals tante het voorstelde.

'Jullie kunnen toch kijken hoe het hier bevalt,' zei tante een beetje hulpeloos.

'Natuurlijk zullen we dat doen,' zei Clare hartelijk. 'Neemt u ons de weinig enthousiaste reacties niet kwalijk, we zijn allemaal moe.'

'We hebben alle schepen achter ons verbrand,' merkte Frank op. 'Waar of niet?'

'Ik heb ons huis nog een maand aangehouden,' antwoordde zijn vader opstaand. 'Ik zal maar eens in de tuin gaan kijken.'

'Ik ga mee,' kondigde Martijn aan en ook Paulette was onmiddellijk bereid alles nader te bekijken.

Even later was Clare alleen met haar tante. Geen van beiden zei de eerste ogenblikken iets. Door het raam zagen ze Frank en Michel samen door de tuin lopen. Soms wees Michel naar een bepaalde struik of een rozenperk, maar Frank zag er niet uit of het hem iets interesseerde.

'Misschien hadden we betere afspraken moeten maken,' zei tante ten slotte.

'Voor mij is het hier heerlijk, tante. Maar de kinderen en dan vooral Frank, ik weet het niet. Hij is een stadsmens, dat had ik moeten bedenken.'

'Dan zoekt hij werk in de stad,' zei tante energiek. 'Hij vindt wel iets. Clare… weet die jongen dat je man zijn vader niet is?'

Clare schudde het hoofd. 'Misschien was het beter geweest het hem te vertellen. Dan had hij mogelijk begrepen waarom Michel zo weinig met hem opheeft.'

'Zo eens in het jaar komt Brian naar Nederland,' zei tante dan.

Clare kreeg een kleur. 'En komt hij u dan opzoeken?'

'Meestal wel. Hij is dan voor zaken in ons land. Ik heb me overigens nooit gerealiseerd dat hij voor jou altijd de enige is gebleven.'

'Tante, ik…'

'Nee, stil, het is misschien wel goed als je hem eens ontmoet. Je zult dan waarschijnlijk ontdekken dat je een droom hebt gekoesterd. En dan krijgt Michel een kans.' Tante Paula stond op. 'Als je ook in de tuin wilt wandelen, ga je gang. Ik ga een praatje maken met je schoonmoeder.' Clare deed wat ze zei, te verbluft om tegen te spreken. Tante scheen wel helderziende te zijn. Brian die ze mogelijk eens zou ontmoeten. Ze moest dat proberen te voorkomen. Maar ze wist dat ze dat niet zou doen.

Het was een prachtige tuin, bijna een park. Clare kwam geen van haar gezinsleden tegen. Ze liep tot achter in de tuin waar een theekoepel stond aan de rand van de rivier. Wat verderop sloot een hek de tuin af. Aan de overkant waren ook enkele buitenplaatsen. Het was heel stil, behalve het zingen van de vogels was er niets te horen. Dromerig keek ze over het water. Ze had altijd van de natuur gehouden en ze wist nu al dat ze nooit naar de stad terug zou willen. Maar de anderen, zouden zij hier kunnen wennen?

Aan de overkant liep een uiterst modieus geklede vrouw met een kind aan de hand. Clare dacht dat deze haar wel voor iemand van het personeel zou houden. Voor mooie kleren was nooit geld geweest.

Dan zag ze Michel haar richting uit komen. Verbeeldde ze het zich of zag hij er werkelijk opgewekter uit dan lange tijd het geval was geweest.

'Het is hier fantastisch,' zei hij. 'Wat een ruimte. Frank heeft zich zojuist enorm kwaad gemaakt. Over het feit dat het zo ongelijk verdeeld is in de wereld. En hij zegt dat hij van plan is ook zo rijk te worden, met minder neemt hij geen genoegen. Wel, Claartje, hoe vind jij het hier?'

'Het is ongelooflijk dat dit ons overkomt.'

'We zullen twee bazige vrouwen op de koop toe moeten nemen. Je tante is ook geen lieverdje. Het is een ware kenau...'

'Vind je?' aarzelde ze.

'Ik heb ervaring, Clare. In een bepaald opzicht lijkt ze op moeder.'

Ze zei niets, vroeg zich onzeker af of ze er wel tegen opgewassen was. Ineens wenste ze vurig dat haar schoonmoeder inderdaad weer zou vertrekken. Een beetje hulpeloos keek ze Michel aan. 'Je moeder...'

Hij knikte. 'En dan Frank niet te vergeten. Ik moet er niet aan denken met die jongen te moeten samenwerken.'

Clare gaf geen antwoord. Wat kon ze zeggen. Niet: 'Hij is je zoon.' Ze kon nooit iets dergelijks zeggen. Ze zat tussen twee vuren.

Michel had haar indertijd getrouwd omdat hij van haar hield, het kind nam hij op de koop toe. Maar juist dat laatste was hem veel zwaarder gevallen dan hij had kunnen vermoeden. Waarschijnlijk had zijzelf altijd te veel van Frank gehouden.

'Waarom kijk je zo somber,' vroeg Michel. 'Dat ben ik niet gewend.'

'Nee. Ik verberg mijn sombere buien meestal.' Ze draaide zich om en liep weg.

Michel ging haar niet achterna. Een nieuw leven, een nieuw bestaan. Een ogenblik had hij gedacht: dit wordt goed, ook voor mij en Clare. Maar nu twijfelde hij weer. Clare, zou ze ooit helemaal van hem zijn?

Binnen enkele weken waren ze aan het totaal andere leven gewend. Dat kwam natuurlijk omdat de verandering een verbetering was, dacht Clare. Hoewel, niet in alle opzichten. Ten eerste was daar Michels moeder die toch was gebleven en zich liet verzorgen of ze volkomen afhankelijk was geworden. En dan Frank, die het hier veel te eenzaam vond en al enkele malen 's avonds naar de stad was gegaan. En de hele nacht was weggebleven. En als ze er iets van zei keken zijn grijze ogen haar verontrustend onverschillig aan. Het waren Brians ogen, alleen had hij nooit zo naar haar gekeken.

Paulette reed elke morgen een kwartier op de fiets naar school. Dat scheen haar prima te bevallen. Paulette was in sommige opzichten een gemakkelijk kind. Ze liet zich weinig horen.

Martijn had een onverwoestbaar humeur, hij genoot van het buiten zijn. Ook tante Paula was dol op het kind en Martijn was veel bij haar, wat Michels moeder maar moeilijk kon verkroppen.

Clare was deze morgen naar het dorp om boodschappen geweest. Ook zij fietste graag. Toen ze de oprijlaan inreed passeerde haar een auto en ze vroeg zich af of tante Paula bezoek kreeg. Haastig bracht ze de boodschappen in de keuken, liep dan de trap op naar haar eigen afdeling. Ze was nog altijd een beetje huiverig voor de soms chique kennissen van tante Paula. Ze wist niet wat haar deed besluiten iets anders aan te trekken dan de wat stijve rok en blouse. Het werd een jurk in een zachte tint groen, weliswaar met lange mouwen, maar met een grote witte kraag. Haar haren droeg ze opgestoken, ze trok een paar speelse krulletjes los. Ze was zich niet bewust dat ze eruitzag als een jong meisje. Tante wilde altijd graag dat ze even kwam kennismaken en ook dat ze er dan niet uitzag of ze tot het personeel behoorde. Clare wilde haar dat plezier graag doen.

Even later daalde ze de trap af, aarzelde toen ze zag dat tante juist haar bezoeker wilde uitlaten.

Maar de man keek omhoog en als door de bliksem getroffen bleef Clare staan.

'Mijn God, Clare...'

'Brian,' fluisterde ze. Onbewust greep ze de leuning stevig beet.

'Jullie kennen elkaar, dat is waar ook. Brian wilde juist weggaan,' probeerde tante de situatie te redden.

'Maar nu niet meer,' zei deze. Hij keerde zich eindelijk van Clare af, keek tante aan. 'Waarom hebt u me daar niets van gezegd? Als ik dat had geweten...'

'Wat zou dat voor verschil hebben gemaakt?' vroeg tante koel.

Clare was intussen beneden en zwijgend keken ze elkaar aan. Brian... In haar ogen was hij nauwelijks veranderd. Van een knappe jongen was hij een zeer aantrekkelijke man geworden, keurig gekleed, maar met dezelfde warme blik in zijn ogen als ze zich herinnerde.

'U gunt ons toch wel enkele ogenblikken samen. Wat herinneringen ophalen?'

Brian wendde zich tot tante Paula en Clare volgde moeiteloos zijn Engels.

'Ik geef jullie tien minuten,' antwoordde tante gereserveerd.

Ze knikte naar de kamerdeur en Clare was blij dat ze naar binnen kon gaan. Hier kwam niemand onuitgenodigd, behalve zijzelf. Tantes vertrekken waren voor iedereen heilig.

Brian sloot de deur zorgvuldig, nam haar zwijgend op. Clare kreeg een kleur onder die blik.

'Je bent niets veranderd,' zei hij eindelijk zacht.

'Natuurlijk wel. Na twintig jaar en drie kinderen.'

'Clare, waarom heb je niet op mij gewacht. Waarom ben je zo halsoverkop getrouwd?'

Ze fronste de wenkbrauwen. 'Je liet niets meer van je horen.'

'Je hebt mijn brieven toch ontvangen?'

'Brieven?' Ze staarde hem aan en een bang vermoeden begon haar te bekruipen.

'Ik schreef je driemaal maar ik kreeg nooit antwoord. Na een jaar schreef ik tante Paula, en die berichtte mij dat je inmiddels was getrouwd en al een kind had.'

Jouw kind, dacht Clare. Maar dat wist hij niet. Hij mocht Frank niet te zien krijgen. Frank, die dezelfde wonderlijk grijze ogen had.

Hij deed een stap naar haar toe. 'Waarom zeg je niets, Clare. Ik hield van je, dat wist je toch. Heb je mijn brieven niet ontvangen?'

Ze schudde het hoofd, had gelijk spijt van haar ontkenning toen ze de uitdrukking in zijn ogen zag.

'Dus het was niet zo dat je genoeg van me had. Jij dacht dat ik je in de steek had gelaten.' Hij stak een hand naar haar uit en snel ging ze enkele passen bij hem vandaan.

'Je moet weggaan. Alsjeblieft, Brian. Ik ben getrouwd en jij ook. Alles is voorbij.'

'Het is niet voorbij, het zal nooit voorbijgaan.'

Beiden hoorden tante Paula in de gang lopen.

'Goed, ik zal gaan. Maar reken erop dat ik terugkom. Er is met ons een spelletje gespeeld. Ik wil erachter komen hoe dat in elkaar zit.'

Clare zat in elkaar gedoken in de diepe armstoel toen tante binnenkwam.

'We zullen eerst maar eens een opkikkertje nemen,' zei deze zakelijk. Ze schonk een glas wijn voor haar in, evenals voor haarzelf. Clare dronk zelden wijn, maar deze keer had ze gedronken al was het limonade geweest.

'Het spijt me,' zei tante, haar glas neerzettend. 'Ik wist niet dat hij kwam. En toen hoopte ik dat hij ongemerkt zou verdwijnen en dat was bijna gelukt, maar jij daalde ineens de trap af. En hoe je die trap afdaalde... lieve kind... zo jong en lief zag je eruit. Geen wonder dat Brian op slag zijn verstand kwijtraakte. Wat moeten we doen?'

'Niets,' antwoordde Clare die het gevoel had of ze in een draaimolen had gezeten en juist weer met haar beide voeten op de grond terecht was gekomen.

'Niets? Hij zei dat hij terugkwam.'

Clare zei niet dat tante dus aan de deur had geluisterd. Ze begreep dat dit eerder voortkwam uit bezorgdheid dan uit nieuwsgierigheid.

'Als hij werkelijk terugkomt zal ik hem zeggen dat het de laatste keer is,' zei Clare flink. Tante keek haar weifelend aan. 'Hij heeft nooit iets van Frank geweten,' zei Clare nog.

'Dat is maar goed ook. Als hij dat wist was hij helemaal niet meer te houden. Enfin, jullie zijn tenslotte alle twee getrouwd en zullen niet alles op het spel zetten, neem ik aan.' Tante scheen haar gebruikelijke nuchterheid weer bij elkaar te rapen. 'We wachten nu verder maar af,' zei ze nog.

Clare kon echter het beeld van Brian niet zomaar van zich afzetten. Het was of alles van vroeger weer bovenkwam.

Tijdens het avondeten was ze opmerkelijk stil maar dat scheen niemand op te vallen.

Frank vertelde dat hij misschien een baan kon krijgen als winkelbediende, wat zijn vader met een minachtend 'bespottelijk' van de hand wees.

Frank werd daarop kwaad, zei: 'Enkele weken geleden was je nog fabrieksarbeider en zou je graag zo'n baan hebben gehad. Nu doe je net of alles hier van jou is. Je bent alleen maar de tuinman.'

Waarop Michel antwoordde dat hij honderdmaal liever de tuinman was dan dat hij weer naar die vunzige stad terugging.

Clare hoorde dit alles aan met een afwezige blik maar ze reageerde er niet op. Ze boog zich naar Martijn die vertelde dat hij ergens een jong geitje had gezien, en in één adem erachter dat hij dierendokter wilde worden.

Pas toen haar schoonmoeders scherpe stem zich liet horen keerde ze met een schok tot de werkelijkheid terug. 'Er was vanmiddag een knappe man op bezoek. Wat moest hij van je, Clare?'

'Van mij?' vroeg ze onnozel. 'Hij was een kennis van tante Paula.' Dit was in elk geval de waarheid.

'Misschien ben ik hem tegengekomen,' kwam Paulette nu. 'Hij was wel knap maar niet zo jong. Hij keek eerst heel erg naar me en vroeg toen hoe ik heette.'

'Je bent waard dat er naar je gekeken wordt,' zei Clare vriendelijk.

'Jaja. Maar Paulette lijkt heel erg op jou.' Dit was Michel. Hij was duidelijk gealarmeerd. Clare dacht dat hij de waarheid al vermoedde. Omdat hij nu eenmaal aan Brian dacht bij elke man die haar pad kruiste. Hij zou wat dat betreft nooit rust hebben. Ze wierp een vaag medelijdende blik op hem.

'Wat koop je ervoor,' mompelde haar schoonmoeder nu. 'Ik was vroeger ook knap.'

De verblufte stilte die volgde was bijna beledigend, tot Martijn zei: 'Dat geloof ik best hoor, oma. Als u lacht zie je het soms bijna.'

Het kind besefte niet dat hij hiermee de zaak niet beter maakte, maar Clare schoot in een bevrijdende lach, merkte na een moment dat alleen Frank mee grinnikte.

'Ik vind dit tamelijk ongepast,' bitste haar schoonmoeder. 'Soms denk ik dat je geen manieren hebt geleerd.'

Clare dacht aan haar keurige moeder, glimlachte. 'Manieren heb ik geleerd. Maar ik heb ook leren lachen. Als dat niet zo was had ik het al jaren opgegeven in uw buurt te zijn. Ik...'

Ze ving een verontruste blik van Martijn op, streek hem door zijn blonde haar.

'Laten we maar eindigen,' zei ze kort.

Na het eten liep ze de tuin in. Ze had er behoefte aan alleen te zijn. Ze wandelde tot bij de theekoepel. De rivier kabbelde rustig met af en toe een kleine rimpeling. Het riet ritselde. In de verte blafte een hond.

Clare was op deze mooie zomeravond met haar gedachten in een andere zomer. De mooiste zomer van haar leven, al had die maar uit enkele weken bestaan.

Brian was als jongen al zo hoffelijk. En zo verliefd. Hoe zou hij als man zijn? Hij had haar dus toch geschreven. Ach, als ze zijn brieven had gekregen zou ze op hem hebben gewacht. Wat zou haar leven dan anders zijn gelopen. En nu... Soms had ze het gevoel dat alles voorbij was.

Natuurlijk, ze waren hier opnieuw begonnen. Ze voelde zich hier prettiger dan in de smalle straat in de stad. Maar gelukkig, was ze ooit gelukkig geweest? En verliefd op Michel?

Ze keek omhoog toen boven haar ineens een vogel begon te fluiten. Ze stond zo roerloos dat het diertje zich heel dichtbij waagde.

Ze hoorde Michel eerder dan ze hem zag en ze weerstond de neiging snel weg te lopen. De vogel vloog op en de stilte leek nog intenser. De avond was ineens kil, over de rivier kwam de mist aandrijven en ze huiverde.

'Hier is je jas.' Michel reikte haar de korte blazer.

'Kom je die expres brengen?' vroeg ze.

'Nee,' was het korte antwoord. 'Tante Paula vertelde mij dat híj van-middag is geweest.'

'Ach, dat had ze niet moeten doen,' zuchtte ze.

'Waarom wilde je dit geheim houden?'

'Dat is het niet. Maar je maakt je kwaad en alles is immers voorbij.'

'Is dat zo, Clare?' Zijn bruine ogen keken haar ernstig aan. 'Is het echt voorbij? Is het ooit helemaal voorbij geweest?'

Ze begonnen langzaam terug te lopen.

'Het heeft allemaal geen zin,' zuchtte ze.

Hij liep zwijgend naast haar en hoewel hij niet naar haar keek was hij zich zeer bewust van haar nabijheid. En dat was altijd zo geweest, be-sefte hij. Zijn hele leven had hij van deze vrouw gehouden.

En zij... ze bleef met een vriendelijke glimlach altijd op een afstand. Hij kon niet doordringen tot haar geest. Hij klemde zijn handen ineen. Soms had hij de neiging haar door elkaar te schudden. Maar het zou niet helpen. Zelfs als hij die vervloekte Ier vermoordde zou het niet helpen.

Hij herkende die dromerige blik, die afwezige glimlach, de verschijn-selen hadden hem die avond onmiddellijk gealarmeerd.

En hoe moest het nu verder? Natuurlijk kon hij haar vragen die kerel niet meer te ontmoeten en dan zou ze op vriendelijke toon antwoor-den dat het immers allemaal voorbij was.

Hij die gedacht had hier helemaal opnieuw te beginnen, ook met Clare. Als hij geweten had dat de mogelijkheid erin zat, dat ze die vent hier zou ontmoeten, zou hij zich wel drie keer bedacht hebben voor hij ging verhuizen. Al wat hij had gewonnen door hier te gaan wonen zou er niets meer toe doen als hij Clare verloor.

HOOFDSTUK 5

Clare maakte zichzelf wijs dat ze totaal niet verwachtte dat ze Brian nog zou ontmoeten. Maar toch kleedde ze zich de volgende dagen met meer zorg dan anders. En natuurlijk zag ze hem wél, want Brian had 's avonds niets anders te doen dan naar haar uit te kijken.

Clare deed haar boodschappen in het dorp, waar de meesten al wisten dat ze een nicht van mevrouw Colins was. Sommigen hielden haar staande en vroegen hoe het met mevrouw was. Een vrouw vroeg haar of ze wilde meewerken aan een bazaar, wat ze vriendelijk toezegde. De dominee hield haar staande, zei dat hij haar spoedig zou bezoeken, waarop Clare antwoordde dat ze dit zeer op prijs zou stellen, wat niet de waarheid was.

Ze kwam tot de ontdekking dat ze nergens eerlijk kon zijn, want ook het meewerken aan een bazaar was niet iets wat ze echt wilde.

Ze haalde opgelucht adem toen ze het dorp weer uitfietste. Ze nam het pad langs de rivier en zag hem al van verre staan, uitkijkend naar haar.

Ze stapte af toen ze bij hem was, keek naar hem op.

Hij schudde glimlachend het hoofd. 'Ik zou gezworen hebben dat jij je dochter was. Clare, je bent helemaal niet ouder geworden.'

'Brian, je moet teruggaan naar Engeland,' zei ze bij wijze van antwoord.

'Volgende week ga ik weer,' antwoordde hij.

Ze kon maar met moeite haar schrik verbergen. Dan alweer, ze had zo graag... Nee, dit was immers het beste voor hen beiden.

'Clare, je gedachten staan op je gezicht te lezen. Je wilt niet dat ik ga, is het wel?' Zijn hand lag op haar schouder en ze voelde de warmte van zijn vingers door haar blouse heen. 'Brian, het kan niet. Ik... je moet gaan.'

'Ja. Maar ik kom terug. En dan zal ik zorgen dat ik meer tijd heb. Zie je, Clare, we moeten elkaar opnieuw leren kennen en dat kost tijd. Ik blijf dan geruime tijd hier in de buurt en dan ontmoeten wij elkaar en...'

'Nee, nee.' Ze ging een stap bij hem vandaan zodat zijn hand van haar schouder afgleed. 'We zijn beiden getrouwd.'

'Onze partners... zij waren niet onze eerste keus. Jij en ik, we zijn niet gelukkig. Anderen hebben alles voor ons verknoeid. Ach, als jij mijn brieven had gekregen en had teruggeschreven. Dat zou je toch gedaan hebben, nietwaar?' Zijn gezicht drukte spanning uit en ze besefte dat hij niet zo zeker was als hij liet voorkomen.

'Ja,' antwoordde ze eenvoudig. 'Maar nu is het te laat, Brian. Ik heb een goede man... en kinderen.'

'Een goede man...' Het klonk niet of hij het iets waardevols vond. 'En dat is alles, Clare? Dat hij een goede man is...'

Ze besefte dat zij had moeten zeggen: 'Ik houd van mijn man.' Als ze dat over haar lippen kon krijgen zou Brian teruggaan naar zijn land en kon ze verder in vrede leven. Was dat zo? En wilde ze echt dat hij wegging?

'Ik wil hen geen verdriet doen,' zei ze eindelijk.

Hij kwam wat dichter naar haar toe, ze stonden nu bijna tegen elkaar aan. Zijn grijze ogen namen iedere lijn van haar gezicht in zich op. 'En mij?' vroeg hij. 'Wil je mij wel verdriet doen? Voor de tweede keer mijn leven overhoopgooien. Ik ben zo dankbaar dat ik je gevonden heb.' Zijn vinger streelde zacht haar wang en ze was niet in staat bij hem weg te gaan.

Pas toen hij vroeg: 'Mag ik je in mijn armen nemen. Je kussen?' draaide ze met een ruk van hem weg. Haar ademhaling ging snel en ze wist dat hij het kon horen. 'Ik zou zoiets niet moeten vragen,' zei zijn stem achter haar. 'Ik zal het ook nooit meer vragen.'

Ze deed enkele stappen bij hem vandaan, begon dan sneller te lopen, op het laatst holde ze, om enkele ogenblikken abrupt stil te staan. Haar fiets... Hij kwam haar achterna, het rijwiel aan de hand. Ze nam het van hem over zonder hem aan te kijken.

'Je kunt niet voor me weglopen, Clare, en je wilt het ook niet.'

Als om dit tegen te spreken stapte ze op en reed haastig weg.

De man keek haar na, leunend tegen een boom, zijn hand omklemde een tak tot het pijn deed. Clare, ze was alles wat hij ooit had willen hebben. Ze hoorde bij zijn jeugd en bij zijn hele leven. Ik kom hier terug, dacht hij. Maar... Roberta was er ook nog. Hij had de afgelopen dagen weinig aan haar gedacht. Ze was eigenlijk haast nooit in zijn gedachten. Maar hij wist dat ze het erg vreemd zou vinden als hij binnen korte tijd weer naar Nederland ging en er geruime tijd bleef. De waarheid kon hij niet zeggen: hij wilde bij Clare zijn. Hoe dit allemaal moest aflopen, dáár stond hij voorlopig niet bij stil.

Clare fietste snel naar huis. Het had haar niet veel tijd gekost maar tante Paula moest geen achterdocht krijgen. Ze zag Michel in de tuin bezig, stak bij wijze van groet haar hand omhoog. Waarom kijkt hij zo naar me, dacht ze onredelijk, er niet aan denkend dat Michel haar altijd nakeek en dat die gewoonte haar soms had vertederd. Maar nu ergerde het haar, ze had het gevoel dat hij haar in de gaten hield. Eenmaal in haar eigen vertrek, ging ze, nog nahijgend, in een stoel zitten. Ze was verhit van het harde fietsen.

'Je kwam aanstuiven of de duivel je op de hielen zat.' Geschrokken keek ze om naar haar schoonmoeder die in een nis bij het raam zat.

'U behoeft me niet te bespioneren,' viel ze uit.

'Ik zag je aankomen,' was het kalme antwoord en Clare had al spijt van haar uitval. 'Heb je mijn hoestdrank?' Clare knikte, ze was intussen blij dat ze Brian niet op de heenweg had ontmoet. Dan zou ze stellig de hoestdrank zijn vergeten en nog wel meer dan dat.

'Er is binnenkort een bazaar in het dorp. Ze vroegen of ik mee wilde doen,' vertelde ze dan.

'Zo. Waar is dat voor? Wat moet je doen?'

'Ik zou wafels moeten bakken. Voor de een of andere vereniging.'

'Je weet dus niet eens waarvoor.'

Clare pijnigde haar hersens af. Die vrouw had iets gezegd maar ze was het vergeten. 'Voor een of ander tehuis.'

'Toch niet een tehuis voor gevallen vrouwen?'

Clare staarde haar schoonmoeder aan. 'Wat bedoelt u daarmee?'

'Bedoelen? Niks. Ik vind alleen dat dergelijke mensen voor zichzelf moeten zorgen.' Ze ontmoette de opmerkzame blik van de oudere vrouw en probeerde zichzelf in de hand te houden. Michels moeder kon niets weten en ze bedoelde ook niets. Ze moest niet zo agressief reageren want dan zou ze nog denken...

'Jij had ook in zo'n tehuis kunnen zitten als Michel je niet getrouwd had.' Haar schoonmoeder keerde zich na deze opmerking weer naar het raam. Ze was duidelijk tevreden over zichzelf. Hoe had ze kunnen denken dat ze níets bedoelde, dacht Clare woedend. Ze bedoelde altijd iets en meestal sloeg het op haar verleden. Maar als ze niet oppaste zouden dergelijke opmerkingen snel genoeg op het heden van toepassing zijn. Als ze er ooit achter kwam dat ze Michel ontrouw was... maar dat was niet zo en zover zou ze het niet laten komen.

Ze ruimde de boodschappen op, het meeste hoorde in de keuken, enkele toiletartikelen waren voor tante Paula.

Deze zat in de tuinkamer met de deuren open. 'Zo kind, je bent lang weggebleven.'

'Ik ontmoette in het dorp een paar mensen.' En opnieuw vertelde ze van de bazaar. 'En de dominee sprak ik nog. Hij...'

'Je behoeft je niet zo uitgebreid te verontschuldigen,' viel tante haar fijntjes in de rede.

Clare liet zich in een stoel zakken, ze was ineens doodmoe. Vandaag ging alles verkeerd, niemand scheen haar te vertrouwen en dat kwam in hoofdzaak door haar eigen reacties.

'Je hebt hem ontmoet, nietwaar?'

Tantes stem klonk zo overtuigd dat Clare geknikt had voor ze het zelf wist.

'De liefde is iets moois,' zei tante peinzend. 'Ik weet daar alles van, kind. Maar kun je liefhebben en gelukkig zijn ten koste van Michel, je dochter en Martijntje. O Clare, denk toch na.'

'Ik zou voor één keer aan mezelf willen denken,' zei Clare. 'U moet toch zelf het beste weten dat een echt grote liefde maar één keer in een leven voorkomt.'

Er gleed een trek van pijn over tantes gezicht. 'Dat geldt niet voor iedereen. Daarbij kan men op verschillende manieren liefhebben. Jij houdt ook van Michel, al maak je die gevoelens nu ondergeschikt aan datgene wat Brian bij je wakker roept. En misschien is het niet meer dan een jeugddroom.'

'Ik weet niet wat ik moet doen,' zuchtte Clare.

'Dat weet je wel, lieve. Naar je man en kinderen kijken en Brian niet meer ontmoeten.'

Clare ging zonder antwoord te geven de kamer uit. Of het zo gemakkelijk was.

Toen Paulette uit school kwam zag ze de man van de vorige keer bijna op dezelfde plaats. Als vanzelfsprekend stapte ze af. De aandacht van deze knappe man streelde haar.

Ze was nog niet gewend op de nieuwe school en voelde zich soms erg alleen, temeer daar ze niet gemakkelijk contact maakte. Dit had ook met haar leeftijd te maken, maar op die gedachte kwamen hoogstens de leerkrachten, die kinderen van die leeftijd bar lastig vonden.

Deze man was aardig. Hij vroeg haar naast hem te komen zitten. Paulette had behoefte aan aandacht en genegenheid, ze kreeg belangstelling voor jongens. Niet voor die uit haar klas, maar de ouderen uit de hoogste klassen hadden meer haar aandacht. Deze man was misschien wel erg oud maar hij was wel aardig en vol belangstelling. Ze vertelde hem over school en thuis. De man luisterde aandachtig, ze werd helemaal warm van de blik in zijn ogen. Het leek wel of hij haar woorden indronk en Paulette wist de reden niet, ze dacht dat zijn belangstelling uitsluitend voor haar bestemd was. En hij zag Clare van vroeger in haar en hij dacht dat dit meisje zijn dochter had kunnen zijn.

Clare verliet de volgende dagen het huis en de tuin niet, hoeveel moeite het haar ook kostte. Maar tegen het eind van de week hield ze het niet meer uit. Brian zou vertrekken, ze moest toch afscheid nemen, hem zeggen dat hij niet terug moest komen.

Het kostte haar wel enige moeite enkele boodschappen te verzinnen die niet konden wachten. Tante Paula keek haar even zwijgend aan toen ze vroeg of ze ook voor haar iets mee moest brengen.

'Je kunt gelijk Martijn van school halen,' zei ze. 'Dat zal hij gezellig vinden.'

Clare knikte. Ze besefte terdege dat ze met Martijn bij zich geen afscheid van Brian zou kunnen nemen, zo ze hem al tegenkwam. En natuurlijk had tante Paula daar ook aan gedacht.

Michel was bij de schuur een klimroos aan het opbinden toen ze haar fiets haalde.

'Ga je alweer naar het dorp?' vroeg hij. Zijn bruine ogen keken haar somber aan.

'Ik moet enkele boodschappen halen.'

Hij zei niets, bleef haar aankijken en met een licht schouderophalen keerde Clare zich af. Sinds hij wist dat Brian in de buurt was gedroeg hij zich bijzonder vreemd. Hij hield zich op een afstand, gaf nauwelijks antwoord.

Ze vroeg zich af hoe lang hij dit vol zou houden.

Terwijl ze naar het dorp fietste hoopte ze dat ze Brian nu zou zien. Maar ze kwam niemand tegen, het was een rustige weg. Het was eigenlijk best te begrijpen dat Frank het hier te stil vond. Hij was jong en hield van drukte en mensen om zich heen.

Ze had nog niet eens gevraagd of het hem beviel in de kledingzaak. Ze was te veel met zichzelf bezig. Voor de zoveelste maal nam ze zich voor dit te veranderen.

In een klein winkeltje haalde ze de boodschappen. De vrouw die haar hielp praatte met haar over de bazaar, waarvan ze nu hoorde dat deze werd gehouden voor nieuwe uniformen van de muziekvereniging. Als ze alles zo hoorde werd het een kermisachtige toestand en Clare had eigenlijk al spijt dat ze haar medewerking had toegezegd.

Ze kwam langs de pastorie waar de dominee in de tuin bezig was. Hij kwam naar het hek. 'Laten we nu een afspraak maken,' zei hij na de begroeting. 'Schikt volgende week u?'

Na wat heen en weer gepraat kwamen ze tot overeenstemming en Clare dacht dat hij er geen gras over liet groeien.

De school was net uit en ze haalde Martijn even buiten het dorp in. Het kind straalde toen hij haar zag en op dat moment voelde ze zich weer schuldig. Ze vroeg zich af waarom dat zo was terwijl ze met een half oor luisterde naar Martijns gebabbel. Ze deed niemand iets te kort.

Ze zag Brian pas toen ze vlak bij hem was. Hij zat aan de waterkant en staarde over de rivier. Maar ze had hem niet zonder meer kunnen passeren, al had ze gewild. Brian was al opgestaan, stond haar op te wachten.

Ze stapte af, maakte een gebaar naar het kind achter op de fiets.

'Is dat je jongste zoon?' Hij boog zich naar Martijn, streelde het kind over de wang, wel wetend dat niets wat hij zou zeggen verstaanbaar was voor het kind. Martijn was dergelijke liefkozingen niet gewend en staarde de vreemdeling achterdochtig aan.

'Wie is dat, mama?' vroeg hij dringend.

Clare tilde hem op de grond. 'Dat vertel ik je straks wel. Ik moet even met deze meneer praten.'

Martijn scheen niet van zins zich verder dan een paar pas te verwijderen en ongeduldig keerde ze zich naar Brian. 'Je had hier niet moeten wachten,' zei ze in het Engels.

'Lieve Clare, ik weet zeker dat je hier langskwam om mij te zien. Had ik je moeten teleurstellen? Ik was hier elke dag om deze tijd. Je moet dat gevoeld hebben. Maar vandaag is het de laatste dag. Morgen vertrek ik naar Engeland. Maar ik kom terug.' Hij legde een hand op haar arm. Ze keek snel naar Martijn die nog steeds op dezelfde plaats stond, zwijgend en wantrouwend.

'Waarom heb je dat kind bij je? Ik wil afscheid van je nemen.'

Ze keek hem aan en wist dat hij haar in zijn armen zou nemen zonder zich aan Martijn te storen.

'Denk om het kind,' fluisterde ze scherp. 'Ik moet gaan, Brian. Je moet niet terugkomen.'

Toen ze zijn ogen ontmoette sloeg ze de hare neer.

'Vanavond ben ik hier weer,' fluisterde hij. Daarop draaide hij zich om en liep de andere kant uit. Ze staarde hem na. Vanavond... ze kon niet gaan, ze zouden haar onmiddellijk missen. Ze wilde ook niet gaan. Maar ze besefte tegelijkertijd dat ze al bezig was plannen te maken hoe ze weg kon komen zonder dat iemand het merkte.

'Wie was dat, mama?'

Met een schok keerde ze tot de werkelijkheid terug.

'Waarom praatten jullie zo raar? Dat was een vreemde taal, hè. Was dat nu de taal die u altijd naar tante Paula schreef?'

'Ja.' Ze zakte door haar knieën, sloeg haar armen om hem heen. 'Mama kent deze meneer van heel lang geleden. Hij gaat nu weer terug naar zijn eigen land.'

'En komt hij nooit meer terug?' het klonk hoopvol en ze begreep dat het kind Brian niet vertrouwde. Of misschien wantrouwde hij hen beiden wel. Martijn zag alles heel scherp en zonder te begrijpen wat er aan de hand was voelde hij dat er iets niet klopte.

'Hij komt niet meer terug,' zei ze tegen beter weten in. 'En Martijn, kun je een geheim bewaren? Wil je tegen niemand iets zeggen over deze meneer? Ook niet tegen papa of oma.'

'Waarom niet? Mag papa het niet weten?' Zijn aangeboren eerlijkheid deed zijn stem boos opklinken.

Clare zuchtte. 'Papa denkt dat die meneer... ach weet je, pappa vindt hem niet aardig. Hij wil niet dat ik met hem praat.'

'Waarom doe je het dan?' Het klonk oprecht verbaasd.

'Ik vind hem wél aardig en hij kent hier verder niemand. Maar ik wil papa geen verdriet doen dus zeggen we hier niets van. Beloofd?'

Het kind aarzelde nog. 'Ik zeg vandaag niets,' besloot hij dan tot een compromis.

Clare tilde Martijn weer op de bagagedrager. Als het kind morgen iets van deze ontmoeting zou vertellen kon ze in alle eerlijkheid zeggen dat Brian weg was en dat ze afscheid had genomen. Ze fietste nu in een rustig tempo verder. De zon scheen warm op haar gezicht, het was bladstil, de hemel had niet meer die stralend blauwe kleur van enkele uren geleden. Misschien kwam er onweer en dan zou Brian vanavond niet komen.

Het bleef de hele dag drukkend warm. Ze zaten in de tuin in de schaduw van een grote beuk en Clare moest denken aan hun huis in de smalle straat waar ze de vorige zomer nog woonden. Soms zaten ze dan gewoon op de stoep als het een warme dag was. Dat was toch wel heel iets anders dan dit theedrinken hier met tante Paula. Martijn lag languit in het gras. Paulette was net thuisgekomen, ze stond bij haar vader die het gras maaide.

'Het is een voorrecht hier te wonen,' bracht ze haar gedachten onder woorden.

'Zo denk ik er ook over. Martijn, zeg tegen je vader dat hij ophoudt met werken. Het is te heet.'

Martijn stond onmiddellijk op en holde weg. 'Kinderen hebben altijd energie,' zuchtte tante. 'Je schoonmoeder heeft ook last van de warmte.'

'Dat zal wel. Zij heeft overal last van,' bromde Clare.

'Hoe komt zij aan een zoon als Michel. Hij moet op zijn vader lijken.'

Clare ging er niet op in. Over Michel praten met tante Paula was nogal precair. Even later kwam Michel ook bij hen zitten. Zijn voorhoofd was nat van het zweet, zijn blonde haar krulde vochtig. Hij was in enkele weken zo bruin verbrand als ze hem nog nooit had gezien.

Zijn overhemd hing los, hij had met ontbloot bovenlijf gewerkt en voor tante Paula even een overhemd aangeschoten. Michel werd steeds meer een buitenmens.

Brian was bij hem vergeleken een echte heer. Verfijnd en hoffelijk.

'Zal ik voor jou ook thee halen,' vroeg ze opstaand.

Hij knikte, zijn ogen gleden over haar heen en ze liep snel weg. Ze werd soms zenuwachtig van Michel. Hij was veranderd. Het leek wel of hij haar steeds in de gaten hield. Of hij wachtte tot hij haar op een fout kon betrappen.

Wat kon hij eigenlijk doen als zij Brian ontmoette, dacht ze toen ze alweer terugliep met de thee. Haar wegsturen? Dat zou tante nooit toestaan.

'Er komt onweer,' zei hij toen ze weer was gaan zitten. 'Ik wilde eigenlijk nog een stuk maaien, als het dan gaat regenen is het morgen weer groen.'

'Je hoeft niet zo hard te werken, Michel,' glimlachte tante Paula.

'Ik waardeer hem,' zei ze even later tot Clare. 'Dat moest jij ook doen.'

'Dat zegt zijn moeder al jaren,' antwoordde Clare wrevelig.

'In dit geval ben ik het dus met haar eens.'

Tijdens het avondeten begon het te rommelen maar het bleef vooralsnog bij dreigen. Het was zo warm binnen dat alle ramen openstonden. Clare at haast niets, ze zocht nog steeds naar een mogelijkheid om ongemerkt weg te komen.

Na de afwas ging ze niet terug naar de anderen, ze verdween door de achterdeur de tuin in. Ze zouden haar niet direct missen, ze had gezegd dat ze even ging liggen omdat ze last had van de warmte. Niemand zag haar weggaan en als het aan haar lag zouden ze haar ook niet zien terugkomen. Ze moest het niet lang maken. Ondanks de hitte rende ze tot ze uit het zicht was. Brian zou weer op dezelfde plaats zijn, vermoedde ze.

Maar ze kon nu de fiets niet meenemen. Toen ze op het pad was voelde ze de eerste regendruppels en ze begon weer te rennen. Ze zou drijfnat worden want ze was zonder jas weggegaan. Wie dacht er aan een jas bij deze drukkende warmte. Toen ze hem zag staan, beschermd door een grote paraplu, voelde ze haar hart in haar oren bonzen en dat was niet alleen van het rennen. Ze was intussen drijfnat, haar haren hingen als natte slierten om haar hoofd, de witte blouse plakte aan haar lichaam.

Toen ze bij hem was, zijn nette kostuum zag en de bijpassende regenjas, voelde ze zich verlegen worden. Aan alles was te zien dat ze zo was weggerend in hevig verlangen hem te ontmoeten. Hij lachte, knoopte zijn jas los.

'Kom,' zei hij uitnodigend. 'Je bent nat, je zult nog ziek worden.'

Na alles wat ze voor deze ontmoeting had geriskeerd zou het belachelijk zijn zich nu op een afstand te houden. Ze ging vlak bij hem staan en hij trok haar binnen zijn jas naar zich toe.

Clare rilde van emotie bij dit eerste contact sinds jaren. Hij sloeg zijn armen om haar heen en zo stond ze gevangen in zijn armen. De paraplu stond vast tussen een paar takken en ze dacht dat Brian ervoor gezorgd had dat zijn armen vrij waren. Ze hief haar gezicht naar hem op en keek hem aan. Zijn grijze ogen waren niet veranderd maar er was nu een netwerk van fijne rimpeltjes omheen.

'Je bent nog precies als toen,' zei hij.

Clare zweeg glimlachend. Na twintig jaar en drie kinderen was ze wel veranderd, dat wist ze heel goed. Dat Brian het niet scheen te zien was vertederend.

Hij boog zich naar haar over, zijn lippen streelden de hare tot ze overgingen in een lange kus die haar bijna de adem benam.

'O Clare, Clare, waarom moest ik je verliezen,' kreunde hij. 'Twintig jaren van ons leven, mijn liefste.' Hij wiegde haar heen en weer en Clare herinnerde zich dat gebaar van vroeger.

Intussen viel de regen nu in stromen, hevige rukwinden deden de bomen heftig heen en weer zwiepen. In de verte rommelde het nog.

'Hoe kan ik zo naar huis,' keerde ze eindelijk tot de werkelijkheid terug.

'Naar huis?' Hij vroeg het of de gedachte dat ze weer weg zou gaan nooit bij hem was opgekomen.

'Ze weten niet waar ik ben. Ik moet een verklaring geven. Ik kan alleen zeggen dat ik afscheid van je wilde nemen. Maar dat zullen ze niet begrijpen.'

Hij drukte haar nog dichter tegen zich aan en ze voelde de warmte van zijn lichaam door haar dunne blouse heen. 'Kon je van nu af aan maar bij me blijven,' fluisterde hij.

'Brian, dit is een afscheid. Je moet weggaan en nooit meer terugkomen. Ik kan niet...'

Ze wendde haar ogen af toen ze zijn blik ontmoette.

'Wil je onze liefde zomaar weggooien als een voorbijgaande bevlieging. Ben je ooit gelukkig geweest met je man. Heb je niet altijd aan mij gedacht toen je met hem samen was. Toen hij je in zijn armen hield?'

Clare zweeg, het had geen zin te ontkennen. Een feit was, nu Brian haar in zijn armen hield kon ze niet anders dan met een schuldgevoel aan Michel denken.

'Ik kan hem geen verdriet doen,' herhaalde ze haar woorden van enkele dagen geleden.

'En mij wel? Moeten we onze liefde dan zien als een goedkoop avontuurtje?'

Ze schudde heftig het hoofd. 'Als een grote liefde, maar onbereikbaar. We doen zoveel mensen verdriet als we hiermee doorgaan, Brian. Mijn man, jouw vrouw. Mijn kinderen. We moeten verstandig zijn.'

'Het leven is te kort om verstandig te zijn,' antwoordde hij onlogisch. 'Ik ga nu weg. Maar ik kom zeker terug. Wanneer, kan ik je nog niet zeggen. Mocht het langer duren dan je verwacht had dan is het niet omdat ik niet naar je verlang. Ik moet het een en ander regelen. Maar komen doe ik.'

Hij drukte haar opnieuw tegen zich aan en Clare gaf zich over aan zijn omhelzing. Het kon immers niet anders dan de laatste keer zijn. Zij als moeder van drie kinderen, waarvan één al volwassen, zij mocht hier niet mee doorgaan.

'Als ik terug ben, zul je 't gauw genoeg weten,' zei Brian nog.

Ze antwoordde niet. Ze kon hem op dit moment toch niet van zijn plannen afbrengen. Maar als hij eenmaal terug was in Engeland zou hij ook wel tot de ontdekking komen dat het onmogelijk was. Dat hij niet zijn hele leven overhoop wilde gooien. En dan zou hij haar schrijven, een brief die ze deze keer misschien zou ontvangen. Ze rilde toen hij haar losliet uit de beschutting van zijn jas. Het regende nog steeds en inmiddels was het een stuk koeler geworden.

'Neem in elk geval de paraplu mee,' raadde Brian haar.

Ze weigerde. 'Ik zal genoeg te verklaren hebben zonder de herkomst van een herenparaplu te moeten uitleggen. Brian, het ga je goed. Wees gelukkig.'

Ze stak hem haar hand toe die hij in een vaste greep hield.

'Praat geen onzin,' zei hij. 'Ik ben alleen gelukkig bij jou, dat weet je heel goed.'

Ze maakte haar hand los en begon van hem weg te lopen. Toen ze omkeek stond hij haar na te kijken. Ze liep snel de terugweg.

Dit was het dus, dacht ze flink. Mijn hele leven heb ik gedaan alsof en ik ga daar rustig mee door. Al ligt mijn hele leven overhoop, al weet ik dat Brian mijn grote liefde is gebleven, ik doe of er niets aan de hand is. Ik speel de aardige moeder, de vriendelijke echtgenote.

Ze liep snel over het nu drassige pad. Ze wist niet hoe lang ze was weggebleven. Maar de tijd deed er minder toe dan het feit dat ze juist was weggegaan toen de bui losbarstte. Daar kon ze geen verklaring voor geven. Hopelijk hadden ze haar niet gemist.

Ze liep weer achterlangs door de keuken, snelde de trap op. Ze kwam niemand tegen. Haar slaapkamer was nu schemerig maar ze knipte het licht niet aan. Snel gooide ze haar drijfnatte blouse en bemodderde rok op een stoel, evenals haar kousen en schoenen. Daarna kroop ze in bed. Als er nu niemand naar boven kwam voor haar haren droog waren had ze wel ongelooflijk veel geluk gehad.

'Geen last meer van de warmte,' klonk er opeens een stem uit de hoek van de kamer.

Ze schoot rechtop. In haar haast had ze niet op de hoge stoel gelet, die met de rugleuning naar haar toe stond.

'Wat een misselijke manier om mij te bespioneren,' viel ze uit. 'Dat had ik niet van je verwacht, Michel.'

'Wij schijnen beiden nogal onverwachte dingen te doen.' Hij stond op, kwam naar het bed toe. 'Je kunt wel ziek worden.'

Clare zei niets. Haar gedachten werkten koortsachtig. Uit niets liet hij blijken dat hij wist waarom ze buiten was geweest. Als hij niet dacht aan een ontmoeting met Brian, dan…

Hij was nu op de rand van het bed gaan zitten, keek haar aan. Zijn donkere ogen lieten haar geen moment los toen hij zich over haar heen boog. Ze duwde hem weg. 'Nee, Michel... niet nu... het is nog dag... de kinderen...'

'Doet dat er iets toe. Je gaat toch ook naar hém toe als het dag is. En als de eerste de beste slet lig je met hem in de modder. Mijn God, Clare, waarom... Waar heb ik dat aan verdiend?'

Zijn gezicht was heel dicht bij het hare en tot haar ontzetting voelde ze zijn tranen op haar wang.

Wat deed ze hem aan. Ze kon hem niet zo'n verdriet doen.

'Michel, luister alsjeblieft naar me,' zei ze.

Hij zat nu met het hoofd in de handen.

'Ik ging afscheid van Brian nemen. Hij vertrekt morgen weer naar Engeland. We hebben elkaar een kus gegeven. Meer is er niet voorgevallen.'

'Er is méér tussen jullie voorgevallen dan ooit tussen ons. Je hebt je toen aan hem gegeven en wel voorgoed. Er kwam nooit meer een ander tussen. Ik niet en ook geen van de kinderen. Jij koesterde een droom. En nu is je droom dus werkelijkheid geworden.'

Zijn stem klonk gekweld en Clare had diep medelijden met hem. Hij zou hier in deze omgeving eindelijk volmaakt tevreden kunnen zijn en nu verknoeide zij alles voor hem. 'Hij is weg,' zei ze nog eens.

'Voor hoe lang?' Het klonk bitter. 'En al kwam hij nooit meer terug, in je hart is hij weer tot leven gewekt.'

Hij stond op. 'Ik zal beneden zeggen dat jij je niet lekker voelt.'

'Weten zij niet...' haperde ze.

Hij keek op haar neer. Zijn knappe donkere gezicht dat haar toch zo vertrouwd was leek dat van een vreemde.

'Ze vermoeden dat er iets aan de hand is. Fijngevoelige kinderen als Martijn merken dat aan de sfeer. Daarbij heeft moeder ook zo haar gedachten en die houdt ze niet voor zichzelf. Tante Paula zegt niets, maar zij schijnt alles te weten.'

Hij verliet de kamer en Clare bleef verslagen achter. Ze was een kort ogenblik gelukkig geweest met Brian. Een halfuur? Ze had naar hem verlangd en was overvallen door allerlei stormachtige gevoelens. Gevoelens waarvan ze had gedacht dat die allang waren ingeslapen.

Maar woog dit alles op tegen het verdriet dat ze haar gezin aandeed. En Michel, zou hij haar ooit vergeven? Het ging hem niet alleen om de laatste paar dagen. Twintig jaar had zij in zijn armen aan een ander gedacht en dat wist hij al heel lang. Al die jaren had hij eronder geleden en gehoopt dat het eens zou veranderen. En nu had hij waarschijnlijk alle hoop opgegeven.

En zij...? Was een stormachtige liefde tussen haar en Brian te verkiezen boven het rustige leven met Michel. Maar dan wel mét haar kinderen, en met alle zekerheden die ze hadden opgebouwd.

Kon ze er maar met iemand over praten. Natuurlijk wist ze zelf heel goed wat haar plicht was. Maar moest ze die plicht stellen boven liefde. Ze was nog niet oud. Soms had ze het gevoel dat haar leven voorbij was, terwijl met Brian... Ach, ze kwam er niet uit. En het was beter de zaak te laten rusten. Brian kwam waarschijnlijk nooit meer terug.

Ze ging die avond niet meer naar beneden, hoewel ze ervan overtuigd was dat tante Paula en Michels moeder absoluut geen geloof hechtten aan de bewering van Michel dat ze zich niet goed voelde. Michel had er zo ontredderd uitgezien, dat moest hun wel opvallen.

Ze zou morgen met tante Paula praten, haar zeggen dat Brian was vertrokken. Dat was immers de waarheid. De kans dat hij terugkwam was niet groot. Tenslotte was Engeland ver weg.

Ze moest toch even geslapen hebben want ze werd wakker toen Michel naast haar kwam.

'Ik had graag ergens anders geslapen, maar ik wist zo gauw niet waar,' klonk zijn stem in het donker. 'We moeten dat morgen regelen.'

'Dat hoeft toch niet,' zei ze mat.

'Voor jou misschien niet, maar ik verdraag het niet langer in hetzelfde bed te slapen met een vrouw die niet van mij is.'

'Overdrijf toch niet zo. Wij zijn eenentwintig jaar getrouwd! Die jaren schijnen voor jou niet te tellen. Laten we niet steeds over hetzelfde praten. Ik zei toch dat hij weg is.' Haar stem klonk ongeduldig.

'En ik zei je toch dat bij jou uit het oog niet uit het hart is,' zei hij op dezelfde toon. 'Ik heb tante Paula voorgesteld dat ik weg zou gaan. Maar ze protesteerde heftig. Ze vindt dat jij dan maar moet gaan.'

Clare hield even haar adem in. Zou tante Paula zover gaan dat ze haar wegstuurde? Maar ze wilde hier niet weg.

'En je moeder?' vroeg ze.

'Moeder vermoedt wel iets maar ze weet niets zeker. We zullen haar niet wijzer maken. Eén ding moet je goed weten, Clare. Als je weer in verwachting raakt van die vent zal ik dat niet meer zo gemakkelijk accepteren.'

'Michel!' Het klonk eerlijk verontwaardigd.

Ze voelde hoe hij zich oprichtte, zich over haar heen boog. 'Doe niet zo onschuldig. Jullie zijn volwassen. Ik geloof niet dat jullie je tevreden stellen met een handje en een zoen als dat op je zestiende al niet genoeg bleek te zijn. Laten we ons niet verschuilen achter allerlei onzin. Na al die jaren zijn jullie elkaar niet vergeten. Ik schijn hier volledig buiten te staan. Ik zal je niet meer aanraken, Clare. De kus die ik je nu ga geven is de laatste.'

Hij nam haar zo heftig in zijn armen dat het pijn deed. Ze was een dergelijke ruwe behandeling niet van hem gewend. Zijn kus was al evenmin zachtzinnig en tot haar eigen verbazing reageerde ze op hem. Maar juist toen ze haar armen om zijn hals wilde leggen liet hij haar los en draaide van haar weg. Ze bleef bevend en verward achter. Ze begreep niet wat haar overkwam, maar waarschijnlijk verlangde ze naar Michel, omdat Brian bepaalde gevoelens in haar wakker had geroepen.

Misschien zou hij Brian nog eens dankbaar zijn, overwoog ze. Want dat Michel haar werkelijk links zou laten liggen, dat geloofde ze niet.

HOOFDSTUK 6

'Wat ben je nu van plan?' vroeg tante de volgende morgen aan Clare. 'Als je hiermee doorgaat, en Brian blijft hier komen, dan zal het niet Michel zijn die ik de deur zal moeten wijzen...'
'Is dat een dreigement?' vroeg Clare.
'Meer een waarschuwing,' zei tante en liep waardig weg.
De kinderen waren vertrokken, Michel was 's ochtends al vroeg weggeslopen en haar schoonmoeder ontliep haar – gelukkig – nadrukkelijk. Clare besloot de vertrekken boven op orde te maken.
Dat tante Paula zo automatisch voor Michel koos, ergerde haar. Ze had altijd gedacht dat ze bij tante geen kwaad kon doen. Het kwetste haar eigendunk en ze voelde zich verlaten. Plotseling meende ze boven haar hoofd wat te horen.
Ze opende de deur naar de gang en bleef onder aan de trap naar boven staan. Het leken wel voetstappen... Hoe kon dat? Wie kon daar zijn? Aarzelend liep ze enkele treden op tot ze de overloop kon overzien.
Ze zag twee gesloten deuren. In de doodse stilte, hoorde ze naast het kloppen van haar eigen hart geritsel. Het leek of iemand in een boek bladerde...
Het was klaarlichte dag en spoken bestonden niet. Maar ze durfde niet verder te gaan. Ze beefde zelfs. Ze durfde tante er niet bij te roepen, de deuren open te maken of terug te gaan. Ze stond nog stokstijf toen tante Paula de trap opkwam.
'Wat sta jij daar te doen?' Het klonk ongewoon scherp.
'Ik... ik hoorde iets op de bovenste verdieping,' hakkelde Clare. Ze draaide zich om en schrok. Tantes gezicht was een strak masker.
'Onzin.'
'Maar...' Clare keek haar smekend aan. 'Wat is daar? Waarom zijn die deuren dicht?'
'Ga mee naar beneden,' beval tante. Clare volgde haar gedwee, en ze durfde niet één keer om te kijken. Tante Paula plantte haar in een stoel en zei: 'Ik heb de deuren afgesloten. In die vertrekken staan de boeken en meubels van mijn man. Ik onderhoud alles en verbeeld me

soms dat hij nog achter zijn bureau zit...' Ze pauzeerde even. 'Wil je hier met niemand over praten, Clare? Het is een bevlieging van een oude, sentimentele vrouw.'

'Natuurlijk niet,' haastte Clare zich te verklaren. 'Maar... ik hoorde voetstappen...'

Tante Paula werd bleek. 'Misschien spookt het hier werkelijk...'

'In Nederland? In Engeland misschien, maar...'

'Muizen dan,' sprak tante ongeduldig. Ze stond op en liep weer naar boven. Clare overlegde met zichzelf of ze mee naar boven zou gaan, maar wilde niet brutaal lijken. Misschien waren het inderdaad ratten of muizen. Ze rilde. Ach, wat maakte ze zich druk! Ze had andere zorgen.

Wat Clare niet wist, was dat Martijn ook al diverse malen voor de deuren had gestaan. Hij had gemompel en diep zuchten gehoord. Tante had hem eens betrapt en was woedend uitgevallen. 'Waag het niet daar ooit binnen te gaan!'

Hoewel hij erg op haar gesteld was, was hij toen bijna bang van haar geworden. Hij had er nooit met iemand over durven praten...

Sinds die dag meed hij de bovenste verdieping. Er gebeurde zoveel in zijn jonge leventje dat er dagen voorbijgingen zonder dat hij aan die kamer dacht.

Frank had anderhalve dag in een kledingzaak gewerkt en toen had hij er genoeg van. Rijke heren te moeten aankleden, steeds andere kostuums te moeten aandragen en neerbuigend behandeld te worden, dat was niets voor hem. Hij zei dus de tweede dag dat dit zijn laatste werkdag was. De baas scheen daar niet rouwig om te zijn. Frank had een manier om met mensen om te gaan die de meesten irriteerde. Het was of hij hen voortdurend een tikje spottend bekeek. En als het figuur van iemand niet meer correct was, – en bij wie was dat wel, dacht de baas over zijn beginnend buikje strijkend – dan was zo'n geringschattend lachje uiterst pijnlijk.

Frank had een halve dag door de stad gedwaald op zoek naar werk. Hij probeerde het in winkels en restaurants, maar steeds opnieuw kreeg hij te horen dat er genoeg personeel was. In het begin had hij de duurste restaurants gemeden. Hij had het gevoel dat hij zich daar niet thuis zou voelen. Maar ten einde raad ging hij tegen de avond toch bij een duur ogend hotel naar binnen. Bij de receptie stond een dame die hem van top tot teen opnam voor ze antwoord gaf. 'Als wát zou je willen werken?' vroeg ze nuffig. 'Wat kun je?'

'In principe kan ik alles,' zei Frank met de gedachte dat de brutalen de halve wereld hadden.

'Goed. We zullen zien.' De vrouw drukte op een bel waarop een ober verscheen, keurig in het zwart met een smetteloos wit overhemd. 'Deze jongen zoekt werk. Kun je hem gebruiken, Harry?'

'Kom maar mee.'

Enigszins verbouwereerd volgde Frank de man die Harry was genoemd naar een klein kantoor. 'Je boft dat er sinds gisteren twee personeelsleden ziek zijn. Je kunt meteen beginnen. Ik zal een van de meisjes vragen je een en ander te wijzen. Je bent hier intern, je kamer is op de bovenste verdieping. Om de twee weken heb je een zondag vrij.'

'U schijnt te denken dat die twee mensen voorlopig niet beter worden,' waagde Frank.

De man keek hem even niet-begrijpend aan, knikte dan. 'Ik verwacht binnen een week geen oplossing, anders zou ik je niet hebben gevraagd te blijven. We hebben de komende avonden enkele grote diners, dus ik heb mensen te kort.'

Daarop drukte hij op een bel. Even later kwam een klein tenger meisje het kantoor binnen. Ze droeg een zwarte jurk met een wit kanten schortje. Haar donkere haren waren gedeeltelijk verstopt onder een wit mutsje. Het gevolg was dat het smalle gezichtje alleen leek te bestaan uit twee enorme lichtbruine ogen.

'Marieke, wil jij deze jongeman de kamer van Jochem wijzen. Hij heeft ongeveer hetzelfde postuur. Jochems kleren zullen hem wel passen.'

Frank had er niet veel mee op de kleren van iemand anders te dragen, maar hij besefte dat hij weinig keus had. Maar hij besloot op hetzelfde moment te gaan sparen voor een eigen rokkostuum.

Het meisje liep naast hem de brede trappen op en daarna liet ze hem voorgaan op een lange, veel smallere trap die naar de bovenste verdieping leidde. Van de luxe die beneden heerste was hier niet veel meer te merken. Op de gang lagen kokosmatten, evenals in de kleine kamer waar ze hem binnenliet. Er stond een ijzeren ledikant met daarnaast een nachtkastje. Er was een hangkast met enkele planken bovenin. Aan het eind van de gang was de badkamer met enkele wastafels.

'Wij, die hier boven slapen, maken er gebruik van,' vertelde het meisje.

Frank bedacht dat dit inderdaad een luxe hotel was als de waterleiding al tot de personeelsverblijven was doorgedrongen. Het meisje opende de kast waar een zwart kostuum hing, evenals drie overhemden.

'Als die Jochem beter is zal hij dit niet leuk vinden,' veronderstelde Frank.

'Jochem komt niet terug,' zei het meisje.

'Is hij ernstig ziek?'

Ze keek hem aan en weer vielen hem haar grote lichtbruine ogen op. Als van een hert, dacht hij even.

'Hij is niet ziek,' zei het meisje. 'Hij werd ontslagen omdat hij een paar keer weigerde te doen wat hem was opgedragen.'

'Zo. Dat is nogal stom, lijkt me.'

'Hij weigerde terecht,' was het korte antwoord. 'Natuurlijk was het onverstandig. Maar wij als personeel hebben nauwelijks rechten. Jij ziet er trouwens ook niet uit of je zo gemakkelijk bent. Als je hier wilt werken moet je veel nemen en altijd beleefd blijven. We hebben een stel chique vaste klanten. Die zijn het ergste. Het is bij sommigen nooit goed.' Ze glimlachte verontschuldigend. 'Ik wil je niet bang maken.'

'Als jij hier kunt werken waarom ik dan niet?' vroeg Frank.

'Ik moet geen klanten bedienen. Ik ben voor de kamers.'

'En wat doe je als je vrij bent?' Frank zag tot zijn genoegen dat ze een lichte kleur kreeg.

'De enkele keer dat ik vrij ben ga ik naar mijn ouders.'

'Heb je een vriend of verloofde?' vroeg hij verder.

'Je vraagt wel veel, hè. Ik ben pas het eerste meisje dat je in het hotel ontmoet. Ben je van plan aan ieder van ons dezelfde vragen te stellen?'

'Als een meisje me interesseert zeer zeker.' Hij had intussen het kostuum uit de kast gehaald, ontdeed zich van zijn jas en overhemd en slingerde deze op het bed.

'Ik ga nu maar.'

Het meisje had haar hoofd afgewend en hij grinnikte in zichzelf. 'Ga maar, Marieke. Ik zie je straks wel.'

Even later bekeek hij zichzelf in de spiegel in de badkamer.

Hij was een knappe jongen en een sufferd die dat niet zag, dacht hij vol zelfvertrouwen.

Het kon hier best interessant worden. Als de gasten uitgebreid dineerden zou het personeel het toch niet met stamppot moeten doen. Hij kon naar de mensen kijken en leren hoe het hoorde aan chique tafels. Hij had nog veel te leren. Maar nooit zou hij teruggaan naar de fabriek, daarvan was hij zeker. En nu was hier ook dat aardige kind, die Marieke.

Het zou leuk zijn als zij verliefd op hem werd. Natuurlijk slechts voor tijdelijk, want hij was nog steeds van plan een rijke vrouw te trouwen. Het eerste wat hij vanavond te doen had was een brief schrijven naar zijn ouders. Hij zou alles een beetje mooier maken en ze zouden niet weten hoe ze 't hadden. Hij zou hen weleens wat laten zien.

Toen Frank die avond niet thuiskwam maakte Clare zich behoorlijk ongerust, maar ze zei er niets van tegen Michel. Het ergerde hem altijd als ze haar bezorgdheid om Frank liet blijken. En er waren al zoveel ergernissen tussen hen.

Michel sliep nu apart in een kleinere zijkamer. En natuurlijk, de eerste die dat ontdekte was zijn moeder.

'Waarom is dat?' vroeg ze met een hoofdbeweging naar de zijdeur.

'Er zijn dingen waar zelfs moeders niets mee te maken hebben,' zei Clare zo opgewekt mogelijk. Daar nam haar schoonmoeder echter geen genoegen mee. Ze stond een ogenblik zwijgend voor het raam, zei dan: 'Die arme jongen.'

Clare kwam naast haar staan. Onschuldig vroeg ze: 'Welke jongen?' De ander draaide zich met een ruk naar haar om. 'Houd je niet van de domme. Je onttrekt je aan bepaalde plichten.'

'Plichten,' herhaalde Clare. 'Zo heb ik dat nooit gezien.'

'Nee, dat is juist je ongeluk. Hem naar een andere kamer sturen!'

'Sturen,' herhaalde Clare verontwaardigd. 'Het is zijn eigen beslissing. Dat uw man nooit zelf iets besloot wil niet zeggen dat Michel... ach, laat ook maar...'

'Ik zal Michel niet veroordelen als hij een ander vindt,' zei haar schoonmoeder.

Clare gaf geen antwoord. Het was zeer de vraag of haar schoonmoeder Michel ooit zou veroordelen, wat er ook gebeurde.

Ze hoopte intussen dat Michel zijn houding zou veranderen. Hij zag kans haar totaal te negeren, zowel als ze alleen waren, als met anderen erbij. Clare was geen type dat zich snel alleen voelde. Nu ging het er echter op lijken dat ze echt alleen stond. In haar ogen deed tante Paula overdreven aardig tegen Michel. En die liet zich dat alles maar wat graag aanleunen, dacht ze onredelijk.

En dan Paulette. Zij scheen volkomen in haar eigen wereldje op te gaan. Ze kon haar dochter niet bereiken. Martijn was in de buurt van zijn vader of bij tante Paula. En Frank was nu al twee dagen weg. Dit feit werd door Michel volledig doodgezwegen en zij durfde er niet over te beginnen.

Enkele dagen later zag ze de postbode die bij Michel afstapte en hem een brief overhandigde en ineens was ze doodsbang dat het een brief van Brian zou zijn. Michel stond nu tegen een boom geleund het epistel te lezen. Dan was dit dus niet van Brian. Michel zou haar post toch zeker niet openmaken! Of wel? Kende ze Michel eigenlijk wel? Even later ging ze naar beneden. In de tuin ging ze na een korte aarzeling naar Michel toe. Hij keek haar aan, wachtte tot ze iets zei. 'Je moeder was woedend dat we niet bij elkaar slapen,' was het eerste, en zeker niet het beste, wat haar te binnen schoot.

Hij haalde zijn wenkbrauwen op, reageerde verder niet.

'Zou je om praatjes te voorkomen niet liever gewoon doen? Er zijn ook nog de huishoudster en de kinderen. Je behoeft je niet aan te stellen.'

Haar stem was scherp.

'Vraag je mij of ik weer naast je kom slapen?' vroeg hij langzaam.

Clare kreeg een kleur. Zo rechtstreeks had ze dit niet onder woorden willen brengen. Desalniettemin keek ze hem recht aan toen ze kortaf met 'Ja' antwoordde.

'Je hebt al snel genoeg van het alleen slapen.'

Ze gaf geen antwoord. Als ze hem zei dat het in hoofdzaak was om van het gezeur van zijn moeder af te zijn, en dat ze wilde voorkomen dat een van de kinderen vandaag of morgen vragen zou stellen, dan zou hij zeker in zijn houding volharden.

'We zullen zien,' zei hij vaag. 'Ik heb hier een brief van Frank.' Ze griste de enveloppe haast uit zijn vingers. 'Was je van plan deze vanavond pas te geven?' vroeg ze boos.

'Dat is altijd nog vroeg genoeg,' antwoordde hij kalm.

Bang dat de brief de een of andere jobstijding zou bevatten, begon Clare gejaagd te lezen.

'Moeder en verdere familie!
Ik hoop niet dat jullie je ongerust hebben gemaakt. Ik zag geen kans jullie eerder te laten weten dat ik nu in een chique hotel woon en werk. Er komen hier alleen rijke mensen. Ik denk dat ik voorlopig hier blijf. Het is heel wat beter dan in de fabriek. En in die tuin is ook geen werk voor twee man.
Ik heb nagedacht voor ik bij jullie wegging. Want de gemakke-

*lijkste manier om rijk te worden is natuurlijk te gaan zitten
wachten op de dood van dat mens, die tante Paula. Het zit erin
dat wij dan alles erven. Maar ten eerste ziet ze eruit of ze wel
honderd kan worden. En dan gaan jullie nog vóór. Dus ik kan
inmiddels de middelbare leeftijd hebben bereikt voor ik een cent
erf. Daar kan ik niet op wachten. Ik wil geld hebben als ik nog
jong ben en ik zal daar alles voor doen, behalve dingen die tegen
de wet ingaan. Want om een deel van mijn leven in de gevangenis door te brengen, daar heb ik geen zin in.
Zo af en toe heb ik een zondag vrij. Dan zal ik weleens een keer
langskomen.*

Groeten, Frank.'

Clare vouwde de brief weer in de enveloppe. Dit was weer echt
Frank.
'Je vindt dit niet prettig, begrijp ik. Maar Frank voelde zich in deze
omgeving niet thuis.'
'Ik begrijp niet wat hier beter aan is dan in een fabriek werken. Ik be-
doel als het hem gaat om werk waarin je iets kunt bereiken... Dat
wilde hij toch? Vooruitkomen? Rijk worden?'
Michel keek haar haast beschuldigend aan. 'En nu is hij kelner. Wat
is daar zoveel beter aan dan in een fabriek?'
'Er is voor ons mensen nu eenmaal weinig werk waar echt toekomst
in zit,' zei Clare bitter.
'Jouw zoon vertikte het iets meer te leren. Hij heeft geen enkele op-
leiding willen volgen. Ik wilde dat ik die kans had gekregen.
Kan zijn vader niets voor hem doen? Had het hem gevraagd, dan had
zijn komst nog iets nuttigs kunnen bewerkstelligen.'
Clare staarde hem aan. 'Hij weet niet dat hij een zoon heeft,' zei ze.
'Wil je dat ik het hem alsnog laat weten?'
'Dat zijn mijn zaken niet.' Waarop Michel zich omdraaide en verderging met schoffelen.
Clare liep langzaam terug. Als ze Brian schreef dat hij een zoon
had zou hij terugkomen, daarvan was ze zeker. Interesseerde dat
Michel niet? Was zijn jarenlange liefde voor haar in één klap verdwenen, omdat hij wist van de ontmoeting met haar vroegere
jeugdliefde!
Dat was niet het enige, begreep ze. Michel was ineens duidelijk gaan
zien dat ze nooit echt van hem had gehouden. Dat die ander altijd op
de achtergrond was gebleven. Hij had voor een groot deel gelijk,

maar toch wilde ze dat Michel weer dezelfde was als vóór Brian was verschenen.

Ze had zich gekoesterd in zijn voortdurende genegenheid. Het had haar een gevoel van vertrouwen gegeven. En nu had ze het gevoel dat alle zekerheden waren verdwenen.

Die middag ontvingen ze de dominee in de tuinkamer. Zelfs Michel had zich voor het bezoek verkleed.

'De dominee is belangrijk in het dorp. Je moet hem met de nodige egards behandelen,' had tante Paula gezegd. Ze praatten wat over algemene zaken, ook over hoe het kwam dat ze hier nu woonden en wat ze voordien deden. Hij bewonderde de tuin, zei dat mevrouw Colins op een schitterend plekje woonde, wat tante onmiddellijk toegaf. 'Ja, en meneer Van Oeveren en ik gaan Duitse herders fokken. In de winter is er natuurlijk weinig te doen, en zo hebben we dan toch iets nuttigs om handen,' zei tante Paula. De dominee beaamde dat, en Michel zat ernstig te knikken.

Dit was nieuw voor Clare. Ze was kennelijk de enige die er niet van wist, het stak haar geweldig. Vroeger overlegden zij en Michel altijd alles. De dominee begon over de bazaar, maar even later stokte het gesprek. Hij keek Clare plots ernstig aan en zei: 'Er moet me nog iets van het hart, mevrouw.'

Zijn toon was veranderd, en Clare werd onrustig. Wat was er nou weer? 'U heeft een dochter, is het niet? Ze is nog erg jong. Er is mij echter verteld dat ze een aantal malen met een volwassen man gezien is, een vreemdeling...'

Clare hoorde dat Michel zijn adem inhield. Tante Paula keek haar veelbetekenend aan.

'Ik begrijp u niet,' antwoordde Clare strak.

De dominee was met dit antwoord verlegen. 'U moet het mij niet kwalijk nemen, maar u zou toch niet willen dat uw dochter in opspraak kwam?'

'Waar is ze gezien, en door wie?' vroeg tante Paula zakelijk.

'Ze bevond zich op het pad langs de rivier,' zei de dominee plechtig. 'Iemand zag haar vanaf de overkant. Ze was samen met een man die duidelijk veel ouder was. De persoon die ze samen zag, kreeg de indruk dat er meer tussen hen was.'

'Waar bemoeien ze zich mee,' viel Clare uit. 'Paulette is nog een kind.'

'Daarom juist,' legde de dominee pijnlijk getroffen uit. 'We moeten haar beschermen.'

'Goed, ik zal terstond met haar praten.'

Clare stond waardig op. 'U wilt me wel verontschuldigen?' Voor de dominee wat had kunnen zeggen, draaide Clare zich om en beende weg. Als ze was gebleven, had ze zich vast niet meer kunnen beheersen. Ze herinnerde dat Paulette Brian een keer gezien had, maar ze had niet met hem gesproken. Wat is dorpsroddel toch smerig, dacht ze. Als ze Paulette al gezien hadden, dan zouden ze ook haar... Ze stond eensklaps stil. Dat moest de verklaring zijn! Van afstand leken ze op elkaar. Zij was keurig getrouwd, dus moest het Paulette zijn geweest... Aan de achterkant van het huis ging ze op een terrasmuurtje zitten. Ze had zich met Brian wel goed in de nesten gewerkt.

Pas na geruime tijd liep Clare weer terug. Alleen tante Paula zat er nog. Ze ging ernaast zitten en zwijgend keken ze naar Michel, die in de tuin bezig was.
'Ik wist niks van die Duitse herders,' zei Clare opeens.
'Het idee bestaat maar kort,' antwoordde tante Paula prompt. 'Ik weet een hond met vijf jongen. Als je ze goed dresseert, kunnen ze geld opbrengen. Ook voor Martijn is het leuk.'
Clare keek naar haar tante. 'U doet alles om mijn familie hier te houden.'
'Ik wil dat jullie allemaal blijven.' Tante keek haar aan. 'Geloof je dat ze Brian met Paulette hebben gezien?'
'Natuurlijk niet,' zei Clare onmiddellijk.
'Jij was het dus.'
'Dat begreep u heus wel. Maar Brian is weg, laten we er allemaal over ophouden. Wie zijn die mensen aan de overkant, hebben die niet wat anders te doen dan ons te begluren?'
'Veel te doen hebben ze hier inderdaad niet,' zei tante en keek wat spottend naar haar nichtje. 'Want daar hebben ze huishoudsters en bediendes voor...'
Op dat moment hoorden ze een luide gil uit het huis komen. Geschrokken keken de vrouwen op. Clare zocht naar de figuur van Michel, maar die stond er niet meer. Mevrouw Van Weersum, tantes hulp in de huishouding, kwam het huis uitrennen. 'Mevrouw, mevrouw,' riep ze verwilderd, 'er is iemand boven!'
'Flauwekul,' zei tante koel. 'Je hebt daar niets te zoeken, er is niemand.'
'Echt, mevrouw. Ik hoorde wat boven, en ik liep de trap op. Toen ik riep of er iemand was, schreeuwde iemand: 'Maak dat je wegkomt...' Ik ben zó naar beneden geheld. Kan uw man niet even gaan kijken?'

Ze wendde zich tot Clare, maar tante viel woedend uit. 'Ik heb u verboden daar te komen! Die kamers zijn afgesloten, daar staan spullen van mijn echtgenoot in. Hoe durft u mijn orders in de wind te slaan. U bent ontslagen! U ontvangt een week loon, en hoeft níet meer terug te komen. Ik zal u nú uitbetalen.'

Clare was te verbijsterd iets te doen of te zeggen. Ook mevrouw Van Weersum was verstomd, maar volgde met een hulpeloze blik haar voormalige werkgeefster. Tante Paula was altijd redelijk en vriendelijk, dit sloeg alles, dacht Clare. Die vrouw heeft een gezin, ze heeft het geld nodig. En om zoiets te worden ontslagen...

Michel kwam aanlopen en Clare vertelde meteen wat er gebeurd was. 'Ze deed haar werk toch goed?' verbaasde Michel zich. 'Alleen bij diefstal doe je zoiets. Het leek mij een keurig iemand.'

'Ze deed dingen die ik haar verboden had,' zei tante, die de financiële afwikkeling geregeld had en nog rood van opwinding terug kwam lopen. 'Clare moet haar werk voorlopig maar overnemen. Ik heb toch maar het gevoel dat ze zich verveelt...'

Clare had niet het lef te protesteren. Ze woonden hier tenslotte gratis, maar ze had toch liever die mogelijkheid geweten voordat ze naar hier verhuisd waren. Michel greep echter in. 'Moet Clare nu alles overnemen? Daar heeft ze haar handen meer dan vol aan. Ik dacht dat u wilde dat ze wat meer sociaal werk deed, die bazaar en zo. U zult spoedig naar een andere hulp uit gaan kijken, neem ik aan?'

'We zullen zien,' zei tante, duidelijk onwillig. 'Misschien een werkster voor het ruwe werk. Maar het zou prettig zijn als Clare nu voor het eten wilde gaan zorgen.' Gedwee ging Clare naar de keuken, dankbaar dat Michel voor haar in de bres was gesprongen.

Toen Michel die avond weer in het zijkamertje wilde verdwijnen, riep Clare hem terug.

'Laten we ermee ophouden. Het blijft voor niemand verborgen, je moeder bemoeit zich ermee en de kinderen begrijpen het niet.'

'De kinderen?' vroeg Michel en bleef stilstaan.

'Ik heb vanmiddag met Paulette gesproken. Gewoon, om voorzichtig te kijken of die dominee zich niet vergist had. Ze ontweek mijn vragen, tot ik vroeg of ze liever in de stad was blijven wonen. Ze zei ja, dat ze zich niet gelukkig voelde en wij waarschijnlijk ook niet omdat we apart waren gaan slapen. Ik wist niet wat te zeggen. Ze had het van oma...'

Michel zuchtte en begon zich uit te kleden. Clare was verrast en gleed snel in bed. Even later voegde Michel zich zwijgend naast haar. Ze lag doodstil, gespannen als een veer. Maar hij deed geen poging haar aan te raken. Met heimwee dacht ze aan Brians tedere omhelzing. Als hij haar kwijt wilde, dacht ze opstandig, moest hij vooral zo doorgaan. 'Michel, waarom kun je het incident niet vergeten? Hij komt niet meer terug!'

'Het was geen incident,' kwam verrassend snel het antwoord. 'Het was de vervulling van je dromen, het einde van een lange periode wachten. Ik denk dat hij terug zal komen, zoals jij heimelijk hoopt en verwacht...'

'Je doet ook geen enkele moeite ons huwelijk te redden,' riep Clare verontwaardigd.

'Er valt niets te redden als jij een 'heer' wilt hebben, Clare. Dan ben ik gewoon kansloos. Alleen jij kunt ons huwelijk redden.'

Hij draaide zich op zijn zij en schoof zo ver mogelijk op naar de zijkant. Clare zei niets meer. Wat een onzin, dacht ze, ik wil geen heer, Brian is net zo gewoon een man als Michel. Ze bleef nog lang wakker. Telkens moest ze de verleiding weerstaan om dicht tegen Michel aan te kruipen. Ze weet het aan de gewoontes waar een mens zich aan hecht...

HOOFDSTUK 7

De volgende dagen waren extra druk voor Clare. De voorbereidingen voor de bazaar slokten veel tijd op, het huishouden had ze erbij gekregen en ze probeerde Michel weer voor zich te winnen. Dat laatste mislukte, omdat ze meer met haar gedachten bij Frank en Brian was dan bij Michel. En Michel voelde zoiets feilloos aan. Hij trok zich steeds meer terug en Clare voelde zich verlaten omdat haar schoonmoeder en Paulette haar eveneens ontliepen. Tante Paula was na een paar zwijgzame dagen wat bijgetrokken maar nog niet zo vertrouwelijk als daarvoor.

Clare was in de keuken thee aan het zetten voor Martijn, de enige die spontaan met haar omging. Intussen snakte Clare naar antwoorden op haar brieven aan Frank en Brian. Zou haar post weer worden achtergehouden? Nee, daar had niemand kans voor nu ze zelf als eerste bij de post kwam. Ze schonk juist de kopjes vol, toen Martijn binnenkwam.

'Mama,' zei Martijn met grote ogen, 'hier woont een geest...'

'Wat?' zei Clare en keek naar zijn spierwitte gezichtje. 'Ben je ziek?'

'Nee, maar ze zeggen het ook in het dorp. Mevrouw Van Weersum is weggegaan omdat ze een geest had gehoord en nu heb ik hem gezien...'

'Lieverd, heus... je moet gedroomd hebben. Er bestaan geen geesten of spoken.'

'Wel. Ik heb hem gezien. Het heeft een lelijke kop.'

Ze streek hem over zijn bol. 'Kom, we gaan buiten theedrinken. Als je vanavond naar bed gaat, moet je me er maar alles over vertellen. Goed?'

Martijn knikte en schuifelde achter zijn moeder naar buiten. Zijn oma boog zich voorover en vroeg vriendelijk: 'Wat is er, Martijn? Ben je ziek?'

Martijn schudde zijn hoofd. Clare zei niets. Het laatste wat ze wilde, was dat Martijn belachelijk werd gemaakt vanwege zijn vreemde gedachten. Of dat er een discussie zou ontstaan over het al dan niet bestaan van geesten.

Ze vertelde wat ze zoal gezien en gehoord had over de bazaar, in de eerste plaats om Martijn af te leiden, maar hij reageerde deze keer totaal niet. Ze besloot in elk geval niet tot de avond te wachten voor ze met het kind praatte. Even later kwam Michel ook bij hen zitten. Hij was begonnen met de fundering voor de hondenkennels achter in de tuin.

'Kom je straks helpen,' vroeg hij Martijn.

Deze knikte lusteloos en zijn vader keek hem opmerkzaam aan, wilde zijn mond al opendoen om te vragen wat er aan de hand was, toen het kind ineens begon te gillen.

Het zo op het oog vredige tafereel werd wreed verstoord. Oma liet de theepot uit haar handen vallen en tante Paula schoot met stoel en al achteruit om de hete thee te ontwijken. Intussen staarde Martijn met grote angstogen naar het huis om dan zijn hoofd te verbergen tegen Clare's schouder.

'Heeft hij een zonnesteek?' vroeg Michels moeder scherp. 'Of heeft hij ineens zijn verstand verloren?'

'Moeder, alsjeblieft.' Michel legde een hand op Martijns blonde hoofd.

'Wat is er, jochie? Heb je ergens pijn?'

Zonder op te kijken schudde het kind het hoofd. Clare stond op. 'Ik breng hem naar binnen.'

Op haar eigen kamer ging ze in een stoel voor het open raam zitten met het kind op schoot. 'Vertel het mama maar.'

Hij keek haar eindelijk aan en er was zoveel angst in de bruine ogen dat ze ervan schrok. Ze klemde het kind dicht tegen zich aan als om hem tegen alle kwaad te beschermen.

'Ik zag een gezicht,' zei Martijn eindelijk. 'Een eng, lelijk gezicht.'

'Waar?'

'Boven zijn twee ramen waarvan de gordijnen altijd dicht zijn. Ik kijk vaak omhoog omdat ik soms iets zie bewegen. Vanmiddag zag ik een hand. Een enge witte hand die het gordijn vasthield. Ik durfde niet meer te kijken, maar toen we allemaal in de tuin zaten deed ik het toch. En toen zag ik een gezicht. Mama, zijn hier echt geesten? Het was niet een gewoon gezicht.'

Clare dacht aan de geluiden die zij had gehoord. En mevrouw Van Weersum had het over een stem gehad.

'Zullen we samen boven gaan kijken?' vroeg ze zacht.

'Ik durf niet,' bekende hij.

'Ik wel,' zei Clare, dapperder dan ze zich voelde. 'Dit moet afgelopen zijn.'

Ze stond op toen Michel binnenkwam. 'Wat is er met hem?'

Clare aarzelde even. 'Hij meende iemand op de bovenste verdieping te zien. Om je de waarheid te zeggen heb ik ook weleens het gevoel gehad dat daar iemand, of iets was. Ik ga kijken. Zou jij naar de tuin willen gaan en zorgen dat tante Paula niet binnenkomt?'

Michel keek van de een naar de ander. 'Martijn?'

'Ik wil met mama mee,' zei het kind zacht.

'Goed. Wees voorzichtig.'

Clare nam haar zoon bij de hand. Michel bleef even onder aan de trap staan, maar toen hij niets verontrustends hoorde liep hij naar beneden de tuin weer in. Hij vroeg zich af wat er aan de hand kon zijn daarboven. Hij wist dat tante uitdrukkelijk had verboden dat iemand van hen naar boven ging. Hij hield het erop dat ze daar spullen bewaarde die aan haar overleden man hadden toebehoord. Hij kon zich niet voorstellen wat daar meer kon zijn.

Clare beklom langzaam de trap met het kind aan de hand. Het was een smalle trap met een donkerrode loper. Hun voetstappen waren niet te horen. Eenmaal boven bleef ze staan. Er waren twee deuren. Martijns kleine hand klemde zich om de hare en ze glimlachte hem bemoedigend toe, tikte dan zachtjes op de deur vlak bij haar. Toen de deurknop bewoog hield ze haar adem in, voelde hoe Martijn achter haar schoof.

Ze bleef roerloos staan toen de deur langzaam openzwaaide en een schemerige ruimte onthulde. Toen ze aan het duister gewend was zag ze een tafel, enkele gemakkelijke stoelen en veel boeken.

Ze stond nog steeds doodstil op de drempel toen ze beweging in het vertrek zag. Een gestalte kwam naderbij. Een mannengestalte die zich wat moeilijk voortbewoog. Een stem vroeg: 'Wie is daar?'

Ze kon geen antwoord geven. Het leek wel of ze niet meer in staat was zich te bewegen.

'Mama, is dat een geest?' Martijns stem trilde en ze klemde zijn hand steviger in de hare, bang dat hij opnieuw zou gaan gillen.

'Ja, zo zou je het kunnen zeggen,' klonk het nu. 'Ik verkeer al een jaar niet onder de levenden.' De man stond nu vlak bij haar maar hield het hoofd afgewend, zodat ze zijn gezicht niet kon zien.

'U moet zoiets niet zeggen,' vond Clare eindelijk haar stem terug. 'Het kind is al zo bang.'

Toen de man langzaam zijn hoofd naar haar toedraaide, hield ze nauwelijks een kreet van ontzetting binnen. Ze zag een gezicht, zo verminkt, dat het een verwrongen masker leek.

'Het is lang geleden dat ik een aantrekkelijke vrouw zag. Hallo, Clare.'

De stem klonk volkomen normaal, met een prettige klank. Clare herkende een licht accent en vond dat de stem haar bekend voorkwam. Een paniekreactie overviel haar, ze wilde wegvluchten, het huis uit en nooit meer terugkomen. Ze drukte Martijn tegen zich aan, en liet het gevoel wegebben. Haar verstand won het. Zachtjes vroeg ze: 'U kent mij. Wie bent u?'

'Ik ben Robin, Clare. Robin Colins...'

'Robin? Tante Paula's zoon?' Het duizelde haar en met schelle stem vervolgde ze: 'Maar die is dood!'

'Wil je dit dan 'leven' noemen?'

Ze herkende de stem. Het was Robin, die met een licht Engels accent sprak. Hoe was het mogelijk? 'Waarom ben je hier, waarom weet niemand van je bestaan af?'

'Dat is een heel verhaal. Luister, nichtje, als je dat wilt weten, kom je terug als mijn moeder er niet is. Ga nu terug en vertel haar niets. En denk erom,' sprak hij dreigend, 'haal het niet in je hoofd te proberen mij binnen de familiekring te halen. Begrepen?'

'Mag ik ook terugkomen?' Martijn keek de man nu onbevangen aan. Hij sloeg zijn ogen zelfs niet neer toen de man knielde en hem doordringend aankeek.

'Waarom wil je komen? Ben je niet bang meer voor me?' Clare huiverde toen ze Robin zag grimassen. Ze vermoedde dat hij poogde te glimlachen.

'Nee. Niet meer. Jij bent geen geest, maar een echt mens. Mag ik terugkomen? Ik zal het aan niemand vertellen.'

'Goed dan. Drie tikjes op de deur, dan weet ik dat jij het bent.'

Hij stak zijn hand uit en Martijn legde onmiddellijk de zijne erin. O kind, zo argeloos en vol vertrouwen, dacht Clare. Het was duidelijk dat haar zoon geen enkele angst meer kende. Het was goed dat ze naar boven was gegaan, maar wat ze ontdekt had, riep meer vragen en problemen op dan dat er opgelost waren.

'Ik kom terug, Robin,' zei ze. Hij knikte, en sloot toen zorgvuldig de deur weer af.

Zonder iets te zeggen, daalden Clare en Martijn de trap weer af. Ze gingen Clare's kamer weer binnen. Zij liet zich op een stoel zakken en zei de eerste momenten niets. Wat moest ze hiermee aan? Het was mogelijk dat tante Paula haar eigen zoon niet meer in de openbaarheid wilde hebben omdat hij er afschrikwekkend uitzag. Maar dat zou harteloos zijn. Het was meer waarschijnlijk dat hij zelf voor dit leven had gekozen.

'Zullen we naar buiten gaan?' vroeg Martijn. 'Ik ben nu niet meer bang.'

Ze keek hem aan. De angst was inderdaad uit zijn ogen verdwenen.

'Hij zag er zo vreselijk uit,' huiverde Clare.

'Maar dat kan hij vast niet helpen,' zei het kind. 'Ik wil graag naar hem toe. Hij is daar zo alleen.'

Vertederd legde Clare haar arm om hem heen. Dit kind zag de lelijkheid van de ander nauwelijks. Martijn had mededogen.

Hij was wel heel anders dan zijn broer Frank. Ineens zag ze heel duidelijk dat haar twee zoons nooit als broers met elkaar zouden omgaan. Er was niets wat ze gemeen hadden.

Samen gingen ze terug naar de tuin. Gelukkig was Michel weer aan het werk. Ze was het nog niet met zichzelf eens wat ze hem zou vertellen. Michel zou verontwaardigd reageren en eisen dat Robin gewoon naar beneden kwam. Hij zou hier in elk geval niets van begrijpen.

'Zo, hij ziet er weer een stuk beter uit,' zei tante Paula. 'Wat was er met hem?'

Clare aarzelde slechts even. 'Ik weet het niet. Ik denk dat hij wakend droomde. Misschien toch wat last van de warmte.'

'Ik ga naar papa.' Martijn holde weg.

'Ik begrijp het niet met kinderen,' zei tante. 'Zo lijken ze echt ziek en het volgende moment mankeren ze niets.'

'Het leek me dat hij ergens van schrok,' zei Michels moeder.

Clare stond op. 'Ik ga een nieuwe pot thee zetten.'

Ze wierp een snelle blik op de bovenramen. Een van de gordijnen was een beetje opengeschoven. Zou hij voor het raam staan, onzichtbaar voor de mensen beneden? Haar hart liep over van medelijden voor de man die daar zo eenzaam woonde. Waarom had hij zichzelf daartoe veroordeeld? Alleen om zijn uiterlijk?

Later dronken ze zwijgend thee. Het was of Clare tante met andere ogen zag. Ze had haar altijd gezien als een hoogstaande vrouw, alleen al door haar afkomst en opvoeding. Ze had een rijke man getrouwd, ze woonde in een landhuis, had in Engeland zelfs adellijke vrienden. Was het zo dat tante zich voor haar eigen zoon schaamde? Dit zette haar wel in een ander licht. Dit maakte ook duidelijk waarom ze zich zo hevig verzette als zij Brian ontmoette, waarom ze dan niets meer met haar te maken wilde hebben. Alles moest aan de buitenkant keurig in orde zijn.

Clare kreeg het warm van deze gedachten. Ze kon zich toch eigenlijk niet voorstellen dat haar tante zo weinig menselijk was. Daarbij, als Robin weg wilde, hij kon zelf de deur openen. Hij was geen kind meer.

Toen haar schoonmoeder opstond en naar binnen ging, zij zat nooit lang buiten, was bang voor tocht, schoof tante haar stoel wat dichterbij.

'Wat zit je dwars, Clare?' vroeg ze. 'Is het toch om Martijn? Je mag wel een dokter raadplegen als dat je geruststelt.'

'Nee, nee dat hoeft niet direct. Ach, u hebt zelf een kind gehad, u weet vast nog wel dat je je als moeder snel iets in je hoofd haalt.' Clare had het gevoel dat ze tantes zoon ter sprake moest brengen. Ze wilde hem niet langer negeren.

'Inderdaad. En je laat kinderen nooit los. Robin zorgde al jaren voor zichzelf, hij was tenslotte leraar. En toen kreeg hij dat ongeluk.'

'Wat gebeurde er ook weer?' Clare zag een trek van pijn op tantes gezicht. Ze had gelijk spijt van haar vraag. Ze wilde tante zeker niet kwellen met allerlei nare herinneringen.

'Hij was met een groep kinderen op het strand. Ze vonden een projectiel, iemand schopte ertegen en het ding ontplofte. Twee kinderen werden zwaargewond en Robin... Ach, hij was zo'n knappe jongen.'

Clare dacht aan Robins verminkte gezicht en huiverde.

Wat moest hij een pijn hebben geleden. 'Was hij direct dood,' vroeg ze haast onhoorbaar.

Tante wendde haar gezicht af. 'Moeten we daarover praten, Clare? Ik ben enkele maanden later naar Nederland gegaan. Ik kon niet met alle herinneringen leven in het huis waarin ik gelukkig was geweest.'

Clare zweeg. Was tante naar Nederland gekomen omdat men in Engeland wist dat Robin leefde? Hij had daar natuurlijk vrienden... Hier kende niemand hem. Maar waarom? Was het wel tantes wens dat haar zoon daar boven vereenzaamde? Hij sloot immers zichzelf op, hij kon bij wijze van spreken zo de trap aflopen.

'Hoe kom je er ineens bij over hem te beginnen?' vroeg tante dan.

'Ik dacht aan de mogelijkheid dat Martijn ziek zou worden en op die manier...'

Tante knikte, scheen tevredengesteld. Ze zag er triest en in zichzelf gekeerd uit. Haar blik ging geen enkele keer naar de ramen op de hoogste verdieping.

Toen de familie die zondagmorgen naar de kerk was gegaan, zag Martijn zijn kans schoon. Alleen papa was in de tuin bezig maar die zou hem niet missen... Hij kon nu naar boven gaan. In de tuin had hij enkele rozen geknipt en met de bloemen in zijn hand beklom hij de twee trappen. Boven gaf hij de afgesproken tikjes op de deur.

Het leek hem lang te duren voor de deur openging.

'Hier ben ik,' zei het kind eenvoudig, de rozen naar de man uitstekend.

Deze zei niets, opende de deur wat wijder. Martijn glipte langs hem heen, naar het raam, schoof de gordijnen open.

'Laat dat,' was het eerste wat de man hem toesnauwde.

Martijn draaide zich geschrokken om. 'De zon schijnt.'

'Nou en? Dat is vandaag niet voor het eerst. Wat moet ik met die bloemen?'

'Heb je geen vaas? Deze rozen staan aan de achterkant van het huis, je kunt ze hier niet zien, daarom dacht ik... het is hier... zo ongezellig.'

'Ik heb je niet gevraagd te komen,' zei de man kortaf. Hij ging naar een kast, vulde even later een eenvoudige grijze vaas met water uit een lampetkan.

De gele rozen waren een lichte vlek in het sombere geheel.

Martijn was intussen in een lage stoel bij het raam gaan zitten. Met een ruk schoof de man de gordijnen weer dicht. Martijn zei niets, zijn grote bruine ogen keken de man onafgebroken aan, tot deze wrevelig opmerkte: 'Kijk niet zo naar me. Jij met je volmaakte gezichtje.'

Hoewel het kind niet precies begreep wat er bedoeld werd, voelde hij toch wel iets aan en met de hem eigen openhartigheid, zei hij: 'Je vindt jezelf lelijk, hè?'

'Hoe raad je het zo,' zei de ander cynisch.

'En zit je daarom hier?' vroeg Martijn verder.

'Gedeeltelijk.'

Martijn knikte voor zich uit.

'Als jij zo werd als ik, door een ongeluk, zou je dan gewoon verder leven tussen de mensen?' vroeg Robin, toch nieuwsgierig.

'Ik zou niet zo alleen willen zijn,' antwoordde Martijn. 'Mijn moeder zegt dat mensen meer zijn dan alleen de buitenkant. En dat je daar doorheen moet kijken.'

'Zo. Dat kan je moeder gemakkelijk zeggen. Zij is mooi.'

'Mama?' vroeg het kind in grote verbazing. 'Welnee. Zij is gewoon mijn moeder.'

De man begon geluidloos te lachen. 'Het een sluit dus volgens jou het andere uit.' Nog nagrinnikend keek hij even door een kier tussen het gordijn, ving weer de blik van de jongen op.

'Kijk toch niet zo,' viel hij weer uit.

'Maar ik vind het fijn als je lacht. En waar moet ik anders naar kijken,' weerlegde Martijn ongelukkig.

Robin legde even zijn hand op de schouder van de jongen. 'Maar je hebt vast wel leukere dingen te doen dan hier te zitten.'

'Nee.' Martijn schudde heftig het hoofd. 'Ik vond dit het fijnste wat ik kon verzinnen.'

Robin verwonderde zich in stilte. Hij besefte nog niet dat het in Martijns karakter lag zich volkomen belangeloos voor een ander op te offeren en er zelf ook plezier aan te beleven.

Frank werkte nu sinds enkele weken in het hotel en had het redelijk naar zijn zin. Natuurlijk had hij weleens moeite zich in te houden als de klanten erg veeleisend waren, maar tot nu toe was er niets echt verkeerd gegaan. Hij was er inmiddels achter dat hij veel kon redden met een charmante glimlach of een galant gebaar. Vooral tegenover vrouwen. Hij maakte lange dagen en rolde 's avonds doodmoe in bed. De eerste zondag dat hij vrij was had hij uitgeslapen. Daarna was hij een beetje doelloos door de stad gaan slenteren. Hij had een aardig café ontdekt, evenals een uitgestrekt park dat aan de buitenkant van de stad lag.

En nu hij deze tweede zondag een afspraak met Marieke had weten te regelen, kon dit laatste goed van pas komen.

Hij had beloofd haar thuis af te halen. Hij kleedde zich met veel zorg. Van zijn eerste geld had hij een zomerkostuum met een overhemd gekocht. Hij voelde zich een echte heer en zag er ook zo uit.

Toen hij het hotel verliet, stopte er juist een grote auto voor de deur. Een tamelijk gezette heer stapte uit. Een chauffeur opende het portier en toen verscheen een meisje.

Frank keek niet naar haar omdat ze mooi was, dat zeker niet, maar zijn blik werd getrokken naar haar uiterst chique kleding.

Ze droeg daarbij een gouden ketting om haar hals en lange granaten oorhangers. Een opvallende ring flonkerde aan haar vingers. Frank zag niet dat dit alles een beetje te veel van het goede was. Hij zag alleen de rijkdom die sprak uit deze hoeveelheid sieraden.

Het meisje wierp Frank een onverschillige blik toe en deze kon niet nalaten te glimlachen. Ze keerde zich af maar hij zag dat ze bloosde en met een voldaan gevoel ging hij zijns weegs.

Jammer dat Marieke niet zo rijk was, dacht hij. Dan zou hij haar snel tot zijn verloofde maken. Want Marieke was niet alleen aantrekkelijk, ze was ook een lief meisje, en hij moest zich sterk vergissen als ze niet verliefd op hem was.

Ze had hem uitgelegd hoe hij bij haar huis moest komen. De sombere straat deed hem denken aan de buurt waar hij vroeger had gewoond. Op zijn bellen deed Marieke zelf open. Ze droeg een eenvoudige rok met een hooggesloten blouse. Haar donkere haren droeg ze los. Als ze rijk was, dacht Frank weer, wat zou ze er dan prachtig uit kunnen zien.

'Kom binnen.' Ze was duidelijk verlegen.

Hij volgde haar naar de kamer waar haar ouders zaten, eenvoudige mensen die in afwachting waren van zijn bezoek. Belangrijk bezoek, dacht hij bij zichzelf.

Hij voelde zich onmiddellijk op zijn gemak, omdat hij in wezen uit hetzelfde milieu kwam. Hij zou dat alleen niet gauw toegeven.

Binnen een halfuur was hij aan het vertellen over de buitenplaats aan de Vecht en de fraaie inrichting van het huis, alsmede de uitgestrekte tuin. Hij vertelde echter niet dat zijn vader die tuin onderhield en dat zijn tante de eigenares was van het huis.

Toen vroeg Mariekes moeder, onder de indruk: 'Maar waarom werk jij dan in een hotel?'

'Om ervaring op te doen. Ik wil het bedrijf van de grond af leren kennen en later misschien zelf een hotel beginnen.'

Hij deed een beetje neerbuigend tegen Mariekes vader die bij een kolenboer werkte. Hij voelde dat ze bewonderend tegen hem opzagen en dat streelde zijn trots.

Nadat ze thee hadden gedronken, ging hij met Marieke een eind wandelen en doelbewust koos hij de richting van het park. Het meisje had moeite zijn lange passen bij te houden. Hij voelde dat ze af en toe naar hem keek en als ze zijn blik opving kleurde ze.

Eenmaal in het park trok hij haar arm door de zijne, hun vingers strengelden zich in elkaar. Af en toe maakten ze een opmerking. Van een echt gesprek was geen sprake.

Toen ze op een rustig plekje kwamen waar de grond was begroeid met mos en waar de zon door de bladeren scheen, zei Frank, stilstaand: 'Zullen we hier gaan zitten?'

'Zomaar op de grond?' weifelde Marieke.

'Ja, een bank staat hier niet. Je mag op mijn zakdoek zitten.'

Heel voorzichtig liet ze zich naast hem zakken. Hij keek van terzijde naar het meisje. Het donkere haar hing half voor haar gezicht. 'Marieke,' fluisterde hij. Toen ze hem aankeek glimlachte hij, stak zijn hand naar haar uit en trok haar tegen zich aan. Dan kuste hij haar, trok haar, ondanks haar protesten boven op zich, hield haar stevig omarmd. Toen hij zich echter omrolde, worstelde ze heftig om onder hem uit te komen. Hij was echter sterker en hield haar beide handen vast. Toen hij angst in haar ogen zag maakte hij zijn greep wat losser. 'Marieke, Marieke,' fluisterde hij. 'Je moet niet bang zijn.' Zachtjes streelden zijn lippen haar gezichtje, maar toen hij afdwaalde naar haar hals, begon ze weer te worstelen. Eensklaps liet hij haar los, ging naast haar zitten, keek met een donker gezicht voor zich uit.

Marieke ging ook zitten. 'Ben je boos?'

Hij haalde de schouders op. 'Je doet belachelijk.'

'Maar ik wil dat niet,' fluisterde ze.

'Wat niet?' daagde hij haar uit.

'Wat je van plan bent.'

'Wat ben ik dan van plan?'

Ze sloeg haar ogen niet neer, gaf echter geen antwoord.

'Ik was alleen van plan je te kussen,' gaf hij dan zelf het antwoord.

'Heb je nog nooit met een jongen...'

'Jawel... heus wel, maar niet zo...'

'Hoe 'zo'...'

'In het gras,' fluisterde ze.

'Kind, ik was gewoon moe van dat eind lopen.'

Ze keek hem weifelend aan.

'Kom.' Hij trok haar tegen zich aan en zo zaten ze geruime tijd tot Frank zei: 'We moesten maar eens gaan.'

Voor ze weggingen, trok hij haar weer naar zich toe. 'Je bent zo lief,' zei hij. 'Je moet me vertrouwen, Marieke.'

Het meisje knikte en toch had hij het gevoel dat ze niet helemaal overtuigd was. Je zou bijna denken dat zijn reputatie hem vooruit was gevlogen. Want Frank was een knappe jongen en hij kon gemakkelijk meisjes krijgen. Ook meisjes die minder afhoudend waren dan Marieke. Trouwens, haar wantrouwen was niet helemaal ongegrond geweest, want hij had inderdaad andere ideeën gehad voor deze middag. Maar hij was geen type dat een meisje met geweld tot dingen dwong die ze niet wilde.

Hij was er met groot zelfvertrouwen van overtuigd dat Marieke spoedig haar weerstand zou overwinnen. En hij kon wachten, hij vond het meisje zeker de moeite waard. Jammer dat ze geen rijke ouders had. Want zijn plan ooit een rijke vrouw aan de haak te slaan, bleef onveranderd bestaan.

HOOFDSTUK 8

Paulette zat in een hoekje van de tuin te dromen. Het was haar opgevallen dat enkele jongens de vorige dag veel aandacht aan haar hadden geschonken. Ze ging nu in gedachten na wie ze de leukste vond en aan wie ze zelf ook een beetje aandacht zou besteden. Vanavond zou het dansen zijn in de openlucht.

Ze had de ogen gesloten en toen ze deze weer opende dacht ze even dat ze droomde. Enkele meters bij haar vandaan stond de man die weken geleden een paar maal met haar gepraat had. Bij hem vergeleken waren alle jongens kinderen. Ze glimlachte naar hem en hij kwam wat dichterbij.

'Ben je alleen thuis?' vroeg hij in het Engels.

Paulette knikte, vertelde hem in zo goed mogelijk Engels wat er aan de hand was in het dorp. Hoewel ze niet op alle woorden kon komen scheen hij haar toch te begrijpen en tot haar teleurstelling maakte hij aanstalten weer weg te gaan.

'Ga niet weg,' mompelde ze.

Tot haar schrik leek hij haar te verstaan. Hij keek op haar neer, er was een vriendelijke blik in zijn grijze ogen. 'Vanavond ben ik in het dorp. Dan zien wij elkaar.' Hij glimlachte, draaide zich om en wandelde weg.

Vanavond, dacht Paulette. Ze hoefde niet meer te kiezen tussen de jongens. Deze man zou er zijn en met hem zou ze dansen.

Niemand kende hem en alle meisjes van haar leeftijd zouden jaloers zijn. Ze wist niet dat Brian een poging waagde om, via de dochter, de moeder voor zich te winnen. Immers, Clare's kinderen zouden het grote probleem worden, dat wist hij heel goed. En als hij nu kon maken dat die kinderen hem graag mochten, dan had hij al veel gewonnen.

Hij stond geen moment stil bij de gedachte dat een vijftienjarig meisje weleens verliefd op hem zou kunnen worden. Hij zou het idee trouwens belachelijk hebben gevonden.

'Er is niemand.' Martijn keek door een kier van het gordijn naar buiten. 'Iedereen is naar het dorp, naar de bazaar.'

'Wat moet ik buiten?' Er klonk een trilling in Robins stem die Martijn ontging.

'Je bent al zo lang binnen. Je weet niet meer hoe het is om in de zon te lopen.'

Martijn keek hem smekend aan. Robin gaf niet direct antwoord. Het kind was al een kwartier bezig hem om te praten. En hoewel Robin aan de ene kant verlangde de buitenlucht in te ademen was hij ook bang.

'We steken het grote grasveld niet over, we blijven onder de bomen,' bedong hij.

'Natuurlijk,' antwoordde Martijn die alles wel wilde beloven.

'Goed dan,' gaf Robin onverwacht toe.

'Je moet wel een jas aandoen,' zei Martijn ijverig. 'Anders vat je nog kou.' Hij herinnerde zich nu de wijze lessen van zijn moeder, die hij overigens niet altijd in praktijk bracht.

Jammer dat Robin alleen een zwarte jas had, dacht het kind even later. Hij was zo bleek en dan helemaal in het zwart. Desondanks legde hij zijn hand in die van Robin en samen daalden ze de trap af. Ze liepen door de lange gang en Robin keek strak voor zich uit. Het leek wel of hij gebiologeerd werd door de brede voordeur. Toen deze openzwaaide en een brede baan zonlicht binnenstroomde deinsde hij achteruit.

'Kom,' drong Martijn aan.

Dicht langs het huis verdwenen ze even later tussen de bomen. Martijn begreep niet waarom zijn vriend het grasveldje wilde mijden. Voor de zon was toch niemand bang. Hij kon ook niet weten dat de hoeveelheid licht Robin als het ware overweldigde. Hij voelde zich vreemd onwerkelijk. De bodem onder zijn voeten voelde onwennig aan, de geur van de warme nazomerdag deed hem af en toe diep ademhalen. Soms moest hij zich vastgrijpen aan een boom omdat een duizeling hem overviel.

'Fijn hè,' zei het kind naast hem. 'Zullen we naar het dorp gaan? Daar is het feest.'

Met een schok bleef Robin staan. 'Hoe kun je dat vragen? Moet ik iedereen de stuipen op het lijf jagen. Ze zouden denken dat de duivel zelf hen een bezoek bracht. Ik zou het hele feest verstoren.'

'Zouden ze echt zo dom zijn?' vroeg Martijn eerlijk verbaasd. 'Je bent toch gewoon een mens. En je bent ook aardig.'

Robin legde zijn hand op het hoofd van de jongen. 'Je bent mijn vriend.' Martijn gloeide van trots.

Toen ze wat later bij de open plek kwamen waar Paulette zat, bleven ze staan.

'Dat is mijn zusje,' fluisterde Martijn.

Robin dronk het beeld in van het jonge meisje, haar gave gezichtje opgeheven naar de zon. Het kastanjebruine haar leek vonken te spatten.

Zo mooi, zo volmaakt vond hij dit beeld dat hem onwillekeurig een geluid ontsnapte en hij enkel passen naderbij ging.

Paulette opende haar ogen en wat ze zag benam haar bijna de adem van ontzetting. Een mannengestalte, helemaal in het zwart gekleed, een intens bleek gezicht, aan een kant verwrongen als een vreemd masker. En toen er om de mond een vreemde grimas verscheen zette ze het op een gillen. Ze kon niet weten dat Robin een poging had gedaan haar met een glimlach gerust te stellen.

Ze bleef gillen, ook toen iemand haar vastgreep en wild op de rug trommelde. Pas toen ze Martijns stem herkende durfde ze haar ogen te openen. De plaats waar de man had gestaan was leeg. Ze zag alleen haar broertje bij wie de tranen over het gezicht stroomden.

'Hij is hard weggelopen. Je bent stom, stom... een rund! Misschien komt hij wel nooit meer terug.'

'Nou, wees daar maar blij om. Martijn, hij heeft je toch niks gedaan? Moeten we de politie niet waarschuwen?'

'Als je dat durft.' Martijns stem trilde, maar hij stond met gebalde vuisten voor haar. 'Hij is gewoon Robin, een gewoon mens. Hij heeft alleen een ongeluk gehad.'

'Dat kon ik toch niet weten. Ik heb nog nooit zo'n engerd gezien. En ik durf niet alleen naar huis. Ga jij met me mee.'

'Nee, ik ga hem zoeken.' Martijn holde weg en was even later tussen de bomen verdwenen.

Paulette voelde geen behoefte weer te gaan zitten. Zo snel ze kon liep ze terug naar huis, schaduwrijke plaatsen zoveel mogelijk vermijdend. Dan bleef ze staan. Ze zou immers naar het dorp gaan, mama had haar een wafel beloofd. Er was echter maar één weg, dwars door het donkerste gedeelte van de tuin en via het pad dat langs de rivier liep.

Besluiteloos stond ze midden op het grasveld. Ze wilde zichzelf best toegeven dat ze bang was. Waarom was Martijn niet bij haar gebleven? Natuurlijk was hij te klein om haar echt te beschermen, maar hij scheen niet bang te zijn voor die engerd.

Ze besloot toch naar het dorp te gaan lopen. Op klaarlichte dag zou niemand haar kwaad doen. Hier wilde ze in elk geval ook niet blijven nu ze helemaal alleen was. Toen ze door het hek was en op het pad langs de Vecht twee jongens zag lopen haalde ze opgelucht adem.

Er kon niets gebeuren als ze bij hen in de buurt bleef. De jongens draaiden zich om toen ze haar snelle voetstappen hoorden. Ze hadden grove gezichten en Paulette's opluchting verdween op slag.

'Zo, meisje, waar ga jij zo alleen naar toe?' vroeg de een op wat slepende toon.

'Naar het dorp. Jullie zeker ook,' antwoordde ze zo rustig mogelijk.

'Dat waren we wel van plan, maar ik verander opeens van gedachten. Ik weet niet hoe dat nou komt,' zei de een met een lachje dat haar niet bepaald geruststelde.

Toen hij haar bij de arm greep, zei ze woedend: 'Laat me direct los.' Ze lachten alle twee.

Ze begonnen haar de richting van het bos uit te duwen en toen Paulette haar mond opende om te gillen, legde de een zijn grove hand op haar mond, kneep zo hard in haar wangen dat de tranen haar in de ogen schoten.

Paulette was pas vijftien jaar en ze wist nauwelijks welk gevaar ze te duchten had. Ze droomde alleen nog maar van romantiek en wat er nu met haar gebeurde was iets dat buiten die dromen lag. Ze werd ruw op de grond gesmeten, haar blouse scheurde en hoewel ze beet, krabde en schopte, deze twee zou ze niet aankunnen. Ze gaan me vermoorden, dacht ze.

In doodsangst gilde ze en ineens klonk een stem. 'Laat haar onmiddellijk los.'

Ze werd inderdaad losgelaten, was echter niet voorbereid op het gebrul dat haar belagers uitstootten.

'Het is de duivel, de duivel zelf,' waarop ze ongelooflijk snel verdwenen. Takken zwiepten wild heen en weer, andere braken af, even later hoorde ze het geluid van rennende voeten op het pad. Paulette bleef een moment roerloos liggen, te uitgeput om op te staan.

Toen er echter een schaduw over haar heen boog opende ze haar ogen en toen zag ze hetzelfde gezicht waar ze een uur geleden zo van was geschrokken. Ze opende haar mond om te schreeuwen, hief haar hand op om hem af te weren en toen werd alles zwart om haar heen.

Toen ze weer bijkwam lag ze op een zwarte jas, gedeeltelijk in de zon. De losgescheurde panden van haar blouse lagen netjes over elkaar. De man zat met zijn rug naar haar toe. Hij droeg een grijze pantalon en een trui. Van achteren zag hij er heel gewoon uit. Paulette wist niet wat ze ervan denken moest. Mogelijk was ze van het ene grote gevaar in het andere terechtgekomen. Toen ze daaraan dacht werd het haar allemaal te veel en met een vreemd geluid kwam ze overeind, legde het hoofd in de handen en snikte het uit.

Robin draaide zich om en keek naar het schokkende figuurtje. Enige tijd geleden had hij haar in de zon zien zitten, zo volmaakt, zo mooi. Als hij eraan dacht wat die twee kerels haar bijna hadden aangedaan, werd hij nog razend van woede. Het trillen van zijn handen was nog niet opgehouden. Het was lang geleden dat hij een dergelijke emotie had gevoeld en vreemd genoeg deed het hem goed. Hij had ineens weer het gevoel dat hij leefde.

'Je moet niet huilen,' zei hij eindelijk, 'ik zal je niets doen.'

Toen ze opkeek draaide hij snel zijn gezicht weg.

'Wie ben je en waar kom je vandaan?' vroeg Paulette. Ze zag slechts een gedeelte van zijn gezicht, de goede kant. Hij zou een aardig gezicht kunnen hebben, dacht ze. Wat had Martijn ook weer gezegd, iets over een ongeluk.

'Ik wil graag weten wie je bent,' drong ze aan. 'Je hebt mijn leven gered.'

'Nou, je leven... Dat weet ik niet. Ik denk dat ik je eer heb gered.'

Hij keek haar nu aan en onwillekeurig maakte ze toch een beweging van schrik. 'Ga je weer gillen?'

Beschaamd schudde ze het hoofd. 'Mijn eer?' aarzelde ze dan.

'Vraag het aan je moeder,' antwoordde hij ineens geprikkeld, stond dan op.

'Ik moet weer eens gaan. Ik zou iets anders aantrekken als ik jou was.'

'Ga niet weg, ik ben bang,' zei ze haastig.

'Niet voor mij?'

'Nee, niet meer.'

'Nu goed, ik zal met je meelopen tot het huis. Praat met niemand over mij.'

Zwijgend liepen ze naast elkaar voort. Paulette hield de resten van haar blouse zo goed mogelijk bij elkaar.

De man liep somber naast haar. 'Je moet naar de politie gaan,' zei hij eindelijk. 'Je moet vertellen dat die twee je aanvielen. Je weet vast nog wel hoe ze eruitzagen.'

Paulette knikte. Ze dacht niet dat ze die grove rode gezichten ooit zou vergeten, evenmin als de handen die aan haar kleren rukten.

Onwillekeurig huiverde ze.

'Niet bang zijn, kind. Ze zullen heus niet terugkomen. Ze denken dat ik de duivel ben.'

'Ze waren...' begon ze. 'Ik begrijp niet, waarom... wat wilden ze?'

'Heb je nooit gehoord van mannen en vrouwen, wat er tussen hen gebeurt?' vroeg hij onhandig.

Ze kreeg een kleur. Een beetje schichtig keek ze hem aan.

'Ach nee, zo bedoel ik het niet. Tussen een man en een vrouw die van elkaar houden, dat is heel anders...'

Paulette dacht aan haar moeder die haar altijd had gewaarschuwd nooit met vreemde mannen mee te gaan. Ze dacht aan verhalen op school en langzaam begreep ze...

Robin keek naar haar. Ondanks dat hij haar eer had gered, had ze toch haar onschuld verloren. Ze zou nooit meer onbevangen tegenover mannen en jongens staan. Hij wist niet hoezeer hij daarin gelijk zou krijgen.

'De meeste mannen zijn anders,' zei hij nog, bleef dan staan.

Vlak voor hen uit liep Martijn, sloffend, het hoofd gebogen.

Hij riep het kind bij de naam. Martijn draaide zich snel om en de verandering op het gezichtje was ontroerend. Hij rende naar hen toe en Robin ving hem op.

'Waar was je nou?' Martijn vroeg het verontwaardigd. 'En waarom ziet Paulette er zo uit?'

'Ze is gevallen,' antwoordde Robin.

'En heb jij haar opgeraapt?' vroeg Martijn, onmiddellijk bereid in de een of andere heldendaad van zijn vriend te geloven.

'Ja,' antwoordde zijn zusje. 'Ik ga me even verkleden. Wil je nog mee naar het dorp?'

Weifelend keek Martijn zijn vriend aan. Deze knikte hem toe. 'Ik ga nu weer naar mijn eigen kamer anders word ik te moe. En bedankt dat je mij meenam naar buiten.'

'Het was toch fijn, hè?' straalde Martijn.

'Ik ontdekte dat er niets veranderd is in de wereld, de laatste anderhalf jaar,' zei Robin ernstig.

'Gaan we nog eens?' vroeg Martijn vol verwachting.

De ander knikte ernstig.

'En als zo'n kind kan zwijgen kun jij het zeker,' wendde Robin zich tot Paulette. Daarop draaide hij zich om en liep naar de achterkant van het huis.

De kinderen gingen eveneens naar binnen. Eenmaal boven ging Paulette op de rand van haar bed zitten. Ze was ineens moe en ze beefde. Ze zag dat haar wang was opgezet. Er waren vuurrode plekken in haar hals en op haar schouders. Haar rug deed pijn van de harde grond.

'Ik ga even liggen,' zei ze. 'Ik ben toch wel hard gevallen, alles doet zeer.'

Martijn ging in de vensterbank zitten. Hij kon nooit genoeg van de tuin krijgen. Alles wat groeide en bloeide, vogels en dieren, had zijn belangstelling. Martijn was hier gelukkig en nu hij ook nog een vriend had gevonden was het volmaakt. 'Ik zou hier altijd willen blijven,' zuchtte hij. 'Zou jij nog in de stad willen wonen?'

'Later misschien,' antwoordde Paulette. Ze lag met wijd open ogen want als ze deze sloot zag, zag ze steeds die twee verhitte gezichten boven zich. 'Niet alle mannen waren zo,' had hij gezegd. Misschien niet, maar hoe wist je welk soort je tegenkwam? Aan de buitenkant kon je zoiets toch niet zien.

Clare had steeds uitgekeken naar haar dochter. Het was niets voor Paulette, thuis te blijven. Voor het avondeten reed ze met tante Paula mee terug naar huis. Na anderhalf uur moest ze weer terug zijn. Om negen uur zouden ze sluiten en daarna zou het dansen zijn op het plein. Er werd niet veel gezegd in de auto. Ze waren alledrie moe en daarbij maakte Clare zich ongerust over haar kinderen.

Michel was in het dorp gebleven. Blijkbaar werd hij wél geaccepteerd. Goed, men was tegen haar zeker niet onaardig, maar de meesten bleven mevrouw tegen haar zeggen, hoewel ze hen toch had gevraagd haar bij de voornaam te noemen. Met elkaar gingen ze ongedwongen om, maar zodra Clare erbij kwam was er toch een zekere afstand.

'Ik heb nu voor de rest van mijn leven genoeg van feesten,' zei Michels moeder opeens.

'We hebben niet eens echt aan de festiviteiten deelgenomen,' reageerde tante Paula verbaasd.

'Al die drukte en dat lawaai. Ik ben daar te oud voor.'

Tante Paula was even oud, dacht Clare. Het verschil tussen beide vrouwen was groot. En toch, hoe moeilijk Michels moeder ook vaak was, toch vond ze de genegenheid die ze haar zoon toedroeg heel wat natuurlijker dan de manier waarop tante de hare doodzweeg.

'Ik ben benieuwd wat Martijn de hele dag heeft uitgevoerd,' zei ze, als een vervolg op haar gedachten.

'Als ik het had geweten was het niet gebeurd,' zei tante Paula. 'Zo'n kind de hele dag alleen laten blijven. Hij kan wel van alles hebben uitgehaald.'

Clare ging er niet op in. Ze was ervan overtuigd dat het niet lang meer kon duren of de verblijfplaats van Robin werd bekend. Hoe zou tante zich dan houden?

Eenmaal thuis trok ze zich snel terug in haar eigen afdeling. Ze wilde zich nog verkleden, want vanavond ging ze dansen. En als Michel niet wilde zou ze met anderen dansen. Martijn kwam haar tegemoet.

'Weet je waar Paulette is?' was haar eerste vraag.

'Ze ligt op bed.'

Bij dit antwoord voelde Clare zich onmiddellijk schuldig. Dat haar dochter ziek zou zijn was geen moment bij haar opgekomen. Waarom had ze daar vanmorgen niets van gezegd? Dat had je ervan als zo'n kind nooit haar mond opendeed. Hoe moest je als moeder dan weten...

Geprikkeld ging ze Paulette's kamer binnen met Martijn op haar hielen. Het eerste wat haar opviel was de opgezette wang waar een flinke bloeduitstorting te zien was. Ook haar lip was dik.

'Wat is er gebeurd?' vroeg ze terwijl ze zich op de rand van het bed zette.

Paulette keek even naar haar broertje.

'Ik ben gevallen,' zei ze dan.

Clare zag de blauwe vlekken in haar hals en op haar schouders en ook de gescheurde blouse. 'Ga jij even naar oma, Martijn.'

Gehoorzaam verliet het kind de kamer. Toen de deur achter hem dicht was barstte Paulette prompt in tranen uit. Clare zei het eerste moment niets, ze was bang voor hetgeen ze te horen zou krijgen.

'Waarom hebt u me daar nooit iets van verteld?' snikte het meisje.

'Waarover?' vroeg Clare voorzichtig.

In een flits dacht ze aan Robin. Ze was alleen thuis geweest, zou hij...?

'Over jongens die zo gemeen zijn...'

Hoewel Clare innerlijk beefde was haar stem kalm toen ze zei: 'Vertel me alles, Paulette.'

Het meisje begon toen te vertellen dat ze naar het dorp op weg was gegaan.

Ze zei niets van de ontmoeting met de Engelsman en evenmin over Robin die haar eerst zo'n schrik had aangejaagd.

Ze vertelde alles van de twee jongens die haar hadden aangevallen.

'Ik dacht dat ze me wilden vermoorden,' zei ze met trillende stem.
'Ze wilden je niet vermoorden,' zei Clare toonloos. 'We gaan naar de politie.'
'Ja, dat zei hij ook al.'
'Hij?'
'De man die me te hulp kwam.'
'En wie was dat?'
Paulette zweeg en keek uit het raam.
'Nou?' drong Clare aan.
'Ik heb beloofd dat ik niets zou zeggen.' Paulette klemde haar lippen op elkaar en scheen niet van plan iets meer te vertellen.
Clare zag er vanaf haar dochter te dwingen. 'Ik blijf vanavond thuis.'
'Dat hoeft voor mij niet, mam. Ik ben niet ziek. Als ik er niet zo uit-zag zou ik ook gaan. U hoeft niet thuis te blijven. Tante Paula is er nu immers en oma. Ik ben niet bang meer.'
Clare gaf geen antwoord, het kwetste haar dat Paulette haar zo wei-nig nodig leek te hebben. Zelfs na deze ervaring verzweeg ze nog de helft, dat voelde ze heel goed aan. Ze verliet de kamer van haar doch-ter, herinnerde zich dat tante Paula vandaag zou koken omdat zij al de hele dag in die gebakkraam had gestaan. Haast gedachteloos legde ze andere kleren klaar, begon haar haren los te maken. Ook die zou-den een beurt moeten hebben, anders bleef ze die baklucht ruiken.
Terwijl ze zich verder klaarmaakte bleef ze in gedachten met Paulet-te bezig. Het kind leek niet eens zo erg van streek. Was dat omdat ze zich niet realiseerde wat er had kunnen gebeuren? Toen zij van de-zelfde leeftijd was had ze van niets geweten, maar ze had zonder meer aangenomen dat het met Paulette anders was.
Het was moeilijk om met een dergelijk gesloten kind als Paulette over de verhouding tussen jongens en meisjes te beginnen.
Toen zij Brian ontmoette had zij ook nog alleen maar geweten van ro-mantiek en zeker niet dat ze van een samenzijn in verwachting kon raken. Ze vroeg zich nu af of ze, als ze beter was voorgelicht, met Brian zover zou zijn gegaan. Ze keek aandachtig naar haar spiegel-beeld. Waarschijnlijk wel, maar ze zou minder spontaan en onbevan-gen zijn geweest, en dus minder gelukkig. Want de angst voor ieder jaar een kind had tussen haar en Michel veel spanningen gegeven, daarvan was ze zeker.
Ze vroeg zich af of ze tante moest inlichten over datgene wat er met Paulette was gebeurd. Ze had hierover nog geen besluit genomen toen Martijn binnenkwam.

'Robin is in de tuin geweest,' fluisterde Martijn.

Clare dacht onmiddellijk weer aan Paulette. Zou hij toch... hij had zo lang geen vrouwen of meisjes gezien. Maar haar dochter had over twéé jongens gepraat...

'Paulette is gevallen en Robin heeft haar opgeraapt,' zei Martijn, intussen aandachtig toekijkend hoe zijn moeder haar haren naspoelde. Ze vroeg hem de kan met water over haar hoofd te gieten en op zijn tenen staand deed hij wat ze vroeg.

'Heeft Paulette Robin gezien?' vroeg ze toen ze met een handdoek om het hoofd op het bed zat.

'Ja. Ze schrok eerst heel erg. Maar later was ze niet meer bang. Hij had haar opgeraapt,' zei ze.

Clare keek zwijgend voor zich uit. Het was dus Robin die haar dochter had gered. En zij had onmiddellijk allerlei vermoedens gehad. Ze had zelfs een reden gezien waarom hij een meisje zou aanvallen. Ze schaamde zich voor zichzelf, besloot hem nu zo snel mogelijk op te zoeken. Morgenochtend als de rest naar de kerk ging zou zij thuisblijven.

En nu? Nu ging ze naar het dorp, feestvieren en alles vergeten. Vergeten dat ze niet meer echt jong was, vergeten dat niemand haar nodig had. Ook haar kinderen niet. Clare dacht er niet aan dat kinderen onmiddellijk merken als ouders niet echt bij hun problemen zijn betrokken. Dat haar kinderen onbewust aanvoelden dat de ene helft van haar geest altijd ergens anders vertoefde.

HOOFDSTUK 9

Toen Clare die avond in het dorp kwam was het al schemerig, maar vanuit de twee cafés scheen voldoende licht op het pleintje. De dorpsfanfare stond opgesteld en een groep mensen zwierde in een wijde kring rond. Clare keek er met verbazing naar. Bedoelden ze dit met dansen? Voor ze het wist werd ze in de kring getrokken, moest ze wel meedoen. Maar gaandeweg begon ze het leuk te vinden. Ook in dit heen en weer draaien, binnen de kring, naar het midden en weer terug, zat een zeker ritme. Waar zou Michel eigenlijk uithangen? Intussen zwaaide ze rond, haar haren hingen gedeeltelijk los, haar ogen schitterden. Het leek wel een eindeloze polonaise.

En ineens zag ze Brian en haar hart stond bijna stil van schrik. Hij stond buiten de kring en keek naar haar. En vlak bij hem stond Michel en hij hield haar ook onafgebroken in de gaten. Mijn God, ze zou naar haar man toe moeten, ze kon toch niet eeuwig blijven dansen. Michel kende Brian niet, maar deze hoefde maar zijn mond open te doen en hij zou weten wie hij was.

Toen ze even later weer keek waren ze beiden verdwenen. Haar eerste gevoel van opluchting veranderde onmiddellijk in schrik. Waarom waren ze alle twee weg? Kende Michel hem toch? Was hij hem gevolgd?

Ze zag eindelijk kans zich uit de kring los te maken, worstelde zich door de mensen heen.

'Als je je man zoekt, hij is in het café,' werd haar toegeroepen. Zonder te aarzelen ging ze ook naar binnen, hoewel ze wist dat het niet gebruikelijk was dat een vrouw in de kroeg kwam.

Ze zag Michel direct en wat erger was: Brian zat aan hetzelfde tafeltje. Ze haastte zich naar hun tafeltje en toen ze Brians verraste blik zag begreep ze dat hij in elk geval niet wist dat Michel haar man was. Ze fluisterde het hem toe in het Engels en de verbazing op zijn gezicht was echt. Ze vroeg hem ook weg te gaan en hij stond al, ging dan met een koppig trekje op zijn gezicht weer zitten.

'Ik ben voor jou gekomen,' zei hij zacht.

Hoewel Michel geen Engels verstond, de blik waarmee de ander zijn vrouw aankeek, de klank in zijn stem, spraken boekdelen. Zijn ogen leken haast zwart van woede toen hij zijn lege glas greep en het de ander in het gezicht smeet. Het gebeurde met zo'n kracht dat het glas versplinterde. Clare slaakte een kreet. Brian stond op, anderen in hun omgeving ook.

'Heren, heren, vechtpartijen kunnen we hier niet hebben.' De eigenaar maakte bezwerende gebaren. 'Ga dit buiten maar uitvechten.'

Brian verwijderde zich nu, een zakdoek tegen zijn wang gedrukt. Clare keek Michel aan die daar nog steeds roerloos zat.

'Je bent gek,' zei ze heftig. 'Wat mankeert jou? Hij zat hier alleen maar.'

Hij keek haar aan en ze schrok van de lege blik in zijn ogen. 'O ja? Het was meer dan genoeg dat hij Engels met je sprak. Ga je nu mee naar huis?'

Clare aarzelde slechts een moment, dan haastte ze zich naar buiten.

Het laatste wat ze nu wilde was samen zijn met Michel. Buiten holde ze Brian achterna die ze juist in een zijstraatje zag verdwijnen.

Ze haalde hem snel in. In het vage licht zag ze dat de zakdoek onder het bloed zat. 'Je moet naar een dokter.'

'Welnee, een paar sneetjes, meer niet. Clare, ik heb zo naar je verlangd. Dat ons weerzien zo moet zijn.' Hij strekte zijn hand naar haar uit en Clare vroeg zich even geprikkeld af waarom Brian nooit eens even zakelijk kon zijn. Er was nu toch geen gelegenheid voor romantiek. Toch legde ze haar hand in de zijne.

'We moeten afspreken. Ik woon tijdelijk in een dorp hier vlakbij, een oude dame had een kamer te huur. Ik wilde jou weer wat beter leren kennen.'

'En je vrouw?' vroeg ze.

'Barbara slikte moeiteloos mijn verhaal over een oude vriend in Nederland. Maar de volgende keer zal dat niet meer lukken. Dan moet ik haar zeggen dat hier een vrouw woont. De vrouw waar ik mijn hele leven van heb gehouden.'

'Morgenavond ga ik naar de kerk. Wacht op mij aan de achterkant,' zei Clare.

'En als je man iets vermoedt. Ik heb geen zin de volgende keer een mes tussen mijn ribben te krijgen.'

'Natuurlijk zal hij iets vermoeden. Maar hij kan me niet tegenhouden,' zei Clare beslist.

Hij trok haar naar zich toe, zijn lippen streelden haar wang. 'Morgen,' zei hij zacht. 'Ik kan haast niet wachten.'

'Ik moet nu gaan.' Even nog keken ze elkaar aan, dan liep Clare snel weg, om even daarna weer in het feestrumoer terecht te komen.

Ze keek met nietsziende ogen naar de dansende mensen. Naast de schok van blijdschap dat Brian toch was teruggekomen waren daar ook de onrust, de angst en onzekerheid. Ze kon niemand om raad vragen. Trouwens, iedereen zou haar aanraden Brian direct terug te sturen, hem te vergeten. En als ze dat inderdaad zou doen waren heel wat problemen opgelost. Maar ze kon en wilde hem niet zomaar opgeven. Ze had veel van hem gehouden en er was weinig voor nodig om haar weer hopeloos verliefd te laten worden. En ze wilde zo graag nog eens gelukkig verliefd zijn zoals toen. Terwijl ze daar zo zwijgend stond, merkte ze dat sommige mensen haar met meer dan gewone aandacht opnamen. Ze voelde zich niet op haar gemak, had ook geen enkele behoefte meer, nog mee te delen in de feestvreugde.

Ze besloot naar huis te gaan. Michel was nergens te zien.

En toch zou ze met hem moeten spreken, zo spoedig mogelijk, over Paulette. Zelfs al hadden Michel en zij elkaar niets meer te zeggen, dan waren daar nog altijd de kinderen.

Buiten het dorp liep ze zo snel mogelijk. Het pad langs de rivier lag eenzaam voor haar. De bomen donker en zwijgend aan haar rechterhand, de rivier als een zwart lint aan de andere kant. Hier was Paulette dus overvallen en dat op klaarlichte dag. Een vrouw alleen moest in de avond zeker niet buiten lopen. Vooral niet op zo'n dag waarop veel mannen te veel hadden gedronken.

Toen er ineens een mannengestalte van tussen de bomen kwam, slaakte ze een luide gil.

'Last van je geweten?' klonk het spottend.

Ze was nauwelijks opgelucht toen het Michel bleek te zijn. Want ook híj had gedronken, hij was kwaad en voelde zich vernederd en dat alles door haar toedoen. Maar voor haar eigen man behoefde ze niet bang te zijn, hield ze zichzelf voor. Ze bleef staan en hij ook.

Hij torende boven haar uit als de wrekende gerechtigheid, dacht ze boos.

'Ik wist dat hij terug zou komen,' zei hij bitter.

'Ik niet,' antwoordde ze. 'Voor mij was het een complete verrassing. En toen ik hem zag dacht ik, waarom kan hij ons beider vriend niet zijn. Tante Paula spreekt ook zijn taal, en...'

'Zoiets kan onmogelijk bij je opgekomen zijn,' viel hij haar in de rede.

'Waarom niet? Jij gedraagt je belachelijk! En dat voor de ogen van het

halve dorp. Niemand weet hier iets van wat er vroeger is gebeurd.'
'Men zal gauw genoeg weten hoe de zaken staan. Er blijft niets verborgen.'
Ze begon verder te lopen, wenste op dit moment dat ze nog in de stad woonden waar alleen de naaste buren haar kenden.
Hij liep naast haar voort en geruime tijd zwegen ze beiden.
'Wat ben je van plan?' vroeg hij ten slotte.
Ze haalde diep adem, wilde zeggen: Helemaal niets. Wees niet zo wantrouwend. Op het laatste ogenblik veranderde ze echter van gedachten.
'Ik wil hem ontmoeten. Ik wil te weten komen of ik inderdaad nog van hem houd.'
'En dan?' vroeg hij ingehouden. 'Er met hem vandoor? Hij heeft ook nog ergens een vrouw, als ik goed ben ingelicht.'
'Verder heb ik niet gedacht,' zei ze naar waarheid.
'Zo. Dat is al bijzonder gemakkelijk. Als je eens wat meer nadacht, wat je andere mensen aandoet... Wij, ik, de kinderen moeten dus maar afwachten naar welke kant de weegschaal zal doorslaan. Nee, beste kind, je kunt van mij niet verwachten dat ik smekend aan de kant blijf staan. Knoop goed in je oren, als je er uiteindelijk achterkomt dat het deze halfzachte Engelsman toch niet is, dat hij niet méér is dan een vervlogen droom, dat het dan weleens te laat kan zijn.
De kinderen hebben nú een moeder nodig en niet over een jaar, als je uitgedroomd bent.' Hij beende met grote stappen voor haar uit het brede hek door.
Het was stil in het huis, iedereen scheen te slapen. Ze keek even in Paulette's kamer, maar ook zij was in slaap.
Ze bedacht schuldig dat ze ook nog over haar dochter moest praten. Michel was al in hun slaapkamer, hij scheen dus niet van plan te zijn weer apart te gaan slapen.
Ze schoof wat later naast hem, trok direct het licht uit.
'Het is geen droom,' zei ze, of er geen halfuur, maar slechts enkele seconden tussen zijn laatste woorden lag. 'Brian was mijn grote liefde. Frank is van hem. Je wilde indertijd met me trouwen en ik was je dankbaar. Ik mocht je graag, maar ik heb nooit gezegd dat ik van je hield.'
'Ik dacht dat je die verliefdheid wel zou vergeten als je eenmaal volwassen was. En dat zou ook gebeurd zijn als je niet was blijven koesteren wat voorbij was. Als je aandacht aan mij had besteed, als je echt had geprobeerd iets van ons huwelijk te maken. Als je het al-

leen maar geprobeerd had. Maar jij, altijd moest je aan die ander denken...'

Hij trok haar ruw naar zich toe en kuste haar lang en wanhopig. Toen ze dacht aan de tedere benadering van Brian, duwde ze hem zo wild van zich af dat hij haar losliet.

'Je kunt me niet dwingen,' zei ze boos.

'Nee, dat zal ik nooit doen. Maar er komt een tijd dat je om mijn liefde zult smeken. Als die ander je laat vallen.'

Met een ruk gooide hij zich om.

Clare staarde met brandende ogen in het donker. Ze moest toegeven dat Michels benadering haar zeker niet onberoerd liet en misschien had hij haar niet hoeven dwingen.

In elk geval, ze moest eerst met zichzelf in het reine komen waar het Brian betrof. En morgen zou ze hem ontmoeten.

De volgende morgen ging ze allereerst naar Paulette's kamer. Het meisje lag met de handen onder het hoofd naar het plafond te staren. Clare bleef bij het bed staan, en keek op haar dochter neer. Haar wang was nog meer verkleurd dan de vorige dag. Ook de zwelling was niet verdwenen.

'Zo kan ik morgen niet naar school,' zei het meisje.

'We gaan morgen eerst naar het politiebureau,' antwoordde Clare.

Paulette kwam half overeind. 'Moet dat echt, mam? Ik vind het zo afschuwelijk als ik dit aan een vreemde moet vertellen. En degene die me gered heeft, daar kan ik ook al niets over zeggen. Hoe moet dat dan?'

Haar moeder keek peinzend. 'We kunnen de zaak toch niet op zijn beloop laten?'

'Waarom niet? Die jongens zullen heus niet terugkomen. En ik wil er echt verder met niemand over praten, mam.'

Clare zag zichzelf al met een hardnekkig zwijgende dochter op het politiebureau. Als ze haar geloofden zouden ze Paulette net zo lang ondervragen tot ze helemaal overstuur was. De kans dat ze haar niet geloofden was trouwens ook niet denkbeeldig. Ze waren hier vreemden, dat scheelde absoluut. En dan Robin. Het zou afschuwelijk zijn als op zo'n manier zijn verblijfplaats bekend werd. En hoe zou Paulette hem kunnen verzwijgen?

Daarbij wilde ze ook niet te veel opzien baren. Die vechtpartij van de vorige avond zou ook wel bekend zijn.

'We zullen zien,' zei ze langzaam. 'Ik blijf ook thuis vanmorgen. De anderen gaan naar de kerk.'

Ze bracht Paulette's ontbijt boven, vertelde aan tafel dat Paulette was gevallen en zich niet helemaal fit voelde.

Op de verschillende vragen gaf ze een vaag antwoord. Aangezien ze haast hadden om naar de kerk te gaan, drongen ze niet verder aan.

Toen de taxi voorreed zei tante Paula: 'Eigenlijk moeten wij zelf maar een auto aanschaffen. Zou jij dat willen, Michel?'

'Natuurlijk. Maar een auto kost veel geld.'

'Daar weet ik alles van. Ik heb veel geld.'

Daarmee heb je ons gekocht, dacht Clare. Nee, dit was onredelijk. Ze waren uit vrije wil hierheen gegaan. En zijzelf was nog het meest enthousiast geweest.

Ze keek hen na. Michel lang en kaarsrecht, zijn moeder bij de arm houdend. Tante Paula, chic gekleed, misschien niet naar de laatste mode, maar in deze omgeving hield men zich weinig op met mode. Tante Paula hield Martijn bij de hand. De laatste keek om en zwaaide. Martijntje, midden in de oorlog geboren en altijd haar zonnigste kind.

Ze dacht aan Frank, haar oudste, waar ze zoveel van hield, maar die niets van zich liet horen. Die liet zich haar genegenheid maar aanleunen en gaf nooit iets terug. Ze was met ieder vezeltje aan hem verbonden omdat hij zo lang het enige was geweest wat was overgebleven van haar liefde voor Brian.

Langzaam ging ze weer naar binnen. Het was een sombere dag. Regenwolken joegen elkaar na boven de rivier. De bomen verloren al veel blad. Op zo'n dag leek de herfst heel dichtbij.

Ze ruimde de ontbijttafel af en ging naar boven. Paulette lag te lezen en legde met duidelijke tegenzin haar boek neer toen haar moeder binnenkwam.

'Ik ben blij dat je leest. Ik zou het vervelend vinden als je voortdurend aan gisteren lag te denken,' zei Clare.

'Ik wil er niet meer aan denken.'

'Nu, als je kunt denken wat je wilt is de zaak een stuk eenvoudiger,' zei Clare ironisch.

Paulette ging er niet op in, greep demonstratief haar boek.

Clare verliet de kamer, liep snel en onhoorbaar de volgende trap op en klopte op Robins kamerdeur. De gordijnen waren gedeeltelijk opengeschoven, zodat het wat lichter was in de kamer. Toch kostte het haar moeite Robin onbewogen in de ogen te kijken.

'Ik had je al eerder verwacht,' zei hij vormelijk.

'Ik weet het, maar het is in dit huis nogal moeilijk ongezien naar boven te komen. Er zijn te veel mensen. Ik hoorde dat je gisteren mijn dochter te hulp bent gekomen. Althans, ik begreep het uit wat ze zei. Zij heeft je naam niet genoemd, maar Martijn was zo trots op je...'
'Het was goed dat ik daar was,' zei hij vaag. 'Het scheelde werkelijk niet veel of...' Hij brak af. Clare kreeg een kleur.
'Ze is nog maar een kind,' mompelde hij.
'Hoe lang blijf je hier nog in eenzaamheid wonen?' vroeg Clare dan rechtstreeks.
'Het is mijn eigen keus. Ik zou wel graag buiten willen zijn, maar dan wil ik geen mensen ontmoeten. En dat is onmogelijk. Ik kan er niet tegen als mensen gaan gillen als ze mij zien, of zich op zijn minst huiverend afwenden.'
'Ik heb eens gelezen over een speciale kliniek die mensen met dergelijke verwondingen behandelt,' zei ze langzaam. 'Ik meen dat het in Duitsland was.'
Hij schudde het hoofd. 'Ik geloof daar niet in. Het is bij mij te erg. En na een kleine verbetering ben ik nog niet om aan te zien. Wat maakt het dan uit.' Hij liep naar het raam. 'Maar ik zal binnenkort naar beneden komen. Misschien kan ik ook iets in de tuin doen. Overigens is het niet alleen mijn gezicht. Mijn heup is ook beschadigd.'
'Wat gebeurde er precies?' vroeg Clare.
'Er ontplofte een granaat toen ik met een groep kinderen op het strand was. We herkenden het projectiel niet direct, iemand schopte ertegen, het stond kennelijk op scherp. Men zei dat het een wonder was dat ik nog leefde. Maar ik had niet om een dergelijk wonder gevraagd. Ze hebben splinters uit mijn long gehaald, uit mijn heup. Enfin, ik zal je hier niet mee vervelen. Toen ik na maanden uit het ziekenhuis kwam liep ik regelrecht de rivier in. Ook in Engeland stroomde een rivier achter ons huis. Maar misschien was ik het toch niet echt van plan want ik zwom naar de oever. Toch zei ik dat ik het weer zou proberen. Mijn moeder wilde dat ik me liet behandelen. Ze zou er haar hele kapitaal voor over hebben gehad. Maar ik had er genoeg van... Genoeg van doktoren en verpleegsters en van het hulpeloos liggen wachten. Ik had meer dan genoeg pijn geleden. Nee Clare, ik durfde het niet meer aan. Iemand kwam toen met het idee een masker te dragen. Nu, als je weet hoe zoiets aanvoelt als je je eigen gezicht aanraakt... Daarbij, in Engeland wist men van mijn ongeluk. Men bekeek mij of ik een wereldwonder was. Maar dan wel in nega-

tieve zin.

Mijn moeder had veel vrienden en kennissen. Zij heeft nooit zoveel bezoek gehad als toen ik thuis was uit het ziekenhuis.

Ik heb nooit zoveel gehuichel gehoord als in die tijd. Iedereen beweerde namelijk dat het wel meeviel, terwijl ik in hun ogen het tegendeel las. En toen besloot ik mij terug te trekken. Maar in Engeland was dat onmogelijk. Daarom gingen we hierheen en ik sloot mezelf op in deze kamer. Het was mijn eigen keus, Clare. Moeder werd hierdoor erg eenzaam. Niet alleen omdat ik altijd boven was, maar ze kende hier ook niemand. En daarom kwam ze op het idee jullie te laten komen. Nu weet je dus hoe het in elkaar zit. Ik ben niet bepaald een aanwinst voor de familie, vind je wel?'

Clare gaf geen antwoord. Ze begreep dat Robin nooit gedwongen moest worden zijn verblijfplaats op te geven. Er was moed voor nodig, veel moed en zelfvertrouwen en daar was hij blijkbaar nog niet aan toe.

'Weet je dat Brian hier is?' vroeg ze opeens. 'Brian... je weet wel, waar jij lang geleden mee naar Nederland kwam?'

'En die onmiddellijk verliefd werd op jou,' zei hij, haar opmerkzaam aankijkend. 'Hij vertrok naar Amerika en vond daar een vrouw. We hebben elkaar af en toe geschreven maar erg druk liep die correspondentie niet. Brian weet dat ik nog in leven ben, maar juist hem wilde ik niet zien. Is hij nog zo'n mooie man? Een beetje week, maar wel mooi?'

'Week heb ik hem nooit gevonden,' verdedigde Clare.

Hij verborg een glimlach achter zijn hand. 'Ben je nog verliefd op hem?'

'Hij is hier voor mij,' bekende ze.

'Lieve help.' Even leek het of hij de humor ervan inzag, dan verstrakte zijn gezicht plotseling. 'Ik hoop niet dat het je ernst is. Denk aan je kinderen.'

'Kinderen hebben ouders heus niet altijd nodig. Daar kun jij niet over oordelen.' Toen ze zag dat ze hem gekwetst had zei ze: 'Neem me niet kwalijk, dat had ik niet moeten zeggen.'

'Behandel me maar zoals je iedereen zou behandelen,' zei hij kort. 'Het enige wat ik kan beoordelen is dat je jongste zoon een parel is van zeer grote waarde.'

'We praten er nog weleens over,' zei ze. 'Straks komen de anderen thuis.'

Beneden was echter nog niemand. Ze had juist de koffie klaar toen ze

de auto hoorde. Snel liep ze nog even naar Paulette, maar haar dochter weigerde beneden te komen. 'Zeker alles moeten vertellen aan oma en tante Paula. Nou, die zeggen toch dat het mijn eigen schuld is. Tante omdat ze vindt dat ik hier niet alleen had moeten blijven en oma omdat ze van mening is dat ik niet degelijk genoeg gekleed ben.'
'Goed, ik breng je koffie wel boven,' zei Clare zachtzinnig. Paulette kon weleens gelijk hebben. Haar schoonmoeder raakte hier aardig thuis en dat was te merken aan het feit dat ze zich steeds meer overal mee bemoeide.

Hij hield van haar en niet van zijn vrouw. Zo eenvoudig lag dat voor hem.
'Ik moet gaan,' zei ze eindelijk.
'Wanneer zie ik je terug?' vroeg hij direct.
'Ik weet het niet. Het is allemaal zo moeilijk. Ik heb kinderen en dat schijn je steeds te vergeten.'
'De oudste kan voor zichzelf zorgen. De twee anderen kun je meenemen. Wat hebben zij hier in dit kleine land voor toekomst?'
'Er is werk genoeg. Meer dan in jouw land,' antwoordde Clare die wel iets wist van de economische toestanden in Engeland.
'Clare?' Hij strekte smekend zijn hand naar haar uit en ze legde de hare erin.
Even later glipte ze het tuinhuisje uit, wilde haar fiets pakken en ontdekte tot haar schrik dat er geen fiets was. Gejaagd keek ze om zich heen, liep een eindje het pad op, keek tussen de bomen. Brian, die zou wachten tot ze weg was, kwam ook naar buiten.
'Mijn fiets,' zei ze wanhopig.
'Heb je wel goed gekeken?'
Ze keek hem verontwaardigd aan. 'Een fiets is geen broche die tussen het gras kan verdwijnen.'
'Goed, goed,' suste hij. 'Gestolen dan misschien?'
'Ze stelen hier geen fietsen.'
Hij haalde de schouders op. 'Dan weet ik het niet, Clare. Ik heb echt geen idee.'
'Dit is wel een goed moment om door je ideeën te raken,' bitste ze, hield zich toen in toen ze zijn gezicht zag. Was hij in zijn leven alleen zachtaardige, vriendelijke mensen tegengekomen?
'Ik ga dan maar naar huis lopen,' besliste ze.
'Laat mij zover met je meegaan.'
Ze knikte in het besef dat er weinig meer te verliezen was. Ze zou er

nu open met Michel over spreken. Dit stiekeme gedoe stond haar tegen. Het werd nu snel schemerig. Brian hield haar bij de arm en ze was blij dat hij bij haar was. Er kon van alles gebeuren, ze hoefde maar aan Paulette te denken. Er zwierven hier kennelijk ongure typen rond.

'Wanneer zie ik je weer?' vroeg Brian.

Ze dacht na. Half de week zouden Michel en tante Paula enkele honden ophalen. De kinderen waren dan naar school.

'Kom me woensdag opzoeken, dan ben ik alleen,' zei ze.

Vlak bij het hek bleven ze staan. De tuin lag roerloos in de schemer. Onwillekeurig huiverde ze. Brian trok haar tegen zich aan. 'Kon je maar bij me blijven,' zei hij zacht.

'Misschien later,' antwoordde Clare.

Even later haastte ze zich de tuin door, schrok hevig toen er ineens een geritsel naast haar klonk. Uit een zijpad kwam Michel met haar fiets aan de hand. Ze bleef hem sprakeloos aanstaren. Hij was dus in de buurt geweest. Misschien had hij door de ramen gekeken.

Ze hadden elkaar gekust en Michel had het waarschijnlijk gezien.

'Je hebt me dus bespioneerd,' zei ze bevend.

'Ja,' was het kalme antwoord. 'Ik probeer uit te vinden wat voor vrouw je eigenlijk bent, Clare. Maar in plaats van duidelijker wordt het steeds verwarrender voor mij.'

'Dat heb je ervan als je je met minderwaardige praktijken ophoudt.'

Hij stond voor haar stil, keek op haar neer. 'Het is bijna lachwekkend zoals jij de zaken omdraait. Minderwaardige praktijken! Clare, als je echt van die kerel houdt, is het voor mij nutteloos om te vechten. Ga maar met hem mee.'

'Je hebt ons dus ook afgeluisterd.'

'Ook dat. Zoiets wil nog weleens verhelderend werken. Maar ik ken je niet meer, Clare. Ik ben nu tot de conclusie gekomen dat je twee personen in één bent. En van de ene heb ik gehouden... Maar de andere, die haar kinderen in de steek laat, haar echtgenoot bedriegt, geheime afspraakjes maakt, die de kerk als dekmantel gebruikt voor zo'n afspraak, voor die vrouw kan ik alleen minachting voelen.'

Zijn stem klonk triest en Clare vroeg zich verontrust af of hij inderdaad niet meer van haar hield. Michel, die haar haar hele leven had aanbeden.

'Je moet de tijd eens nemen over jezelf na te denken,' zei Michel nog. 'Je zult versteld staan. Overigens: als je met je grote liefde meegaat, de kinderen blijven natuurlijk bij mij. Behalve Frank, als die mee wil, moet hij dat doen.'

Hij begon van haar weg te lopen, na haar fiets tegen een boom te hebben gezet.

Clare liet het rijwiel staan, het leek of ze ineens de kracht niet meer had iets meer te doen dan automatisch haar voeten te verzetten.

Ze had het gevoel dat ze nu in een richting werd gedwongen waar ze nog niet aan toe was. Iets wat als een geheime liefde was begonnen. Had ze niet in stilte gedacht dat het zo kon blijven? Maar nu begon het uit de hand te lopen.

Paulette zat rechtop in bed. Haar wang was nog steeds opgezet en verkleurd.

'Zo kind, hoe is het nu?' vroeg Clare zo gewoon mogelijk.

'Mam, ik heb besloten nooit te trouwen.'

Clare ging op de rand van het bed zitten en zuchtte in zichzelf. Ze viel wel van het ene probleem in het andere. Overigens was zo'n reactie wel begrijpelijk.

'Wat er gisteren is gebeurd heeft niets met een huwelijk te maken.' Ze keek haar dochter aan. 'Je bent trouwens nog veel te jong om daaraan te denken. Deze nare ervaring ben je heus wel vergeten voor je de leeftijd hebt voor een vriendje.'

'Er zijn genoeg meisjes die al verkering hebben. Maar ik moet er niet aan denken.' Paulette huiverde en Clare nam haar bezorgd op. Het was niet te hopen dat haar dochter in bepaalde opzichten blijvende schade had opgelopen.

Ze vond het moeilijk openhartig met het meisje te praten, zeker over dit soort zaken.

'Het komt allemaal wel goed als je een keer verliefd bent,' zei ze zonder veel overtuiging.

'Verliefd... Was u verliefd op papa?'

Bij deze directe vraag stond Clare op en ging voor het raam staan. 'Ik ben weleens verliefd geweest,' ontweek ze. 'Het is iets dat je overkomt, je kunt er niets tegen doen. Alles lijkt zo romantisch en mooi. Zelfs samen in een stortbui lopen heeft dan iets van romantiek.'

'Dat was dus niet met papa,' constateerde Paulette kalm.

Clare gaf geen antwoord. 'Ga nu maar slapen,' zei ze in plaats daarvan. 'Morgen zou ik zeker nog thuisblijven. Je vader wil toch de politie inlichten.'

Ze wenste het meisje welterusten en ging naar haar eigen kamer.

'Over jezelf nadenken,' had Michel gezegd. Wanneer moest ze dat doen. Nu was daar weer Paulette, die wantrouwend was geworden tegenover jongens. Misschien ging zoiets wel over, maar als dat niet zo was, hoe moest ze haar dan opvangen... Ze had nauwelijks tijd over zichzelf na te denken hier in huis met al die mensen. Ze besloot boven te blijven, ze had geen behoefte nog iemand te zien en mogelijk weer allerlei vragen te moeten beantwoorden. Even vroeg ze zich af of Michel weer apart zou slapen. Hij zou wel van mening zijn dat hij er reden toe had.

Toen ze later in bed lag kon ze niet in slaap komen. Alles was zo gecompliceerd. Was zij daar alleen de oorzaak van? Of waren zij allemaal te snel van het ene leven in het andere overgeplaatst?

Als ze terugdacht aan de buurt waar ze eerst hadden gewoond was dit niet te vergelijken. Toch was ze toen ook redelijk tevreden geweest.

Natuurlijk, ze had vaak aan Brian gedacht, dat was ook niet te vermijden met een zoon als Frank, die zo sprekend op hem leek. Maar Frank had altijd wel de meeste problemen gegeven en ze wist nu heel goed dat ze hem had verwend.

Ze had Brian nog steeds niet verteld dat hij een zoon had. Deed ze dat wel dan zou hij haar nooit meer loslaten, vreesde ze. En dat wilde ze niet. Wat wilde ze eigenlijk wel? Dat Brian haar op een afstand bleef vereren, maar haar wel vrijliet, geen eisen stelde? Hield ze eigenlijk nog wel van Brian, of was het inderdaad een terugverlangen naar haar jeugd?

Het feit dat deze beschaafde Engelsman na al die jaren nog steeds van haar hield, streelde haar trots. Hij was een heer, hij zei dingen die in Michel nooit opkwamen. Kon ze er maar met iemand over praten. Robin? Nee, ook hij had gezegd dat ze aan haar kinderen moest denken. Hij wist niet dat Paulette haar meer dan ooit nodig had, maar dat deze het toch niet liet merken, zodat ze zich iedere keer afgewezen voelde. Martijn, haar jongste, die haar soms een vaag schuldgevoel bezorgde, juist omdat hij zo weinig eiste.

Toch, als ze in de stad waren gebleven, had ze de meeste van deze problemen niet gehad, besefte ze. Maar ze ging toen wel door het leven met een vaag gevoel van onvrede, omdat ze van mening was dat het leven toch meer te bieden had. En nu waren de omstandigheden voor hen verbeterd en Michel zou nooit meer terug willen, daarvan was ze zeker. Waar bleef Michel toch? Ze had hem nog niet naar boven horen komen. Ze wist zeker dat zijn moeder en tante Paula al naar bed waren gegaan. Zat hij in zijn eentje beneden? Ze kon niet naar hem toegaan. Alles was al gezegd. Ze moest nu eerst woensdag maar afwachten. Brian zou dan hierheen komen. Waar was het gevoel van verwachting, van verlangen dat ze de eerste keer zo hevig had gevoeld dat ze midden in een onweersbui was weggerend?

Ze zuchtte. Een mens scheen aan alles te wennen.

HOOFDSTUK 10

Ze zag Michel de volgende morgen ook niet aan het ontbijt. Dat was echter niet ongewoon want hij at meestal eerder dan de anderen. Haar schoonmoeder zat echter wel aan tafel, evenals tante Paula en Martijn. Clare voelde zich niet helemaal op haar gemak, ze vroeg zich af of ze iets wisten van de vorige avond.

Tante nam haar af en toe opmerkzaam op, maar Clare deed of ze niets zag. 'Ik breng Paulette's ontbijt even boven,' zei ze ten slotte.

'Dat is al gebeurd,' antwoordde tante. 'Ze komt straks beneden. Ze heeft gisteren een lelijke smak gemaakt.'

'En dan de hele dag alleen thuis, terwijl haar moeder zich in het dorp vermaakte,' voegde haar schoonmoeder eraantoe. 'En zichzelf in opspraak bracht.'

'Ja, Clare, een praatje is zo het dorp rond,' zei tante Paula niet onvriendelijk.

'Michel gedroeg zich onvolwassen,' antwoordde Clare, slikte de rest in toen ze Martijns blik opving.

Ze kon haast niets door haar keel krijgen, wilde ook niet vragen waar Michel was. Maar toen ze haar jongste uitzwaaide, zag ze Michel in de tuin.

Het gaf haar een onaangename schok te zien dat hij met een vrouw stond te praten. En wat voor een vrouw! Jong en goedgevormd, met een weelde van blonde haren en een vrolijke schaterlach. Clare keek langs haar eigen eenvoudige jurk naar beneden en voelde zich ineens een beetje pover. Het verschil tussen haarzelf en deze vrouw was groot. 'Alles op de goede plaats,' was de uitdrukking die Frank bij zo'n type zou gebruiken.

Overigens behoefde Michel dat mens niet aan te grijnzen of ze een wereldwonder was, dacht ze geïrriteerd. Ze liep langzaam en naar ze hoopte waardig op die twee toe.

'Rita, dit is mijn vrouw,' zei Michel en stelde toen Clare voor.

'Clare, deze jongedame komt bij ons werken. En ze beloofde mij te helpen met de appelpluk. Als ze tijd overheeft.'

'Het huis is zo groot, daar zal ze geen tijd voor hebben,' antwoordde Clare koel.

'Komt u mee, dan zal ik u naar tante Paula brengen. Van haar zult u dan wel horen wat er zoal te doen is.'

De helderblauwe ogen van de ander keken haar vrijmoedig en naar Clare's mening een tikje uitdagend aan.

Tante vroeg haar erbij te blijven toen het gesprek tussen haar en Rita plaatsvond. Clare verbaasde zich over de openhartigheid van de vrouw. Deze vertelde dat ze uit een dorp in de buurt kwam en in de stad had gewerkt als serveerster.

'Ik denk dat u daar zo goed uw mond hebt leren roeren,' kon Clare niet nalaten op te merken.

'Daar kon u weleens gelijk in hebben,' gaf de ander toe. 'Hoewel, verlegen ben ik nooit geweest. Ik heb in een restaurant bediend waar ik de mannen soms bijna van me af moest slaan.'

Tante verborg een glimlach achter haar hand.

'Was uw houding daar niet naar?' vroeg Clare scherp.

'Dan kent u de mannen niet. Een vrouw hoeft er maar een beetje aardig uit te zien en mannen hangen om je heen. Dat weet u toch ook wel.' Clare antwoordde niet op dit bedekte compliment. 'In elk geval, ik kreeg er genoeg van. Het is slopend werk, je bent altijd nog laat bezig. Ik wilde iets anders en toevallig hoorde ik in de bakkerswinkel uw tante zeggen dat ze iemand zocht. Toen dacht ik, probeer het, Rita.'

'Je bent dus niet getrouwd?' vroeg Clare die het antwoord eigenlijk al wist.

'Bewaar me. Er lopen niet veel aardige mannen rond die echt met een meisje willen trouwen. Althans als je, zoals ik, al dertig bent. Ze zijn op iets anders uit, als u begrijpt wat ik bedoel.'

Tante fronste de wenkbrauwen. Clare hoopte dat ze haar uiteindelijk toch niet geschikt zou vinden. Maar tante zei: 'U was waarschijnlijk altijd in de verkeerde milieus. Gaat u maar met Clare mee, zij zal u het huis laten zien en zeggen wat er te doen is.'

Tante knikte kort, maakte een gebaar dat ze konden gaan.

'Uw tante is een echte lady,' zei Rita. 'Zo kom je er niet veel meer tegen.'

Clare had geen behoefte over tante Paula te praten, dus gaf ze geen antwoord. Ze wees haar de keukens, liet haar de zitkamer en de serre zien.

Ze nam haar toen mee naar boven. 'Ik hoop dat u niet beledigd bent omdat ik even met uw man praatte,' zei de jonge vrouw plotseling. 'Ik meen... ik had niet de bedoeling...'

Een koele blik van Clare legde haar het zwijgen op. Wat verbeeldde dat mens zich wel? Wilde ze haar geruststellen dat ze geen plannen had met Michel. Belachelijk... Of die het in zijn hoofd zou halen om...

Ze opende de deur van haar schoonmoeders kamer. Deze zat in een hoge stoel voor het raam, haar ene been op een stoel. Clare begreep dat ze weer veel pijn had. Ze stelde Rita voor en deze vroeg onmiddellijk: 'Hebt u last van uw been? Iets met uw heup? Mijn grootmoeder...'

Binnen enkele minuten waren ze in gesprek over reuma en gewrichtsziekten en hoeveel pijn een mens daarvan had. Rita scheen er alles van te weten en wat meer was, ze had ook alle begrip. Clare vroeg zich af of haar hartelijkheid echt was, maar vond dit laatste niet eerlijk van zichzelf. Rita scheen het goed te menen, ze zag zelfs kans Michels moeder te laten lachen. Eenmaal op de gang vertelde Clare haar dat er niet van haar werd verwacht dat ze nog een verdieping hoger kwam, omdat alleen tante zelf daar toegang had. De jonge vrouw ging er niet op in, nieuwsgierig scheen ze niet te zijn. Had ze soms in het dorp al iets gehoord van mevrouw Van Weersum?

Nu goed, dan zou ze ook weten dat ze zich maar beter aan de regels kon houden, als ze dit baantje wilde houden.

Ze gingen ook Paulette's kamer binnen. Deze zat aangekleed voor het raam, haar hele houding drukte neerslachtigheid uit.

'Dit is Rita, zij komt bij ons werken,' stelde Clare de ander voor. Paulette draaide haar hoofd om. 'Allemensen, van wie heb jij een mep gehad?' flapte Rita er onmiddellijk uit.

Paulette opende haar mond en tot Clare's verbijstering kwam het hele verhaal eruit, tot en met haar redding, al zei ze niet wie dat geweest was.

Rita's verontwaardiging was echt. 'Zoiets is hier nooit voorgekomen, bij mijn weten. Ze kwamen vast uit de stad. Nou ja, meid, je bent knap en dan sta je aan allerlei gevaren bloot, daar weet ik van mee te praten. Je moet leren van je af te bijten. Trouwens, een klein wapen bij je dragen wil ook nog weleens helpen.'

'Nou...' schrok Clare.

'Mevrouw, had het u werkelijk iets kunnen schelen als die kerel een jaap in zijn gezicht had gekregen? Je behoeft zulke lui niet te ontzien en ze schrikken meestal van een beetje bloed. Natuurlijk behoef je hen niet onmiddellijk dood te steken.' Paulette begon te lachen. 'Weet je wat je doen moet?' Rita gaf haar een knipoog. 'Je moet erover praten en proberen erachter te komen wie je dit geleverd hebben. Dan zullen ze niet snel een ander pakken als dat bekend wordt. Wij vrouwen moeten voor onszelf opkomen. Wat denken ze wel.'

Paulette stond op. 'Ik ga naar beneden.'

Nadat Clare Rita had gewezen wat haar taak was, bleef ze in haar eigen kamer achter. Ze was niet alleen geschokt, maar ook een beetje beledigd. Waarom zei de anders zo gesloten Paulette alles tegen een vrouw die ze voor het eerst zag? Terwijl ze tegenover haar eigen moeder haar mond nauwelijks opendeed.

Ze wist niet of ze 't wel prettig vond dat deze openhartige jonge vrouw hier kwam werken. Ze begreep niet dat tante haar had aangenomen. Zij, die zo van stijl en beschaving hield. Van een serveerster kon je toch geen beschaving verwachten?

En Frank verkeerde nu dus ook in die kringen. Ze wilde dat hij eens thuiskwam. Misschien zou ze met hem kunnen praten...

Frank voelde zich nog steeds plezierig in het hotel. De beste manier om met mensen om te gaan was jezelf uiterst charmant gedragen, daar was hij nu wel achter. En hoewel het mannelijk personeel hem voor het merendeel wantrouwde, de vrouwen mochten hem graag en de klanten zeer zeker. Er waren al enkele vaste gasten die alleen maar door hem bediend wilden worden. Een van hen was meneer Van Steenderen met zijn dochter. Hij wist dat deze man eigenaar was van diverse hotels, waaronder datgene waar hij zelf werkte. Frank betreurde het zeer dat deze dochter, Vera, zo'n kleurloos schepseltje was. Daar was zelfs met een goede kapper en dure kleren niet veel van te maken. Terwijl Marieke... met Marieke had hij al enkele vrije dagen doorgebracht en ze begon hem steeds beter te bevallen. Hij wist dat ze verliefd op hem was, maar zelf praatte hij daar niet over. Hij was uitermate attent, nam altijd iets voor haar mee, chocola of bloemen, hij fluisterde lieve woordjes, hij kuste haar, maar hij zei niet dat hij van haar hield.

En dat was voor Frank eigenlijk nogal vreemd, temeer daar hij vroeger tegenover vriendinnetjes onmiddellijk had gepraat over liefde. Hij had nu echter het gevoel dat hij beter voorzichtig kon zijn met beloften en grote woorden. Marieke nam alles zo serieus. En ook haar ouders beschouwden hem echt als een huwelijkskandidaat. Het amuseerde hem, maar hij raakte ook weleens geïrriteerd door hun openlijke bewondering.

Trouwen, hij moest er niet aan denken! Ten eerste wilde hij zich niet binden en daarbij, Marieke mocht dan alles hebben wat hem in een vrouw aantrok, maar dat ene miste ze toch: geld. En hij had met zichzelf afgesproken nooit meer arm te zijn. Toen hij die week een avond gelijk vrij was met Marieke maakte hij een afspraak, bij haar thuis. Ze vertelde hem niet dat haar ouders niet thuis waren die avond. Marieke was vastbesloten het gezellig te maken en van haar weinige geld haalde ze iets lekkers bij de koffie en ze kocht een fles wijn. Ze wist niet wat de gevolgen hiervan zouden zijn, maar ze dacht dat ze hem in bepaalde opzichten wat tegemoet moest komen. Frank was zo aantrekkelijk en hij kon meisjes genoeg krijgen, daarvan was ze overtuigd.

Vanaf zeven uur zat ze op hem te wachten maar Frank kwam niet opdagen. Ze begreep het niet, anders hield hij zich altijd stipt aan zijn afspraken. Misschien had ze hem toch moeten zeggen dat ze alleen was. Het was voor hem waarschijnlijk helemaal niet leuk, de hele avond bij haar ouders te moeten zitten. Soms een wandeling te maken en daarna afscheid nemen in de gang, terwijl haar vader en moeder al naar bed waren, maar niet sliepen, dat wisten ze beiden.

Na enige tijd zette ze de twee gebakjes in de keuken. In gedachten herhaalde ze voortdurend wat hij gezegd had, maar ze kon er geen enkele aarzeling in ontdekken. Hij was vast van plan geweest te komen. Er moest iets gebeurd zijn. Iets belangrijks.

Het was in Franks ogen inderdaad erg belangrijk. Hij had die avond tot halfzeven dienst en om zes uur kwam meneer Van Steenderen binnen. Frank had nog ruimschoots de gelegenheid hem van een en ander te voorzien maar hij was niet voorbereid op de vraag van meneer: 'Jongeman, ik nodig je uit met ons mee te eten.' Verbluft keek Frans hem aan. 'Ik ben pas om halfzeven klaar.'

'Des te beter. We kunnen hier eten en daarna ga je met mij mee thuis een borrel drinken.'

Frank aarzelde, dacht aan Marieke. Ze wachtte op hem. Maar als hij met meneer Van Steenderen meeging zou dat niet voor lang zijn. Hij kon ook om acht uur nog naar Marieke gaan. Dus stemde hij toe.

Hoewel hij altijd goed te eten kreeg in de keuken, was het diner dat hij kreeg voorgeschoteld aan de tafel die hij zelf zo keurig had gedekt, wel even iets anders. En dan bediend te worden door degenen die hem in andere omstandigheden commandeerden. Frank genoot ervan.

Het meisje dat voortdurend haar lichtblauwe ogen naar hem opsloeg, nam hij maar op de koop toe. Evenals de nietszeggende conversatie die er gevoerd werd. Soms dacht hij even met een schuldig gevoel aan Marieke, maar hij duwde de gedachte weer weg. Hij zou Marieke deze avond ruimschoots vergoeden. Ze zou trots op hem zijn dat hij door de grootste baas zelf was uitgenodigd. Wat later werd hij meegenomen naar een schitterend huis aan de rand van de stad. Een huis met een grote tuin rondom. Een huis waar hij ontvangen werd door een huishoudster die zijn jas aanpakte en hem behandelde als een zeer belangrijk persoon.

'En, Vera, laat jij onze gast het huis eens zien,' zei meneer Van Steenderen toen.

Frank volgde het meisje, de ene kamer in, de andere uit en werd overweldigd door de luxe die er heerste. Zelfs het huis van tante Paula was veel eenvoudiger ingericht. Hij zag niet dat de inrichting, hoewel kostbaar, vrij smakeloos was. Hij ging ervanuit dat, hoe meer geld iets kostte hoe mooier het was. Dat de inrichting van het huis aan de Vecht met veel hout en rieten meubels veel verfijnder was, kwam niet in hem op.

Terwijl Vera hem het huis liet zien, stond ze voortdurend dicht bij hem, keek soms naar hem op en hij vroeg zich af wat ze zou doen als hij haar kuste. Ze zou niet om hulp roepen, daarvan was hij zeker. Toen hij haar even bij de arm vastgreep kreeg ze een kleur, maar ze rukte zich niet los.

Ik zou haar zo voor me kunnen winnen, dacht Frank. Tjonge, dat zou niet gek zijn. Haar vader eigenaar van enkele luxe hotels, dat was nog eens een goudvisje. Hij gedroeg zich echter correct en toen ze later in de salon zaten en een glas wijn dronken was hij blij dat zijn moeder hem keurige manieren had bijgebracht. Hij had daar altijd mee gespot, maar er was toch veel van blijven hangen, merkte hij nu.

Terwijl Vera stil tegenover hen zat, vertelde haar vader hoe het hem gelukt was eigenaar van verschillende hotels te worden. Het werd Frank duidelijk dat een rijk huwelijk daaraan flink had meegeholpen.

'Helaas is mijn vrouw enkele jaren geleden overleden. Mijn kleine meisje is nu wel erg alleen.'

Het kleine meisje zag er gepast treurig uit en Frank dacht in een flits aan Marieke, met haar oprechte genegenheid voor haar ouders. Ze zou hem verafschuwen als ze wist waar hij mee bezig was. Maar hij was immers nergens mee bezig!

Een blik op de klok vertelde hem dat het negen uur was.

'Ik moet gaan,' zei hij, opstaand.

'Maar beste jongen, zo vroeg al? Vera zal je de tuin nog laten zien.'

'Het is al schemerig,' liet Frank een zwak protest horen.

'Maar dat is voor jongelui toch geen bezwaar.' De man lachte bulderend.

Frank volgde Vera tot de voordeur en hield haar daar staande.

'Die tuin kom ik een andere keer weleens bekijken,' zei hij.

'Beloof je dat?' vroeg ze met een smekende blik.

'Waarom is dat zo belangrijk?' vroeg Frank, wiens ijdelheid behoorlijk gestreeld was.

'Wel… ach, ik vind je aardig. En ik ontmoet weinig mensen van mijn leeftijd.'

'Misschien kunnen we eens een wandeling maken,' stelde Frank voor.

'Wanneer?' Het klonk bijna gretig.

'Als ik weer eens een vrije middag heb,' zei Frank vaag. Daarna haastte hij zich weg. Het zou bijna halftien zijn voor hij bij Marieke was. Wat moest hij haar zeggen. De waarheid. Dat hij was uitgenodigd door meneer Van Steenderen. Ze keek nogal tegen rijke mensen op, dus ze zou het wel begrijpen. De dochter zou hij voorlopig maar niet noemen.

Toch, als hij zich niet vergiste zou meneer Van Steenderen niets hebben tegen een verbintenis tussen zijn dochter en een kelner. Als híj die kelner was. Het leek te mooi om waar te zijn. Misschien kon hij zijn dochter niets weigeren. En die Vera was verliefd op hem, dat had hij wel gemerkt. Kwamen ze daarom zo vaak eten? Vroegen ze daarom of hij hen wilde bedienen?

Frank haalde enigszins minachtend de schouders op. Ze liet zich wel in de kaart kijken. Eigenlijk moest hij er niet aan denken met zo'n schepsel te trouwen. De reden zou alleen zijn, dat ze veel geld had en hij daardoor misschien een goede toekomst. Als Marieke toch zo rijk was! Hij belde even later aan en de deur ging bijna onmiddellijk open. Ze staarde hem aan en hij kon zien dat ze had gehuild. Hij trok haar onmiddellijk tegen zich aan.

'Heus lieverd. Ik kon er niets aan doen. Zo gauw ik enigszins weg kon ben ik gekomen.'

In de kamer zag hij de fles wijn op tafel. Goedkope wijn. Hij dacht aan het dure merk dat hij zojuist gepresenteerd had gekregen. Moest hij kiezen voor een leven van armoede en als er iets extra's was, nog altijd het goedkoopste? Was er wel te kiezen? Wat haalde hij zich eigenlijk in zijn hoofd?

Met zijn arm om Marieke heen zaten ze op de bank en hij vertelde haar van de uitnodiging. Ze leek minder onder de indruk dan hij had verwacht.

'Ik kon dit toch niet weigeren?' verdedigde hij zich.

'Samen eten, oké... Maar je behoefde toch niet met hem mee te gaan? Zijn dochter was er natuurlijk ook. Had je niet kunnen zeggen dat je een afspraak had?'

'Zoiets zeg je niet tegen dergelijke mensen,' mompelde hij met zijn lippen tegen haar wang. 'Daarvoor zet je alles opzij als je verstandig bent. Weet je, Marieke, als hij nu eens tegen mij zei: "Ik heb een opvolger nodig, en jij lijkt me wel geschikt'.' Tenslotte heeft hij alleen die Vera maar. Ik zou dan veel geld gaan verdienen. We zouden kunnen trouwen.'

Zo hij al had gedacht dat het meisje hier enthousiast op zou reageren had hij zich vergist. 'Ik denk dat je in dat geval die Vera erbij zult moeten nemen. Zij zit verlegen om een vriend en jij schijnt in haar smaak te vallen.'

'En jij denkt dat ik daar op in zou gaan?' vroeg Frank verontwaardigd, voor het moment zijn plannen voor de toekomst vergetend.

Met haar grote lichtbruine ogen keek ze hem aan en even deed ze hem aan Martijn denken. Eerlijk zei ze: 'Ik weet het niet.'

Toen schoot Frank zijn vage afspraak met Vera door het hoofd en hij verborg zijn gezicht in haar haren. 'Als we gelijktijdig een dag vrij hebben neem ik je mee naar mijn ouders.'

Toen hij de blijde opluchting in haar ogen zag kuste hij haar. Ik houd van haar, dacht hij. En met iets van wanhoop: Waarom is zij niet zo rijk als die Vera? Ik wil niet leven zonder enige luxe en altijd moeten rekenen. Ik kan het niet.

Hij duwde Marieke achterover op de bank en deze keer worstelde ze niet om los te komen. Maar nu waren het haar heldere eerlijke ogen die hem ervan weerhielden verder te gaan. Hij kon wel zeggen dat hij van haar hield, maar op de achtergrond van zijn gedachten was steeds dat grote huis, met zijn rijkdom en luxe.

De wijn en de gebakjes bleven onaangeroerd.

HOOFDSTUK 11

Die woensdag vertrokken tante Paula en Michel ongeveer gelijk met de kinderen. Clare bleef achter, voelde zich schuldig, omdat ze eigenlijk blij was dat haar schoonmoeder vandaag zo'n pijn had dat ze niet van haar kamer zou komen. Om dat schuldgevoel te vergeten ging ze bij haar koffiedrinken. Ze verwachtte Brian niet voor de middag. Zou hij erop rekenen dat ze haar besluit had genomen? Ze kon hem niet steeds aan het lijntje houden. Maar er was hier zoveel dat op haar afkwam. Paulette, weer even in zichzelf gekeerd als altijd. Michel was naar de politie gegaan en woedend teruggekomen omdat ze hem nauwelijks bleken te geloven. Ze hadden hem wel gezegd de zaak te onderzoeken, maar daar had hij zijn twijfels over. Robin... ze wilde met tante Paula over hem praten maar ze durfde niet.

Martijn ging vaak naar boven en ze liet dat oogluikend toe. Als iemand Robin ertoe kon brengen zich weer onder de mensen te begeven dan moest dat Martijn zijn. En Brian zou komen, wat moest ze hem zeggen?

'Wat ga jij vandaag doen?' vroeg Michels moeder haar.

'Ach, er is altijd wel iets te doen,' antwoordde ze vaag. Daarop vroeg de ander haar wanneer Rita definitief zou komen. Ze praatte er even over door.

'Ze leek me heel geschikt,' was haar conclusie.

'Daar kunnen we nog niets over zeggen,' reageerde Clare een beetje kortaf.

De ander keek haar opmerkzaam aan. 'Ze leek me een hartelijk iemand en dat is meer dan je van sommige mensen kunt zeggen.'

Clare gaf geen antwoord. Ze was er zo langzamerhand aan gewend dat Michels moeder voortdurend dingen zei met bijbedoelingen. Toen ze naar haar gevoel lang genoeg bij de oudere vrouw had gezeten, mompelde ze iets over bedden opmaken, en verdween uit de kamer. Ze liep regelrecht de tuin in en haalde diep adem. De sfeer in dat vertrek benauwde haar.

Het was een heldere dag maar de wind was koud. Eigenlijk was de zomer definitief voorbij. Ze vroeg zich vaak af hoe de winter hier zou zijn als ze veel binnen moesten blijven. En dan speciaal met Michels moeder voortdurend in haar nabijheid. Het was beter daar nog maar niet aan te denken.

Ze zag Brian aankomen. Hij liep met lange passen. Een paraplu zwaaide aan zijn arm. Ze dacht aan Michel met een paraplu en moest bijna hardop lachen. Hij zou zich liever drijfnat laten regenen. Ze bleef op het terras wachten.

'Clare, jij bent het allermooiste wat ik sinds zondag heb gezien.'

Ze glimlachte. Zoiets zou Michel nooit zeggen. Maar ze moest ophouden met vergelijken. Eenmaal binnen voorzag ze Brian van koffie. Hij zat in een rieten stoel, zijn benen uitgestrekt of hij er thuishoorde. En hij paste ook in een dergelijk huis, dacht ze.

'Heb je zelf ook zo'n soort huis?' vroeg ze.

Hij keek haar aan. 'Je hebt erover gedacht, nietwaar? Om met mij mee te gaan?'

Clare bleef het antwoord schuldig. Als ze eerlijk was had ze er helemaal niet serieus over nagedacht, niet over wíllen denken eigenlijk.

'Als het winter wordt ben je hier levend begraven,' overdreef hij. 'En dat voor zo'n levendig type als jij.'

Levendig? Was ze levendig? Dat was weer een nieuw gezichtspunt.

'Clare, ik moet je antwoord nu spoedig weten. Ik kreeg een brief van Barbara, dat ze de volgende maand naar Amerika vertrekt. Ik kan haar die laatste weken voor ze weggaat niet alleen laten. Ze zou achterdocht kunnen krijgen en op het laatste moment van de reis afzien.'

'Ik dacht dat jullie huwelijk voor haar ook niet veel meer voorstelde,' herinnerde Clare hem.

'Als het erop aankomt hebben vrouwen nu eenmaal graag zekerheid.' Daarin had hij gelijk dacht Clare, toen ze even later nog wat melk warmde in de keuken. Juist dat verlies van alle zekerheid, deed haar aarzelen met hem mee te gaan. Of was dat niet het enige?

Toen ze voetstappen op de trap hoorde, verstijfde ze van schrik. Kwam haar schoonmoeder toch naar beneden? Als ze zo'n pijn had kon ze de trap niet af. Maar als ze iets vermoedde kon ze wel alles op alles zetten om haar schoondochter te betrappen. Ze opende de deur naar de gang om haar, als ze kon op het laatste moment te beletten binnen te gaan, al wist ze niet hoe. Ze bleef echter in de deuropening staan toen ze zag dat het Robin was. In alle andere gevallen zou ze blij zijn geweest dat hij uit eigen beweging naar beneden kwam, maar nu vond ze 't allesbehalve prettig dat hij juist deze dag had uitgekozen.

'Robin,' zei ze zacht.

Hij stond beneden aan de trap, draaide zich naar haar toe. Clare hoopte van harte dat haar gezichtsuitdrukking hetzelfde bleef. Het gaf haar nog altijd een onbehaaglijk gevoel als hij haar zo plotseling recht aankeek.

'Clare. Ik dacht dat het er nu maar van moest komen. Ik zit dan in de kamer als de rest thuiskomt. Misschien wordt het massale paniek, maar dat moet dan maar. Krijg ik koffie van je?'

Ze knikte. Toen hij de kamerdeur wilde openen, zei ze: 'Schrik niet. Brian is in de kamer.'

Toen ze zijn aarzeling zag, overwon ze zichzelf. 'Ga toch naar binnen. Je kent hem immers.'

'Ik denk dat hij erger zal schrikken dan ik,' mompelde hij.

En zo was het ook. Toen Robin de deur opende en Brian zich met een glimlach omdraaide, in de mening dat het Clare was, verscheen op zijn gezicht een uitdrukking van verbijstering.

Hij kwam half overeind maar Robin maakte een gebaar dat hij moest blijven zitten. 'Ik ben Robin. Bekijk me maar goed en bespaar me dan je blikken vol afschuw of medelijden.'

Clare kwam binnen met de koffie en ging zitten, evenals Robin. Brian staarde Robin nog steeds aan en leek niet in staat iets te zeggen.

Robin roerde in zijn koffie. Clare zag dat zijn hand beefde.

'Zo erg had ik het niet verwacht,' mompelde Brian eindelijk.

'Herken je mij totaal niet?' vroeg de ander. En cynisch: 'Misschien had ik je een foto moeten sturen.'

'Jaja, natuurlijk herken ik je.' Het klonk niet erg overtuigend.

'Waarom ben je hier?' vroeg Robin. 'Je kunt niet weer iets met Clare beginnen. Ze is getrouwd, heeft kinderen…'

'Dat is inderdaad een probleem,' gaf Brian toe.

Hoewel Clare niet alles woordelijk kon volgen, begreep ze het meeste toch wel. Robin zei dat het een schandaal was achter een getrouwde vrouw aan te zitten, terwijl hij nota bene zelf ook getrouwd was. Kon hij al zijn zaken in Engeland aan iemand anders overlaten, zodat hij tijd had voor dergelijke uitspattingen?

Brian antwoordde kortaf dat een grote liefde nooit stierf. En dat zij beiden aan elkaar waren blijven denken. Robin wierp een twijfelachtige blik op Clare, ging dan resoluut over op iets anders. Het ging over het ongeluk en Clare hoorde opnieuw het verhaal, hoe zijn gezicht was verminkt.

Ze liet hen wat later alleen om voor het eten te zorgen. Dat Brian ook zou blijven nam ze als vanzelfsprekend aan. Aan tafel praatten de beide mannen nog steeds. Clare begreep dat het over Engeland ging, over mensen die zij beiden kenden. En ook over de economische toestand.

Ze waren wel zo beleefd haar ook in het gesprek te betrekken maar Clare had er weinig zinnigs over te zeggen. Ze merkten ook nauwelijks dat ze de tafel afruimde. Ze bleef expres lang in de keuken, maar ze misten haar niet, af en toe hoorde ze hen luidop lachen en ze besefte dat Brians bezoek misschien voor Robin een medicijn was.

Toen ze weer naar binnen ging, zei ze: 'Brian, je moet nu weggaan. Ze kunnen over een halfuur thuiskomen.'

'Nee. Blijf.' Het was meer een bevel dan een verzoek. 'Sorry, Clare, maar Brian was mijn vriend. We kunnen zeggen dat hij mij kwam opzoeken.'

'Je denkt toch niet dat ze zoiets geloven.' Ze zag zijn gezicht, begreep dat hij steun nodig had als hij de anderen straks onder ogen moest komen. Die steun putte hij uit het feit dat Brian hem na enkele ogenblikken volkomen gelijkwaardig had behandeld. Ze hadden gepraat zoals vroeger. Of er helemaal niets was veranderd. Of hij eruitzag zoals ieder ander en niet afschrikwekkend, zoals hij zelf dacht.

De eerste die thuiskwam was Martijn. Hij bleef even op de drempel staan, zijn bruine ogen keken van de een naar de ander. Dan liep hij naar Robin toe.

'Wat fijn dat je beneden bent,' en in één adem erachteraan: 'Blijf je nu hier? Ga je nooit meer naar die kamer?'

'Het blijft wel mijn kamer,' antwoordde Robin rustig.

Paulette begroette Robin alsof het de gewoonste zaak van de wereld was. Ze keek alleen met wantrouwen naar Brian. Dat was die Engelsman die haar had aangesproken, en zo bewonderend naar haar gekeken. Min of meer hadden ze toen die afspraak gemaakt en was... dat andere gebeurd. Dat ze met deze man had willen dansen... Ze rilde. Ze wilde nooit meer, met welke man dan ook, dansen.

Clare deed even haar ogen dicht toen ze tante Paula en Michel zag aankomen. Michel droeg een mand met puppy's en had de moederhond aan de lijn rond zijn arm. Hij zag er tevreden uit en riep tegen tante Paula: 'Ik ga ze even installeren. Ik kom zo...'

Tante Paula liep steunend naar binnen. Toen ze de kamer instapte, bleef ze als aan de grond genageld staan. Ze zag een bleke Clare, een nerveuze Brian op de bank en als de rust zelve... Robin. Ze wankelde naar een stoel en zeeg, doodsbleek en sprakeloos, neer.

Niemand zei een woord, iedereen wachtte op wat tante Paula zou gaan zeggen. Die slikte, wierp een snelle blik op Robin en wendde zich tot Brian. In het Engels zei ze hem: 'Jij had hier niet moeten komen.'

'Het was op mijn verzoek,' antwoordde Robin voor hem, 'het is tenslotte een vriend.'

'En jij...' Nu keek ze wel naar Robin. 'Had jij me niet kunnen voorbereiden?'

'Ik vond dat de tijd gekomen was,' zei Robin laconiek. 'Kan Brian logeren?'

'Je weet niet wat hij en...' begon tante Paula scherp, maar Robin brak het af.

'Moeder?'

Het bleef even stil. Toen antwoordde ze: 'Goed. Laat Clare maar een kamer voor hem in orde maken.'

Clare kneep in haar handen. Vroeger zou ze, als verliefd meisje, zoiets geweldig spannend hebben gevonden. Maar nu voorzag ze alleen maar problemen. Wat zou Michel zeggen, wat zouden de kinderen denken?

'Clare? Je hoort het,' zei Robin.

Clare keek hem aan. Wilde hij dit forceren? Was hij uit op een confrontatie? In Robins verwrongen gelaat viel niets af te lezen.

Brian stond op. 'Ik wil jullie niet tot last zijn...'

'Natuurlijk niet, beste kerel,' zei Robin sarcastisch.

'Vind je dit niet veel te ver gaan?' sprak een Hollandse stem scherp. Clare wendde haar hoofd en zag Michel op kousenvoeten op de drempel naar de keuken staan. Blond, stevig, in werkmanskleren. Geen verfijnde heer als Brian. Hij deed een paar stappen naar Brian, die met hem vergeleken bleek en tenger was. Toen Brian liet blijken dat hij hem niet verstond, vroeg Michel zonder zijn ogen van Brian af te halen: 'Clare, vertaal eens even.'

'Deze man is een vriend, en hier op mijn verzoek,' zei Robin.

Nu draaide Michel zich om. Als hij schrok van Robins uiterlijk, dan was dit niet aan hem te zien. 'En wie mag jij dan wel zijn?'

Tante Paula had zichzelf inmiddels onder controle. 'Dat is Robin. Mijn zoon. Die, op uitdrukkelijk verzoek, zijn voortbestaan tegenover iedereen en alles verborgen wilde houden. Hij woont op de bovenste etage. Ik...' Ze stokte even. 'Ik ben... eh... heel blij dat hij besloten heeft weer onder de mensen te willen leven.'

Michels ogen vernauwden zich. 'In dat geval, tante, lijkt me het beter dat wij vertrekken.'

'Geen sprake van,' antwoordde tante Paula gedecideerd. 'Waar moet je naartoe?'

'Op uw aandringen heb ik inderdaad alle schepen verbrand,' sprak hij bitter.

'Er is niets veranderd, Michel,' zei tante Paula. 'Je houdt de loop der dingen niet tegen. Als Clare... je weet wat ik bedoel. Alles gaat zoals het gaan moet.'

Ze stond op. 'Clare, als jij nu eens...?'

Clare was blij de kamer te kunnen verlaten. Tante Paula nam de hand van haar zoon in haar hand, en trok hem mee naar haar vertrekken. Michel maakte een gebaar naar de kinderen, die zonder iets te zeggen vertrokken. Michel en Brian bleven alleen achter.

'Wat ben je van plan met Clare?' vroeg Michel, toen de deur dicht was.

De ander maakte een hulpeloos gebaar dat hij hem niet verstond. Michel herhaalde haar naam.

'Clare... I love her,' sprak Brian, onbevreesd.

'Ongetwijfeld.' Met grote stappen liep Michel weg. Hij had Brian ter verantwoording willen roepen, hem willen slaan, maar het had geen zin. De man verstond hem niet. Hij zou eerst Engels moeten leren, en tegen de tijd dat hij dat sprak, was Clare al vertrokken. En slaan, ach... dat moest je zo lang mogelijk zien te verhinderen. Wat had het hem opgeleverd in het dorp?

Hij liep naar de logeerkamer, waar Clare het bed had opgemaakt en net rondkeek of er nog iets aan ontbrak. Hij zei: 'Zo, misschien kun je nog een vaasje roosjes neerzetten. Dan voelt hij zich welkom.'

Ze keek hem aan. 'Ik heb dit niet geregeld, Michel.'

'Ha! Maar het komt je wel goed uit.'

'Denk je dat werkelijk?'

'Ik denk alleen dat als ik de mogelijkheid had, ik direct zou vertrekken.'

'Waarom? Je kunt hier altijd blijven, de honden...'

'Werken kan ik overal, Clare,' tierde hij plots. 'Het gaat over mijn gezin, mijn kinderen, die ik het niet wil aandoen te aanschouwen hoe hun ouders afhankelijk zijn van een rijke tante. Of te horen dat hun vader moet accepteren dat de minnaar van hun moeder onder één dak slaapt. Want de situatie is wel veranderd, hè, nu je vriend een deurtje verder slaapt.'

Ze draaide zich om. Daar had ze niet eens aan gedacht. Ze probeerde zich de woorden van Michel aan te trekken, maar op de een of andere manier raakte het haar niet. Maar om te besluiten met Brian weg te vluchten, nee, ook dat leek haar geen goede oplossing.

'Het is allemaal zo verwarrend en moeilijk,' mompelde ze.

'Waarom? Je bent toch verliefd op die Brit? Waarom ga je niet met hem mee? Ik eis, Clare, dat je binnen enkele dagen je beslissing neemt. Deze situatie aanvaard ik niet. Om het gemakkelijker voor je te maken, stel ik voor dat je de ene nacht bij mij en de andere nacht bij hem slaapt. Dan kun je beter vergelijken!'

'Je bent grof!' zei ze heftig.

'Ja liefje, want jouw zogenaamde beschaafde manier trekt me helemaal niet aan.' Hij draaide zich abrupt om en vertrok.

Clare staarde met brandende ogen voor zich uit. Het was duidelijk dat Michel geen liefde of respect meer voor haar koesterde. Het zou de zaak eigenlijk gemakkelijker moeten maken, maar dat was niet zo. Toch voelde ze dat een snelle beslissing noodzakelijk was. Want met twee mannen, onder één dak, dat was een onhoudbare situatie.

Michel zorgde ervoor dat het onhoudbaar blééf. Hij demonstreerde zo duidelijk dat Clare zijn vrouw was, dat zelfs Martijn af en toe verbaasd naar hem keek. Hij was zoveel aanhankelijkheid van zijn vader tegenover zijn moeder niet gewend. Clare trouwens al evenmin. Brian wilde haar alleen spreken, maar Michel gaf hen geen kans. Als het tijd was naar bed te gaan, vroeg Michel heel dubbelzinnig of zijn vrouwtje meeging. Clare was dankbaar dat Brian niet alles verstond, maar ze zag aan zijn ogen dat hij veel begreep. Omdat Michel voortdurend aanhalig was als er iemand bij was kon ze hem niet afwijzen. Zijn moeder vroeg of hij in zijn tweede jeugd was beland, tante Paula glimlachte toegeeflijk en alleen Robin scheen te begrijpen dat het allemaal niet echt was.

Toen die avond kwam dat Michel weer met zijn arm om haar heen de trap opliep en ze wist dat Brian hen nakeek, keerde ze zich in de slaapkamer woedend naar hem toe.

'Waarom doe je niet gewoon,' zei ze heftig. 'Al die jaren was er geen sprake van enige vorm van romantiek en nu doe je ineens zo belachelijk.'

'Van hem vind je zoiets zeker niet belachelijk?'

'Nee. Bij hem hoort het, hij is een heer en hij gedraagt zich niet ordinair.'

'Ah, daar hebben we het! Dat heb ik nou mijn hele leven geweten.

Uiteindelijk was ik dus toch niet goed genoeg voor de notarisdochter.'
Hij greep haar bij de schouders, zijn gezicht dicht bij het hare.
'Waag het niet,' hijgde ze. 'Laat me los.'
'Dat dacht je maar. Ik ben van plan nog veel dichter bij je te komen
en geen zeven paarden kunnen mij tegenhouden. Jij hebt je besluit genomen, is het niet? Maandag vertrekt die vent en jij gaat mee. Maar
nu ben je mijn vrouw nog steeds!'
'Wat?' hijgde Clare. 'Ik weet niets van zijn vertrek... maar jij houdt
niet van me, en...'
Hij drukte zijn mond op de hare en hoe ze ook worstelde om los te
komen, hij was veel sterker dan zij. 'Deze keer zul je verdomme niet
aan hem denken.'
Ze zag dat hij woedend was en ze verzette zich niet langer. En hij
kreeg gelijk, ze dacht niet aan Brian. Ze dacht helemaal niet, ze werd
meegesleurd door haar eigen gevoelens en toen ze later heel stil naast
hem lag, verbaasde ze zich over zichzelf. Ze voelde dat hij naar haar
keek, draaide haar gezicht naar hem toe.
Zijn bruine ogen waren ernstig. 'En, héb je aan hem gedacht?'
Ze dacht iets van triomf in zijn stem te horen en werd kwaad. Dacht
hij haar zo te kunnen behandelen?
'Nee,' antwoordde ze koel. 'Ik dacht alleen maar, laat het gauw voorbij zijn.'
Even zag ze de gekwetste blik in zijn ogen voor hij zich van haar weg-
draaide. Ze had direct spijt van haar woorden. Het was immers niet
waar. Ze wist dat er misschien nog een kans was geweest hun huwelijk te redden. Maar ze pakten het beiden verkeerd aan. Ze waren op
verschillende wegen terechtgekomen, die steeds verder van elkaar af-
leidden. Er was geen weg terug meer mogelijk.

De volgende morgen zag ze Brian in de tuin en ze ging naar hem toe.
Deze keer liet Michel haar gaan.
'Ga je maandag weg?' vroeg ze toen ze hem ingehaald had.
Hij knikte. 'Ik heb je man uitgelegd dat hij je moest vragen of je al
een besluit hebt genomen. Ik zie je immers nooit alleen. Heeft hij het
gevraagd?'
'Hij heeft gezegd dat ik moet gaan,' zei ze zacht.
Hij stond met zijn rug tegen een boom. 'En, wil je?'
Ze keek hem aan. Zijn vriendelijke grijze ogen, zijn glimlach. Bij hem
was het eenvoudig, hij hield van haar, zonder reserve.
'Ja, ik ga mee,' zei ze. 'Voor enkele maanden, een soort proeftijd.'

Hij trok haar naar zich toe en kuste haar. 'Je zult nooit meer terug willen.'

Op dat moment hoorden ze iets. Ze draaiden zich beiden om en Clare keek recht in de beschuldigende ogen van Paulette. Het meisje keek van de een naar de ander en liep toen weg.

'Het arme kind,' kreunde Clare.

'Ze zal het begrijpen, als ze ouder is,' meende Brian.

Maar Paulette begreep het niet. Evenmin als een van de anderen.

HOOFDSTUK 12

Clare was die maandag met Brian meegegaan, zonder van iemand afscheid te nemen. Ze had twee brieven achtergelaten die Paulette op haar kamer vond.

De ene was gericht aan 'allen die mij nog steeds dierbaar zijn', op de andere stond Franks naam. Paulette besloot de brieven aan haar vader te geven. Ze wist dat haar moeder weg was maar het waarom begreep ze niet. Het zou niet voor lang zijn, dacht ze. Sinds ze haar moeder samen met de vreemdeling had gezien stormde het binnen in haar. Veel had ze er niet van begrepen, maar wel dat haar vader werd bedrogen.

En nu was ze dus weg. Paulette had haar zien gaan, vroeg in de morgen. Een koffer werd in een taxi geladen en ze was verdwenen. Ze was naar de kamer van haar ouders gegaan en had de brieven gevonden. En nu moest ze eerst naar school of er niets aan de hand was. Ze borg de brieven op in een lade van haar bureautje. Daarop ging ze naar beneden en wat later met Martijn naar school.

Paulette was altijd al een wat in zichzelf gekeerd kind geweest. Ze had haar hele leven gevoeld dat haar moeder meer naar Frank trok. En hoewel papa had geprobeerd haar zoveel mogelijk aandacht te geven, dat was niet genoeg geweest. Michel had nooit geweten hoe hij zijn dochter moest aanpakken. Ze was zo weinig spontaan en vrolijk, dit volkomen in tegenstelling tot Martijn. Zo had Paulette zich altijd wat verwaarloosd gevoeld. En nu – de schokkende gebeurtenis van enkele weken geleden en het feit dat ze haar moeder had gezien in een omhelzing met die Engelsman, dat alles maakte dat ze zich volledig in zichzelf terugtrok.

Bij het avondeten waren ze er allemaal, behalve Clare en Brian. Niemand zei er iets van. Tante Paula had luchtig opgemerkt dat ze een dagje weg waren. Dat scheen voldoende te zijn voor de anderen. Of ze vermoedden het een en ander en wilden het niet weten. Toen gaf Paulette de brieven aan haar vader 'om voor te lezen'.

Michel stak de ene in zijn zak, scheurde de andere envelop open en keek van de een naar de ander. Van de achterdochtige blik van zijn moeder, naar Robin afwachtend, tante Paula bezorgd, Martijn nieuwsgierig, en zijn dochter zonder enige emotie naar het leek.

Toen las hij voor: 'Aan allen waar ik altijd van zal blijven houden. Het is heel moeilijk voor mij deze brief te schrijven. Jullie zult intussen wel begrepen hebben dat ik met Brian naar Engeland ben vertrokken. Michel weet de reden. Het is allemaal erg moeilijk uit te leggen, maar het enige wat op dit moment telt is dat Brian van mij houdt en ik van hem. Ik ga enkele maanden weg. Hoewel mijn hart breekt als ik aan de kinderen denk, kan ik niet anders. Ook ik heb recht op een eigen leven. Kinderen worden groot en gaan binnen enkele jaren hun eigen weg. Ik hoop dat wij elkaar na verloop van tijd zullen terugzien. Denk niet te slecht over mij. Laat iemand het de kinderen uitleggen. Clare.'

Michel vouwde de brief weer in de enveloppe, keek van de een naar de ander.

Het meest trof hem de verbijsterde blik van Martijn.

'Wat een doortrapt gemene streek,' barstte zijn moeder uit. 'Hoe durft ze nog te schrijven dat ze van jullie houdt? Een moeder die haar kinderen in de steek laat voor een avontuurtje! Er zijn meer vrouwen die in hun huwelijk een ander tegenkomen. Maar het is slechts een enkeling die ervandoor gaat.'

'Houd uw mond,' zei Michel met een blik op Martijn.

'Nou nog mooier. Dat is helemaal het toppunt.'

'Het toppunt had ik me wel anders voorgesteld,' zei Michel met wrange humor.

Dit antwoord snoerde zijn moeder de mond. Martijns ogen vulden zich met tranen en Robin legde een hand op de schouder van het kind.

'Ik hoop niet dat het míjn schuld is,' zei hij. 'Als ik had geweten dat de zaken zo lagen had ik nooit op dat logeren aangedrongen.'

'Het was immers al veel langer aan de gang.' Michel stond op. 'Kom kinderen, we moeten praten. Alleen, hoe leg je zoiets uit?'

Tante Paula ontweek zijn hulpeloze blik.

'Ik had nooit gedacht dat ze zover zou gaan,' zei ze toen hij de deur achter zich had gesloten. 'Ik dacht dat het zo'n vaart niet zou lopen.'

'Jij haalde hem hier binnen,' beschuldigde Michels moeder haar. 'Uiteindelijk is alles jouw schuld. Je haalde ons hiernaartoe en binnen de kortste keren was die vent ook hier.'

'Hoe kon ik weten dat ze nog steeds iets voor elkaar voelden?' verdedigde tante Paula zich. 'Daarbij dacht ik steeds, als ze die twee mannen samen ziet zal het zeker in het voordeel van Michel uitvallen.'

Er werd niets meer gezegd en ook haast niet gegeten. Tante Paula zag zich genoodzaakt zelf de tafel af te ruimen en ze besefte dat er ook praktische problemen aan de orde zouden komen. Ze woonden hier nog altijd met zes personen en alleen kon ze dat niet aan. Het was maar te hopen dat Rita wat vaker wilde komen helpen.

Rita was zonder meer bereid iedere dag te komen en naast haar onschatbare hulp bracht ze ook een dosis vrolijkheid mee. Toch kon ook zij de sombere sfeer die in huis heerste niet verdrijven. Het leek of de kinderen ineens ouder waren geworden, dacht tante Paula. Robin was weer vaker boven en Martijn zocht hem niet op. Michel zei niet meer dan het noodzakelijke.

Martijn was heel vaak bij Rita, het was of hij hunkerde naar wat aandacht.

De jonge vrouw was vriendelijk tegen het kind, maar ze had het druk in het grote huis. Toen hij weer eens bij haar was, vroeg ze: 'Waarom zoek je die meneer boven niet meer op? Hij is zo alleen.'

Martijn zei eerst niets, keek somber naar buiten, waar de regen tegen de ramen kletterde.

'Jullie zouden best wat gezelschap aan elkaar kunnen hebben,' ging Rita verder. 'Of vind je hem eng?'

En toen Martijn het hoofd schudde: 'Nou dan, hij is heus aardig, al is hij lelijk.'

'Hij heeft die man hier gebracht,' stootte Martijn uit. 'Die man die mama heeft meegenomen.'

Rita wist wel dat Martijns moeder was vertrokken voor een vakantie, maar dat een man haar had meegenomen was nieuw voor haar. Ze ging er niet op in, wilde het kind niet uithoren, maar ze bracht de boodschap wel over aan Robin die het hoofd schudde. Dat arme kind.

De volgende dag verscheen Martijn aarzelend in zijn kamer. Hij keek naar Robin met een strak gezichtje en wanhopige bruine ogen. Robin strekte zijn armen uit en het kind vloog naar hem toe. Tegen hem aangeleund snikte Martijn al zijn verdriet uit. De ander liet hem begaan, hield hem alleen dicht tegen zich aan, met het gevoel dat hij dit kind tegen alle ellende zou willen beschermen.

'Mama kan niet zo gemeen zijn als Paulette zegt,' zei Martijn ten slotte.

Ieder heeft zijn eigen problemen, dacht Robin. Uiteindelijk zal het meisje het nog moeilijker krijgen dan dit kind. Daarop keek hij Martijn aan, zoals altijd weer dankbaar om de onbevangen manier waarop het kind terugkeek.

Hij begon te vertellen van liefde tussen twee mensen en dat Clare vroeger al veel van Brian had gehouden maar dat ze elkaar waren kwijtgeraakt.

Natuurlijk hield ze ook van zijn vader en zeker van haar kinderen. Maar toen Brian zo plotseling was teruggekomen, was ze alles vergeten en zag alleen hém nog maar. Hij zei het kind ook dat hij er zeker van was dat zijn moeder terug zou komen, maar dat het best eens lang kon duren, maar Martijn moest toch van haar blijven houden.

Robin was er inderdaad van overtuigd dat Clare terug zou komen. Al was het maar voor haar kinderen. Daarbij: over een scheiding was niet gesproken en Brian was eveneens getrouwd.

Na die dag ging hij weer wat vaker naar beneden. Martijn leek opgewekter, Paulette had daarentegen zoiets afwezigs over zich dat het Robin verontrustte.

Op een dag ging hij haar tegemoet toen ze naar het dorp was voor enkele boodschappen. Hij wachtte tussen de bomen op haar. Nog steeds was hij niet verder geweest dan het huis en de tuin. Eens zou daar verandering in moeten komen. Hij wilde een studie beginnen, want hij dacht niet dat hij nog ooit voor een klas zou staan. Hij zou daarvoor naar een bibliotheek moeten, hij wilde diverse mogelijkheden bespreken. Daarvoor zou hij contact moeten opnemen met verschillende personen en zover was hij nog niet. Toen hij Paulette aan zag komen, ging hij haar tegemoet. Ze remde, sprong van haar fiets. 'Ben je op weg naar het dorp?'

'Nee, dat durf ik niet,' zei hij volkomen naar waarheid.

'Waarom niet? Om je gezicht,' gaf ze dan zelf antwoord. 'Weet je wat Rita zei? Dat er in Duitsland klinieken zijn waar ze gezichten als dat van u weer als nieuw kunnen maken. Nou, en in Amerika kunnen ze het zeker.'

'Ik geloof er niets van.'

Hij keek haar aan, zag ook in haar ogen twijfel.

'Iets wat weg is kunnen ze niet teruggeven,' zei hij ten overvloede.

'Ach,' Paulette haalde de schouders op. 'Het geeft toch ook niets.'

Hij glimlachte. 'Aardig van je. Maar meisjes van jouw leeftijd vinden het uiterlijk toch erg belangrijk, dacht ik. Of alleen het uiterlijk van zichzelf?'

'Ik niet. Ik trouw toch nooit.'

'Kom, kom... Zo'n mooi meisje als jij bent.'

Het deed hem genoegen dat ze een kleur kreeg. 'Denk je vaak aan je moeder?' vroeg hij dan.

Ze schudde het hoofd. 'Ik denk er alleen aan dat ze mijn vader heeft bedrogen en hoe ze ons allemaal in de steek heeft gelaten. En u kunt Martijn mooie verhaaltjes vertellen, over liefde en dat ze weer terugkomt, maar ik loop daar niet in. Martijn is een klein kind. Hem kun je van alles wijsmaken. Ik wil trouwens niet eens dat ze terugkomt. Ik haat haar.'

Hij schrok van de harde bittere toon, maar hij zag tranen in haar ogen. En op dat ogenblik was hij woedend op Clare en Brian, die anderen zoveel verdriet hadden gedaan.

Het was twee weken later en half oktober. De herfst toverde de prachtige kleuren om het huis. Martijn was zoveel mogelijk buiten. Met zijn vader bij de kennels waar de honden ook hem uitbundig begroetten, of met Robin in de tuin of langs de rivier.

Vandaag liepen ze samen langs de rivier toen er van de andere kant een paartje aankwam. Robin had niet op hen gelet tot het kind ineens riep: 'Dat is Frank,' waarop hij vooruitholde.

Robin wist niet wie Frank was, maar hij was het liefst tussen de bomen weggedoken. Het was echter te laat, dus bleef hij afwachtend staan.

'En dit is Robin. Hij is mijn vriend, de allerbeste vriend die ik heb,' kondigde Martijn met heldere stem aan.

'Allemachtig, je hebt niet gelijk ook de mooiste uitgezocht.' Frank zei het niet al te hard, maar Robin verstond het toch.

'Frank!' Het meisje keek schichtig naar Robin.

'Het geeft niet, ik ben eraan gewend dat mensen mij niet bepaald mooi vinden. En dat is dan nog vriendelijk uitgedrukt,' zei Robin rustig.

'Maar niemand weet hoe aardig je bent,' riep Martijn.

Frank voelde zich duidelijk niet op zijn gemak. 'Ik ben Martijns broer.'

'Zo. Jij bent een knappe jongen.' Dit bracht Frank nog meer in verlegenheid.

'En dit is Marieke,' zei hij onbeholpen.

'Is zij je meisje?' informeerde Martijn. 'Ja, hè, anders liep je niet met haar.'

'Nou, jij bent de laatste maanden een stuk wijzer geworden,' lachte Frank.

Terwijl Robin naar Frank keek, zag hij in gedachten een ander gezicht voor zich. Goed dat Brian in Engeland was, dacht hij een beetje onbehaaglijk. Gezamenlijk liepen ze de weg terug. Frank vertelde intussen van zijn werk in het restaurant. Robin luisterde met een half oor, nam het meisje in stilte op. Ze leek iets ouder dan de jongen, het fijne gezichtje waarin de donkere ogen overheersten was expressief.

'Ik kom Marieke aan mijn ouders voorstellen,' zei Frank op een gegeven moment.

Robin knikte, maar zei niet dat alleen zijn vader er was.

Daar zou hij snel genoeg achter komen, het was niet aan hém te vertellen wat er gebeurd was.

Om deze tijd zaten ze allen binnen en dronken koffie. Rita was er op zaterdag niet, dus zorgde tante Paula voor hen, zij het niet altijd even enthousiast. Ze hield niet van bedienen, zei ze soms kortaf.

Ze gingen door de keuken naar binnen. Robin zei hun waar ze hun jassen konden ophangen, opende dan de deur naar de kamer.

Paulette sprong overeind. 'Frank! Waar kom jij ineens vandaan?'

Even praatten ze allen door elkaar. Tante Paula ging nog koffiezetten, verdween naar de keuken, zei dat haar hulp er op zaterdag niet was.

Marieke knikte begrijpend, zei dat ze wel wilde helpen want dat het haar dagelijks werk was. Tante Paula leek even voor de verleiding te bezwijken, maar ze zag er toch vanaf. Frank mopperde dat, juist omdat het haar dagelijks werk was, ze vandaag nu eens vrij moest nemen.

Maar al snel kwam toch de vraag die iedereen verwacht had. 'Waar is moeder?'

Toen er niemand antwoord gaf keek Frank in de stilte die was gevallen van de een naar de ander. 'Is er iets met haar?'

'Dat zou je wel kunnen zeggen,' antwoordde zijn grootmoeder eindelijk.

'Ze is weggelopen met een andere man,' flapte Paulette er dan uit.

'Moeder? Mijn moeder, met een andere man?' vroeg Frank ongelovig.

'Ze was ons helemaal vergeten toen ze hem zag. Maar ze komt vast terug, hè, Robin?' Deze legde even zijn hand op de schouder van Martijn maar zei echter niets.

'Hier begrijp ik niets van,' zei Frank. 'En vader, waar is die?'

'Misschien is het beter dat je eerst naar hem toegaat,' zei tante Paula. 'Alleen.'

Ze keek naar het meisje dat was opgestaan. Geschrokken ging Marieke weer zitten. Robin had met haar te doen. Ze keek Frank met een haast hulpeloze blik na.

'Je kijkt of je alleen bent in een heel groot bos,' fluisterde Robin plagend.

'Zo voel ik me ook,' zuchtte ze.

'Vertel eens hoe je Frank hebt ontmoet,' probeerde hij haar op haar gemak te stellen.

Aarzelend begon het meisje te vertellen.

Ze had een zachte prettige stem en toen grootmoeder enkele malen zei: 'Wat zeg je? Praat eens wat harder, kind,' leverde haar dat een boze blik van Paulette op, waarop de eerste zich mokkend afwendde.

'Ik vertel het u later wel,' zei Martijn die onmiddellijk medelijden had met zijn oma, die de laatste tijd steeds dover werd.

Marieke vertelde over het hotel waar Frank en zij werkten, over de soms lastige klanten. Ze vertelde enkele grappige voorvallen, zei dat Frank erg gezien was omdat hij zo keurig bediende en daarbij zo charmant was.

'Hebben jullie verkering?' vroeg zijn grootmoeder dan.

Het meisje kreeg een kleur. 'Min of meer.'

'Min of meer, wat is dat nou voor een antwoord?'

'Uit het feit dat Frank haar hier komt voorstellen kunnen we wel het een en ander afleiden,' meende tante Paula. Daarop vroeg ze naar Mariekes ouders en al spoedig hadden ze een beeld van een eenvoudig gezin met één dochter waar de ouders dol op waren, maar die ondanks dat, zeker niet verwend was.

Robin zat zich af te vragen of dit kind wel de geschikte partner was voor Frank, maar hij besefte dat hij er niets mee te maken had. Dat hij er nooit iets mee te maken zou hebben. Frank zou ieder meisje kunnen krijgen, hij had zijn gezicht mee. Als je was zoals hijzelf kon je iedere gedachte aan een meisje of vrouw wel vergeten. Hij mocht al blij zijn als ze niet onmiddellijk vol afschuw hun gezicht afwendden.

Frank zag zijn vader bezig bij de kennel. Hij was sloten aan het bevestigen.

Een grote hond lag vlak bij hem. Toen Frank dichterbij kwam begon het dier te blaffen. Zijn vader wendde zich en bleef met de schroevendraaier in zijn hand naar hem staan kijken. Op zijn gezicht was zeker geen welkom te lezen maar Frank kon niet weten dat Michel nu heel duidelijk de gelijkenis met Brian zag. Hij mompelde wat toen de hond bleef blaffen, waarop het dier overging in grommen.

'Waarom heb je zo'n ondier aangeschaft?' was Franks eerste vraag.

'Als hij je niet bevalt is dat jammer,' antwoordde Michel koel. 'Wat kom je eigenlijk doen?'

Dit maakte Frank kwaad. Hij had een andere thuiskomst verwacht, na zolang te zijn weggeweest. Hoewel de genegenheid van zijn moeder hem altijd vanzelfsprekend had geschenen, miste hij haar nu. En dan ook nog geen vriendelijk woord van zijn vader. Het was werkelijk geen wonder dat ze bij hem was weggegaan.

Dat hij op deze gedachte kwam was tot daar aan toe, maar hij had het niet moeten zeggen.

'Ik vroeg wat je kwam doen,' zei Michel gevaarlijk kalm. 'Als ik je mening ergens over nodig heb dan laat ik je dat weten.'

Zelfs de hond scheen de dreiging in zijn stem te horen, want zij begon weer te grommen.

'Dit is mijn thuis,' antwoordde Frank. 'Ik heb een weekeinde vrij en ik dacht, laat ik naar mijn familie gaan. Niet wetend dat jullie er zo'n troep van hebben gemaakt! Ik ben uw zoon, of was u dat vergeten? Ik weet dat u nooit veel met me ophad, maar het feit ligt er nu eenmaal.'

Michel wendde zich af, ging weer verder met het slot. 'Dat is het juist. Je bent mijn zoon helemaal niet.'

Frank, die meende dat hij het niet goed had verstaan, kwam wat dichterbij. Hij wierp een woedende blik op de hond, die zich niet liet intimideren en waarschuwend bleef grommen.

'Wat zei u?' vroeg Frank.

Michel keek hem aan. Van dichtbij leek de jongen nog meer op Brian. Hij had dezelfde grijze ogen. Op zo'n jong knap gezicht was Clare indertijd verliefd geworden. En ze was die verliefdheid nooit meer vergeten. Misschien zou dat wel gelukt zijn als ze deze zoon niet had gekregen.

'Het spijt me, het is de waarheid. Je moeder was in verwachting van jou toen ik met haar trouwde. Je vader is een Engelsman. Met dezelfde kerel is ze er nu vandoor. Ze is hem nooit vergeten.'

De verbijsterde blik van de jongen deed Michel met een schok beseffen wat hij de jongen hiermee aandeed. Hij dacht thuis te komen en vond er niemand. Geen vader, geen moeder, zelfs geen grootmoeder, al zou dat laatste hem niet veel kunnen schelen.

'Dus daarom had jij altijd een hekel aan mij,' bracht Frank uit.

'Dat is sterk overdreven. Ik had geen hekel aan jou persoonlijk, maar de overdreven verering die je moeder voor je koesterde, irriteerde mij. Ik wist dat ze door jou nooit haar vroegere minnaar vergat.'

'Maar hoe is het dan gebeurd?'

'Dat moet je mij niet vragen, Frank. Ga maar naar Paulette. Zij heeft een brief voor je, van je moeder.'

Frank liep behoorlijk onttredderd weg. Hij was nu toch uit zijn doen.

Hij was nooit dol op Michel geweest, maar hij had hem wel altijd als zijn vader beschouwd. Hij was niet degene die hij dacht te zijn. Hij heette geen Frank van Oeveren, hij was een bastaard.

Hij vroeg direct aan Paulette om de brief en volgde haar naar haar kamer.

'Voor jou was er nog een persoonlijke noot,' zei ze sarcastisch en overhandigde hem de brief. Hij frommelde met de brief in zijn handen. Voor hij de enveloppe openscheurde, vroeg hij: 'Zeg, dat monster waar Martijn mee liep, werkt dat hier ook?'

'Dat monster heet Robin en is de zoon van tante Paula.'

'Wat? Maar… maar die was toch dood?' Frank was verbijsterd.

'Hij heeft het overleefd. Maar hij is dus zo verminkt, dat hij lange tijd hier boven verstopt is geweest. Nu durft hij langzamerhand zich weer te vertonen.'

Het suisde door zijn hoofd. Hij had toch altijd wel de vage hoop gehad dat hij later, als tante Paula dood was en zijn moeder had geerfd, wat ruimer in zijn geld zou hebben gezeten. Maar die Robin zou nou erven…

Frank liep met de brief naar buiten. In één uur was hij een erfenis misgelopen en een bastaard geworden. Wat zou Marieke ervan zeggen? Hij besloot dat die er niks van mocht weten. Ze keek tegen hem op, dat moest zo blijven. En Vera… die mocht er helemaal niet achter komen. Hij scheurde op een stil plekje de brief open en las:

Lieve Frank,
Als je deze brief leest, weet je het al. Ik ben vertrokken met de man die jouw vader is. De man waarvan ik altijd ben blijven houden. Je begrijpt nu ook waarom ik te veel hield van jou en te weinig van Michel, waarvan je dacht dat het je vader was. Ik weet niet hoe het zal aflopen. Ik weet niet of ik bij Brian blijf. Ik heb het idee dat alleen jij me zult begrijpen en vergeven. Je weet hoeveel je voor me betekent. Frank, neem mij als voorbeeld: trouw alleen als je zeker weet dat zij je grote liefde is.
Mama.

Bah, wat een sentimenteel gedoe, dacht hij kwaad. Hij begreep het niet en vergeven zou hij haar ook niet. Ze verpestte alles voor hem. Waarom had ze hem niet eerder bereikt? Op haar leeftijd ervandoor met een ander. Dat mocht dan wel zijn vader zijn, zoals ze zo tactisch had geschreven, maar hij had nooit gemerkt dat er een ander was.

Waarom was hem dat niet verteld?

Zijn moeder moest goed gek zijn om dit alles op te geven. Ze kende hem totaal niet als ze dacht dat hij liefde boven alles zou stellen. Door die liefde van haar was hij bastaard en een kind van een gescheiden moeder geworden. Maar hij moest meer te weten komen over zijn echte vader. Daar had hij recht op.

Hij beende naar buiten om Michel te vragen. Die stond op het punt de honden uit te laten.

Robin was een aandachtig toeschouwer toen Michel Frank bot elke informatie weigerde.

Michel knikte naar Robin. 'Vraag het hem. Het is zijn vriend...'

Frank liep op hem toe. Wat zag die man eruit, zeg. Hij vermande zich: 'Dus mijn moeder is er met jouw vriend vandoor?'

'Het schijnt zo,' was het kalme antwoord.

'Wat is het voor een vent?'

'Vroeger was hij heel geschikt. Ik zag hem niet zo vaak meer, hij zat in Amerika, de oorlog verhinderde veel contact. De laatste jaren was er geen enkel contact meer. Je weet overigens wel wie ik ben?'

'Ja, je bent tante Paula's zoon,' antwoordde Frank onverschillig. 'Maar ik bedoel, is mijn echte vader rijk?'

Robin keek hem opmerkzaam aan. 'Hij zou je moeder kunnen onderhouden. Maar hij is, naar mijn weten, nog met een ander getrouwd. Ik vind het voor jullie, de kinderen, overigens heel naar dat het zo gelopen is.'

'Mijn moeder is, zoals je weet, van goede komaf. Veel te beschaafd voor mijn... Michel. Ik neem aan dat die Brian dus wel een gefortuneerde heer moet zijn.'

'Michel, je vader, heeft veel kwaliteiten en prettige eigenschappen, Brian, je natuurlijke vader, is uiterlijk meer een heer. Maar als het alleen daarom is, heb ik geen hoge dunk van je moeder.'

'Nee. Hoe je het wendt of keert, het blijft onfatsoenlijk,' beaamde Frank. 'Ze begrijpt niet in wat voor een onmogelijke positie ze mij manoeuvreert.'

Robin keek Frank scherp aan. Hoe was het mogelijk dat iemand zo egocentrisch dacht? Deze zoon leek niets op Martijn of Michel. Wat een familie.

Frank liep terug naar het huis, waar hij Marieke tegen het lijf liep. 'Frank, je tante zegt dat we tot maandag blijven. Is dat zo?'

'Vind je het hier niet mooi dan? Dit is toch wel wat anders dan bij jullie thuis!'

'Hier wonen ook veel meer mensen. Dat zal wat onderhoud geven.'

'Kun jij alleen maar denken aan poetsen? Hier is personeel.'

Marieke hield haar mond. Soms leek het wel of Frank haar en haar ouders minachtte. Een andere keer was hij weer vol respect, vertelde dat hij van haar hield en dat ze eens een hotel zouden beginnen. Waarvan? Ze had toch wel in de gaten dat, hoewel hij het ook nooit beweerd had, dit alles niet van zijn ouders was.

'Ik begrijp, Frank, dat je moeder er niet is?'

'Nee,' antwoordde hij kwaad. 'Wanneer gaan we eten? Weet jij dat?'

Ze schudde zwijgend haar hoofd. Ze besloot maar niets meer te vragen tot zijn humeur was opgeklaard. Met een rood hoofd liep hij het huis in, en botste tegen Rita op.

'Wie hebben we hier?' riep Rita. 'Zo'n mooie kerel hebben we nog niet gehad. Ben je een zoon van de Engelse meneer? You son Englishman?'

Frank fronste. Wie was dit nou weer. 'Hoe bedoelt u?'

'O, sorry hoor. U lijkt op hem. Wie bent u?'

'Ik ben de oudste zoon van... van mevrouw Van Oeveren.'

'De oudste broer van Martijn? Goh, daar lijkt u helemaal niet op.'

Frank herkende nu het vrijmoedige, uitdagende type in haar. Hij begreep dat het de meid was. 'Houd je van knappe mannen?'

Rita gooide het hoofd in de nek en lachte spottend. 'Jawel, maar op een afstand. Want ze zijn en willen allemaal hetzelfde.'

'Meen je dat nou?' zei Frank en kneep plagend in haar wang.

Op dat moment kwam Marieke de gang in sjokken. Ze bleef stokstijf staan en keek Frank verwijtend aan.

'Weer een nieuw licht,' zei Rita vrolijk. 'Wie mag dit dan wel zijn?'

'Zij is een vriendin van me,' zei Frank vlug.

'Zo, zo. Nou meisje, pas jij maar op je vriend. Als hij een vrouw tegenkomt, gooit hij onmiddellijk al zijn charmes in de strijd.' Lachend ging ze de trap op.

'Die meid is gek,' zei Frank en trok Marieke mee. Die zei niks. Het enige waar ze aan dacht was dat Frank 'een vriendin' in plaats van 'mijn vriendin' had gezegd.

Aan tafel heerste er een sombere stemming, en iedereen was blij dat het eten voorbij was. Zelfs Robin en Martijn waren stil.

Marieke was door tante Paula ingedeeld op Paulettes kamer. Na het eten vertrokken beide meisjes al snel naar hun kamer. Paulette vroeg Marieke honderduit over haar baan en ouders. Marieke antwoordde vriendelijk. Ze was blij met haar eenvoudige bestaan. Paulette vond het ook prachtig.

'Jouw ouders zijn tenminste gelukkig met elkaar.'

'O,' zei Marieke voorzichtig. 'Die van jou...'

'Zijn uit elkaar,' zei Paulette bitter. 'Het kon mijn moeder niets schelen dat wij achterbleven. Ze is er met een Engelsman vandoor.'

'Daar heeft Frank niets van gezegd,' flapte Marieke eruit.

De diepblauwe ogen van Paulette namen Marieke aandachtig op. 'Ben je verliefd op hem?'

'Een beetje wel,' gaf Marieke toe.

'Vroeger zei hij altijd dat hij een rijke vrouw wilde trouwen...'

'Maar dat was toch toen hij nog een kind was?' vroeg Marieke bijna smekend. Paulette zweeg wijselijk, maar dat was voor Marieke een duidelijk antwoord. De hele nacht overpeinsde ze wat ze met Frank van Oeveren aan moest. Hij had nooit veel over zijn jeugd verteld. Hij deed altijd of zijn baantje een verzetje voor hem was, en dat zijn ouders rijk waren. Maar het was duidelijk dat tante Paula en Robin het geld hadden. Franks vader was een gewone man, en zijn moeder was ervandoor met een Engelsman. Stel je voor, ze sprak niet eens Engels. Ze vroeg zich af hoe ze de zondag door moest komen. Ze voelde zich helemaal niet meer op haar gemak. Terwijl Frank in de keuken met Rita zat te flirten, zat Robin voor de haard met een boek. Zijn moeder en Martijn waren naar bed, terwijl Michel en zijn moeder buiten liepen met de honden. Robin dacht aan Frank en zijn Marieke. Wat een tegenstrijdig stel. Die Frank leek hem echt ongevoelig, terwijl dat meisje juist de goedaardigheid zelve was. Hij rechtte zijn schouders. Er waren de laatste maand tal van positieve dingen in zijn leven gekomen. Hij had Martijn leren kennen, en door hem liep hij weer buiten. Het had hem energie gegeven. Hij was een studie Engelse geschiedenis begonnen.

Het beeld van Marieke kwam hem weer voor de geest. Wat een fris meisje. Robin zuchtte. Romantische gedachten moest hij vergeten met zijn uiterlijk. Gelukkig was hij niet meer verloofd toen het ongeluk gebeurde. Ze had het een halfjaar daarvoor afgebroken. Vier jaar was hij verloofd geweest. Die tijd lag echter voorgoed achter hem.

HOOFDSTUK 13

Clare keek uit het raam van haar hotelkamer naar de neerplenzende regen. Het leek wel of het hier niet anders deed dan regenen. Ach nee, dat was overdreven. Het kwam omdat ze zich verveelde.

Ze was hier nu meer dan een maand en het was inmiddels december. Natuurlijk, ze had enkele uitstapjes met Brian gemaakt, ze was ook weleens alleen de stad ingegaan. Brian had haar geld gegeven, wat ze uiterst vervelend vond. Maar het kon niet anders, ze had geen geld van zichzelf. Het was afschuwelijk, zo duidelijk van een man afhankelijk te zijn.

Hij was hier nog niet blijven slapen. Dat wilde ze ook niet, ze zou zich dan een prostituée voelen. Brian was door deze opmerking nogal beledigd geweest, maar ze had voet bij stuk gehouden. Ze wilde geen kortstondig liefdesavontuurtje in een hotelkamer.

Brians vrouw had haar vertrek uitgesteld tot begin januari. Ze had het in haar hoofd gehaald dat ze de kerstdagen het liefst in Engeland wilde doorbrengen.

Daarna zou Barbara voor drie maanden naar Amerika gaan en zijzelf kon dan in Brians huis wonen. Het was een ruim huis en het lag buiten de stad.

'Dus niemand kan je escapades aan je vrouw overbrieven,' had ze gezegd. Het deed hem pijn als ze zoiets zei, want hij hield echt van haar, daar was ze heus wel van overtuigd. Maar toch, op deze manier leven was niets voor haar. Daarnaast verlangde ze naar de kinderen en als ze eraan dacht dat ze hen lange tijd niet meer zou zien, had ze moeite haar tranen tegen te houden.

Toen ze Brians auto zag stoppen, ging ze haastig bij het raam weg en keek ze even in de spiegel. Ze zag er keurig verzorgd en uitgerust uit. Maar toch, het leek of ze iets levendigs miste. Ze keek naar haar handen, die zacht waren geworden, met lange nagels.

Even later opende ze de deur voor Brian. Hij stond haar even op te nemen en haars ondanks begon haar hart sneller te kloppen.

'Kom,' zei hij zacht. Ze kusten elkaar en ze klemde zich aan hem vast. 'Ik wilde dat je vaker kwam,' zuchtte ze.

'Clare, ik heb een voorstel. Barbara heeft zich ingebeeld dat ik niet alleen kan zijn als ze weg is. Onze hulp gaat namelijk weg en ze wil mij niet onverzorgd achterlaten. Kom solliciteren! Er staat vandaag een advertentie in de krant. Je zegt maar dat je sinds kort hier bent en nog geen werk hebt. Je kunt haar vertellen dat je getrouwd bent, dan zal ze geen achterdocht krijgen.'

Clare maakte zich langzaam van hem los. 'Dus je wilt dat ik een maand voor bediende speel bij je vrouw.'

'Het is maar een voorstel. Dit is toch ook niet wat je wilt... En je zou goed verdienen. Daarbij is Barbara de laatste weken heel vaak weg.'

'Ik moet erover denken,' zei ze.

Toen hij weg was bleef het gevoel van onbehagen. Het was allemaal zo stiekem, zo achterbaks. Wat bleef er zo over van een liefde?

Aan de andere kant, ze had geweten dat het niet gemakkelijk zou zijn. Ze kon beter niet zo kieskeurig zijn, ze had hier tenslotte zelf voor gekozen, toen ze met Brian meeging. Wat had ze te verliezen als ze in zijn huis ging wonen? Tenslotte had ze haar hele leven huishoudelijk werk gedaan.

En zoals het nu ging beviel het haar inderdaad niet.

Zo was Clare binnen een week in Brians huis geïnstalleerd. Ze viel duidelijk bij Barbara in de smaak, deze scheen het interessant te vinden een buitenlandse in dienst te hebben. Clare kon met de beste wil van de wereld geen hekel aan haar hebben. Barbara praatte te druk, ze was wat overdreven. Eigenlijk was ze niet beschaafd genoeg voor Brian. Maar ze was wél aardig.

Alleen, het was geen combinatie als je Brian en zijn vrouw samen zag. Ach, zijzelf was ook niet bepaald van zijn 'klasse'. Misschien vroeger als dochter van een notaris. Maar ze had zich naar beneden gehaald door haar huwelijk. Nee, zo mocht ze niet denken. Michel was een goed mens en hij mocht dan soms wat ruw zijn, ze had zich al die jaren veilig bij hem gevoeld. Een gevoel dat ze bij Brian miste. Maar mogelijk hoorde zo'n gedachte aan veiligheid bij een huwelijk.

Barbara had nauwelijks iets aan haar gevraagd, ze interesseerde zich alleen voor zichzelf en was hopeloos oppervlakkig. Ze vertelde Clare onder andere wat Brian graag at en waar ze haar levensmiddelen haalde. Eén keer in de week kwam er een werkster zodat Clare het zware werk niet hoefde te doen.

Barbara was één avond in de week weg naar een bridgeclubje.

En die ene avond zat ze met Brian in de kamer, hij was vol aandacht voor haar.

Verliefd en aanhalig, maar zij voelde zich niet op haar gemak.

Ze stond hem niet meer toe dan een vluchtige zoen.

'Ik begrijp niet waarom je zo doet,' mopperde hij. 'Ik heb je hiernaartoe gehaald omdat ik dacht dat je van me hield...'

'Ik kan niet... stel dat je vrouw ineens thuiskomt.'

'Je weet heel goed dat zij pas om elf uur komt.'

Dat wist Clare inderdaad, en de manier waarop ze tien minuten voor Barbara's thuiskomst naar haar kamer moest verdwijnen stond haar behoorlijk tegen. Ze hielp Barbara met koffers pakken en op een morgen vertrouwde deze haar toe: 'Ik weet niet of het wel verstandig is als ik Brian alleen laat. Hij is in sommige dingen zo hulpeloos. Hij heeft echt een vrouw nodig.'

'Waarom gaat u dan weg?' vroeg Clare tot haar eigen verbazing. 'Ik bedoel, een man zo lang alleen laten... je weet maar nooit...'

Barbara glimlachte rustig. 'Ik vertrouw Brian. Hij heeft nooit naar een andere vrouw gekeken. En jij zult goed op hem passen, nietwaar? Hij mag jou.'

Clare gaf geen antwoord, waarop de ander verderging: 'Een vriendin van mij beweerde dat het onverstandig was dat ik jou hier liet wonen. Maar ik vertrouw je. Je hebt eerlijke ogen. En Brian zou nooit iets met een dienstmeisje beginnen. Daarvoor heeft hij te veel stijl. En dan, wat zijn inkomsten betreft, is hij voor een groot deel van mij afhankelijk. De fabriek staat op mijn naam. Denk je dat ik er goed aan doe als ik hem daar nog eens aan herinner?'

Clare keek haar aan. Er was een harde blik in de groene ogen en een moment dacht ze: ze weet het. Ze is heus niet zo naïef.

'U moet daar zelf in beslissen,' zei ze kalm.

'Natuurlijk. Ik moet hem ook nog zeggen dat mijn vriendin zo af en toe eens langskomt om te kijken of alles goed gaat. Wil jij dit nog voor me inpakken, ik moet naar de kapper.' Met een vluchtige glimlach verliet ze de kamer, Clare tamelijk verslagen achterlatend.

Misschien wist Barbara het niet zeker, maar ze vermoedde vast iets. Het kon geen toeval zijn. Haar eerst beledigen door te zeggen dat Brian nooit iets met een dienstmeisje zou beginnen, dan een bedekt dreigement dat haar vriendin hier zou komen om te controleren. Dan was ze van plan Brian te herinneren aan zijn financiële afhankelijkheid. Nee, ze was echt niet zo goedgelovig als ze zich voordeed.

Clare voelde zich de laatste dagen voor Barbara vertrok minder op haar gemak dan ooit. Ze vermeed angstvallig met Brian alleen te zijn. Hij scheen dat niet te merken, was vol zorg voor zijn vrouw. Hij denkt zeker, ik heb alle tijd als Barbara weg is, dacht Clare. En hoe dan als ze terugkomt? Maar zover dacht hij waarschijnlijk niet eens. Hij dacht niet verder dan vandaag, hoogstens tot morgen, zoals de meeste mannen.

De dag dat Brian zijn vrouw naar het vliegveld bracht, wist ze niet goed wat te doen. Ze had vaak aan deze dag gedacht. Ze wilde haar mooiste jurk aantrekken, uitgebreid koken, maar ze kon het allemaal niet opbrengen.

Een beetje doelloos zat ze in de kamer voor het raam. Het was een koude, heldere dag, het vroor enkele graden. Men verwachtte een koude winter. Ook in het huis aan de Vecht zou het koud zijn, het was zo groot en zo moeilijk te verwarmen. Maar tante Paula ontzag de kosten voor verwarming niet, want kou lijden vond ze armoedig. De kinderen zouden het warmer hebben dan vorig jaar toen ze nog in de straat woonden. Zij hadden slechts één kachel gehad, in de woonkamer. Zouden ze er wel aan denken Martijn een kruik te geven? En Paulette wilde zichzelf altijd met warm water wassen.

Terwijl ze zo dacht drupten de tranen op haar handen zonder dat ze deze tegen kon houden. Ze wist niet hoe het kwam dat ze juist vandaag zo aan thuis dacht. Was het omdat het nu tussen haar en Brian echt meer ging worden? Omdat ze het gevoel had dat ze nu spoedig zou moeten kiezen. Er was niets meer te kiezen, dat had ze al gedaan toen ze met Brian meeging naar Engeland. Ze zat nog op haar kamer toen hij thuiskwam. Ze hoorde hem beneden, maar ze ging hem niet tegemoet. Na korte tijd kwam hij de trap op en na een tikje op de deur kwam hij haar kamer binnen.

Toen ze zijn verwachtingsvolle glimlach zag zei ze: 'Dacht je dat ik in bed op je zat te wachten?'

Ze had spijt van die opmerking toen ze zijn gezicht zag betrekken. 'Clare, waarom zeg je zoiets? We houden toch van elkaar?'

Hij trok haar uit haar stoel omhoog en even bleef ze tegen hem aangeleund staan. 'We zijn nu vrij, bedoel je dat. Maar voor hoe lang? Barbara komt immers terug. En scheiden kun je niet, want dan ben je de fabriek kwijt.'

'Clare, we moeten bij de dag leven. Misschien blijft ze wel bij haar familie.'

'Ze schijnt zich totaal niet bewust te zijn dat jullie huwelijk niet goed is,' zei Clare, hem aankijkend.

Hij sloeg de ogen neer. 'Misschien niet, maar ik ben dat wel. Ik houd niet van haar. Ik had nooit met haar moeten trouwen.'

'Je trouwde haar om haar geld, is het niet?'

Geprikkeld duwde hij haar van zich af. 'En als dat zo was? Ik deed er niemand tekort mee. Zij wilde graag trouwen. Ik heb altijd van jou gehouden. Wij samen waren ook zonder geld gelukkig geworden. En dat kunnen we nog zijn, als je dat wilt. Als Barbara terugkomt zal ze de feiten moeten accepteren.'

Hij trok haar naar zich toe, streelde haar haren, maakte de speldjes los.

'Laat het weer zijn zoals vroeger, Clare.' Zijn lippen streelden haar wang en haar hals.

Al die tijd, ook later toen ze in bed lagen en Brian sliep, dacht ze dat het níet was zoals vroeger. Ze dacht aan Michel en dat denken maakte haar wanhopig. Kon het dan nooit echt goed zijn? Al die jaren met Michel had ze aan haar jeugdliefde gedacht, en nu ze eindelijk bij Brian was, gingen haar gedachten naar Michel. In Michels armen had ze zich veilig gevoeld, bij Brian voelde ze zich schuldig. Michel was er alleen voor háár geweest, maar Brian had een vrouw, Barbara, die had gezegd dat ze eerlijke ogen had. Toen Brian wakker werd keek hij recht in haar gezicht.

'Het is als vroeger,' zei hij zacht.

'Hoe kun je dat weten? Het is zo lang geleden. Ik voelde me toen minder schuldig dan nu. Terwijl het toen eigenlijk ook niet mocht. Weet je dat er zo af en toe een vriendin van Barbara langs zal komen?'

'Heeft ze dat gezegd? Wat denkt ze daarmee te bereiken? Barbara heeft geen vriendinnen die regelrecht naar de slaapkamer lopen. Kom, Clare, pieker niet zo. Kun je niet meer gelukkig zijn?'

Hij richtte zich op, ze zag zijn grijze ogen boven zich en ineens dacht ze aan die zomerdag buiten, zij beiden zo jong en onwetend. En wat was het gevolg geweest?

'Ik ben nog niet te oud om in verwachting te raken,' zei ze zacht.

'Dat zou prachtig zijn,' glimlachte hij. 'Liefje, maak je niet ongerust. Het schijnt aan mij te liggen dat Barbara en ik geen kinderen hebben.'

'Dat is natuurlijk onzin.' Het was eruit voor ze het wist en ze wendde snel haar hoofd af.

'Lief van je om dat te zeggen. Maar het bewijs is toch wel geleverd. Barbara heeft altijd gezegd dat met haar alles in orde is.'

Hoe kon ze haar man met zoiets opzadelen, dacht Clare verontwaardigd.

Waarom zal ik me tegenover haar schuldig voelen? Het was eigenlijk zielig zoals Barbara deze man aan zich had gebonden. Zou ze bang zijn geweest dat Brian haar in de steek had gelaten als hij had geweten dat zij het was die onvruchtbaar was?

De eerste week voelde Clare zich bij momenten heel plezierig. Maar er waren ook andere tijden en die waren in de meerderheid. Ze schrok bijvoorbeeld als er gebeld werd, en aarzelde dan om open te doen. Als er iemand, waarschijnlijk toevalligerwijs, wat langer naar het huis keek, kreeg ze de neiging weg te duiken. En als ze samen was met Brian was zij degene die verstandig moest zijn, omdat zij alleen wist dat Brian zeker in staat was een kind te verwekken. Deze voortdurende spanningen bevorderden de sfeer niet en er kwam een moment dat Clare wist dat ze hem moest vertellen van Frank.

Het werd haar wat gemakkelijker gemaakt doordat er een brief kwam van Barbara die schreef dat ze zeker niet lang in Amerika zou blijven. Dat ze onverwacht weer voor hen zou staan. Clare had absoluut geen rust meer.

Daarbij droomde ze van haar kinderen. Ze waren bijna altijd in haar gedachten en ze wist dat ze er alles voor over zou hebben als ze hen maar af en toe kon zien.

Toen ze dit tegen Brian zei, knikte hij: 'Ik heb dit al gevreesd. Je haalt een moeder niet bij haar kinderen vandaan zonder problemen te krijgen. Je wilt dus terug, Clare. Het was dus toch een droom.'

'Ja. En het moet een droom blijven,' zei ze beslist. 'Ik heb te impulsief een beslissing genomen.'

'Denk je dat je man je terug wil hebben?' vroeg hij.

Ze keek hem aan. 'Wat zou jij doen?'

'Ik weet het niet. Ik denk dat het moeilijk voor hem zal zijn. En je laat mij eenzaam achter, denk je daar totaal niet aan?'

Ze legde haar hand tegen zijn wang. 'Barbara komt terug. En Brian, ik zal je zoon van jou vertellen. Ik had dat al veel eerder moeten doen. Misschien komt hij naar je toe.'

Niet-begrijpend staarde hij haar aan.

'Die zomer, twintig jaar geleden, was ik in verwachting. Jij bent de vader van mijn oudste zoon. Een bewijs hiervan behoef je niet te hebben. Als je hem ziet zul je hem herkennen. Hij lijkt sprekend op jou.'

'Clare, heb ik, probeer je mij te vertellen dat jij en ik... dat wij een zoon hebben? En heb je dat al die tijd voor mij verborgen gehouden?'

'Ik was degene die nooit meer iets van je hoorde,' herinnerde ze hem.

'Clare, o Clare, wat zouden onze levens anders zijn verlopen als je indertijd mijn brieven had gekregen. Een zoon... Wat zal Barbara hiervan zeggen?'

Er klonk een zekere bezorgdheid in zijn stem en Clare dacht dat Barbara nog altijd een plaats innam in zijn leven. Dat was misschien maar goed. Het zou alles wat gemakkelijker maken.

'Denk je dat hij hier wil wonen? Mijn... onze zoon? Hoe heet hij eigenlijk?'

Ze zei het hem, vertelde hem van de tijd voor Franks geboorte en dat een huwelijk met Michel toen de enige oplossing leek. Het feit dat ze in al haar huwelijksjaren heel vaak aan Brian had gedacht liet ze buiten beschouwing.

Ze vertelde hem het een en ander over Frank, verzweeg zijn voortdurende ontevredenheid niet, en ook niet zijn afgunst op mensen die het beter hadden dan hijzelf. 'Als je hem goedbetaald werk zou kunnen bezorgen, denk ik dat hij komt,' zei ze.

Brian knikte. 'Zou je hem willen vragen mij een brief te schrijven? In die tussentijd kan ik kijken wat ik voor hem kan doen. Ik neem aan dat hij onze taal machtig is.'

Ze schudde het hoofd en toen ze zijn bezorgde gezicht zag, besefte ze dat Brian helemaal niet meer zo blij was met deze plotseling opgedoken zoon. Ze begreep dat hij bang werd dat zijn geordende leventje in de war zou raken. Het zou heel wat stof doen opwaaien als hij Frank als zijn zoon erkende.

'Zou jij hem zomaar laten gaan?' vroeg hij dan.

'Frank is volwassen. Hij gaat zijn eigen weg. Mijn plaats is bij de jongste kinderen.'

Brian was opgestaan. 'Het is dus definitief. Je wilt terug. En als troostprijs mag ik je zoon ontvangen.'

'Jouw zoon is het ook. Maar het is geen verplichting.'

'Ik moet over het een en ander nadenken, Clare.' Hij verliet de kamer en ze bleef in gedachten zitten. Ook Brian was vastgeroest in zijn leven hier in Engeland. Hij durfde geen risico's te nemen. Misschien was het te begrijpen als je bedacht dat zijn werk en zijn ongetwijfeld hoge inkomen op het spel stonden. Ze waren beiden niet jong genoeg meer om iets echt aan te durven.

Ze nam het hem niet kwalijk dat hij haar geen zekere toekomst kon bieden. Hij had haar geen beloftes gedaan. Ze had de afgelopen maanden gezien als een proefperiode.

En het was mislukt. Het bleek dat ze niet zonder haar kinderen kon leven. En Michel? Ze moest zichzelf bekennen dat ze hem ook miste. Ze had de band die in al die jaren was gegroeid onderschat. Ze zou dus terugkeren, haar fout toegeven en opnieuw beginnen. Op dat moment dacht Clare er niet aan dat hetgeen verbroken is nooit meer onzichtbaar is te lijmen en dat iets van de beschadiging altijd zichtbaar blijft, zeker voor degenen die ervan weten.

HOOFDSTUK 14

Het was een van die onaangename winters die veel leek op een koud en nat najaar. Oma Van Oeveren werd meer dan ooit geplaagd door reuma en mopperde aan een stuk door. Niemand luisterde echter, behalve Martijn die medelijden had en vaak bij haar zat. Martijn voelde aan dat zijn grootmoeder zich niet thuis voelde en te veel alleen was. Maar daarbij was hij te jong om haar echt op te beuren. Michels moeder liet zich niet bemoedigen. Eigenlijk zag ze de zin van het leven nauwelijks meer in en misschien was dat de reden dat ze hard achteruitging. Ze kwam zelden meer beneden.

Martijn bracht meestal haar ontbijt boven. Zo ook die morgen. Het was niet ongebruikelijk dat grootmoeder nog in bed lag. Martijn wilde het blad vlak bij haar neerzetten, maar iets deed hem aarzelen. Zonder zijn blik van de stille gestalte af te wenden liep hij achterwaarts naar de deur. Op de gang zette hij het blad op de vloer, rende in een vaart de trap op en stormde Robins kamer binnen. Deze schoot ontsteld overeind, maar zijn schrik veranderde in bezorgdheid toen hij Martijns gezicht zag.

Hij sloeg zijn arm om het kind heen. 'Wat is er gebeurd?'

'Grootmoeder,' hijgde Martijn.

Robin vroeg niet verder. In een oogwenk was hij beneden in de kamer van de oude vrouw. Zwijgend staarde hij een moment op haar neer.

'Roep je vader,' zei hij dan. Martijn wilde iets zeggen maar een blik op Robins gezicht deed hem zwijgen.

In de dagen die volgden was het Robin die voortdurend met Martijn optrok, die probeerde de dood van zijn grootmoeder aannemelijk te maken, door te zeggen dat ze oud was en ziek. Dat ze veel pijn had geleden.

'Maar ze was zo alleen,' zei Martijn steeds.

En weer besefte Robin dat Martijn zich de dingen te veel aantrok. Te diep nadacht. Paulette bleef tamelijk onverschillig bij de onverwachte dood. Robin dacht dat de dood van een mens altijd triest was, maar een dode waar nauwelijks iemand om treurde, was schrijnend. Michel raakte nog meer in zichzelf gekeerd, daarbij was hij veel met de honden bezig. Hij voelde zich schuldig. Zijn moeder had het de laatste tijd niet gemakkelijk gehad. Tante Paula, zelf nog fit, had zich openlijk geërgerd aan haar voortdurende geklaag. Hij had het soms voor zijn moeder opgenomen, maar eigenlijk was hij te ongeduldig geweest om veel aandacht aan haar te besteden.

Zijn werk eiste hem op en dat was misschien maar goed. Twee van de puppy's waren verkocht, de andere zouden binnen enkele weken volgen.

Hij speelde met de gedachte nog een teefje aan te schaffen, maar tante Paula beweerde, met kennis van zaken, dat de moederhond wel weer gedekt kon worden. En waarom wilde hij alles ineens? Zoiets moest nu eenmaal worden opgebouwd. Over enkele jaren zou de kennel te klein zijn. Michel wist dat ze gelijk had, maar hij zocht afleiding. Als hij veel werk had was er geen tijd om na te denken.

In de winter was er in de tuin weinig te doen. Een enkele maal dacht hij aan de fabriek. Hoe het geweest was, veel mensen om hem heen, gelach en gepraat in de kantine. Maar hij zou niet terug willen.

Het enige dat hij wilde was een vrouw om mee te praten over zijn plannen voor de toekomst, over de kinderen, over zijn moeder. Hij zou willen zeggen dat hij het gevoel had dat hij haar in de steek had gelaten. Hij zou een vrouw willen die het prettig vond dat hij er was, die een kop koffie voor hem inschonk. Een vrouw die tegen hem aan lag in bed, waar hij grapjes mee maakte, die hij plaagde en lief kon hebben.

Clare was nu drie maanden weg, maar behalve door Martijn werd er door niemand over haar gepraat.

In zijn eenzaamheid zocht Michel soms wat contact met Rita, die vriendelijk was en vol belangstelling. Rita was altijd aardig voor zijn moeder geweest. Ze was ook ontdaan over de plotselinge dood van de vrouw.

Hij wist dat hij niet veel moeite behoefde te doen wat aandacht van haar te krijgen. Maar toch aarzelde hij. Hij was immers nog altijd getrouwd met de moeder van zijn kinderen. Wat moesten die kinderen van hem denken als hij iets met Rita begon? Het was al erg genoeg wat hun moeder ze had aangedaan.

Michel was in de kennel bezig toen Rita hem kwam roepen voor de koffie. Ondanks de koude had ze geen jas aan. De rechte rok en het strakke truitje lieten haar figuur uitdagend uitkomen en Michels ogen lieten haar niet los.

'Kijk niet zo,' zei ze.

'Hoe?' vroeg hij.

'Zó, of je me op wilt vreten.'

'En als ik dat nu eens zou willen.'

Hij deed enkele stappen naar haar toe, greep haar bij de bovenarmen. Ze drukte zich tegen hem aan, hief haar hoofd naar hem op. Hij zag haar schitterende blauwe ogen, haar mond zo dichtbij. Toen kuste hij haar, tot een verschrikte uitroep hen uit elkaar dreef.

Bij hen stond Martijn, zijn grote bruine ogen keken verbijsterd van de een naar de ander.

'Waarom doen jullie dat?' vroeg hij.

'Ik vind je vader aardig,' reageerde Rita totaal niet uit het veld geslagen.

'Maar nu ga ik koffie inschenken.' Ze liep weg en Michel dacht dat haar houding iets triomfantelijks had.

'Vind je haar ook aardig?' vroeg Martijn ernstig. 'Ja hè, anders doe je niet zo.'

'Wat is nu een zoentje,' mompelde Michel, die zich tot zijn ergernis heel erg schuldig voelde.

'Met mama deed je dat niet.'

Michel keek zijn zoon aan. 'Niet als jij erbij was, wijsneus. Wat stond je hier eigenlijk te gluren? Je hebt er niets mee te maken. Je moeder is weg.'

'Maar als ze terugkomt?'

Ze komt niet terug, wilde Michel antwoorden, maar hij hield zich in ter wille van het kind.

'Het zal niet meer gebeuren,' zei hij in plaats daarvan kortaf.

Het was op een koude, winderige dag dat Clare terugkwam. Ze begreep dat de kinderen naar school waren. Ze was gekleed als een dame. Ze had al deze kleren van Brian gekregen en aangezien ze hard iets nodig had, had ze niet geprotesteerd. Brian had geld genoeg en hij wilde haar graag een plezier doen.

Het was onverwacht moeilijk geweest afscheid te nemen. Ze wisten beiden dat het nu voorgoed was. De droom was begraven, maar een vaag verdriet om wat had kunnen zijn bleef nog knagen.

Clare wilde opnieuw beginnen met Michel. Ze wist alleen niet of ze zijn liefdesbetuigingen direct spontaan zou kunnen beantwoorden. Michel kon zo onstuimig zijn. Ze had zich hierover echter niet ongerust behoeven te maken.

Vermoedend dat hij bij de honden zou zijn, liep ze eerst naar de achterkant van het huis en verder de tuin in. Michel hoorde haar niet aankomen, hij was bezig een van de jonge honden te borstelen. Clare bleef enigszins verscholen achter een boom staan. De zachte manier waarop hij met de jonge hond omging verbaasde haar. Ze hoorde hem ook praten op een vriendelijke, geruststellende manier. Michel die tegen een hond praatte. Het was ongelooflijk. Voorzichtig ging ze enkele passen naderbij, waarop de moederhond begon te blaffen. De puppy's lieten korte kefgeluidjes horen en alles leek ineens in rep en roer.

Michel draaide zich snel om en bleef als vastgenageld staan, zijn hand klemde zich om de borstel of dit een reddingsboei was. Zijn gezicht scheen alle uitdrukking verloren te hebben. Clare ging nog enkele stappen naar hem toe. 'Michel, ik ben teruggekomen.'

Michel antwoordde nog steeds niets, staarde haar aan of ze een geestverschijning was.

Wees nou blij, smeekte Clare in stilte. Zeg dat alles weer goed komt, neem me in je armen, en…

'Viel die andere in het gebruik tegen?' vroeg Michel ruw. Zijn donkere ogen keken haar spottend aan en Clare kon geen spoor van genegenheid in die blik ontdekken.

'Ik miste jullie,' zei ze zacht.

'O ja? Nou, ik begon er juist aan te wennen.'

'Michel…'

'Blijf daar,' snauwde hij. 'Je denkt toch niet dat je kunt doen of er niets gebeurd is. Met mij niet… misschien dat de kinderen je terug willen hebben.'

Hij keerde zich van haar af, knielde bij de hond neer en ging verder met borstelen.

Clare staarde een moment naar zijn blonde achterhoofd, ze zag niet dat de hand die de hond vasthield beefde. Ze draaide zich om en liep weg. Hij wilde haar dus niet meer… Dat was iets waar ze totaal geen rekening mee had gehouden. Michel had altijd van haar gehouden, zoiets kon toch niet zomaar voorbij zijn. Gewoontegetrouw liep ze via de achterdeur. In de keuken was Rita bezig met groenten schoonmaken.

'Dag Rita,' zei ze zo gewoon mogelijk. 'Ik ben er weer.'

'Wel, wel, dat is een verrassing.' Maar de vijandige blik was in tegenspraak met haar woorden. Ze vond het duidelijk geen prettige verrassing.

Clare hing haar jas op en opende de kamerdeur waar tante Paula zat te handwerken. De open haard brandde, het was er behaaglijk en gezellig. Tante Paula kwam snel overeind. 'Clare? Jij...? Dat had ik echt niet verwacht.'

'Nee, en misschien had u er niet op gehoopt ook. Michel in elk geval niet.'

'Ga zitten, kind. Heb je Michel al gezien? En hij was niet blij? Nou, je hebt hem ook wel het een en ander aangedaan, niet? Hij kan dat niet zomaar vergeven en vergeten. Dat is te begrijpen. Daarbij: het plotseling overlijden van zijn moeder heeft hem nogal aangepakt. Dat wist je niet? Drie weken geleden vond Martijn haar op een morgen. Erg triest.'

'Zo plotseling?' Clare keek geschokt voor zich uit. Natuurlijk, Michels moeder was nooit bijzonder op haar gesteld geweest en zij niet op haar. Ze had er bepaald niet naar verlangd haar te zien. Maar toch, het bleef de moeder van Michel. En hij was helemaal alleen geweest in die tijd, hij zou verdriet hebben gehad...

'Je kunt niet maanden weggaan en dan verwachten als je terugkomt dat alles nog hetzelfde is,' merkte tante op. 'Er had van alles kunnen gebeuren. Ook met Michel, of een van de kinderen. Martijn zal vast blij zijn dat je er weer bent.'

'Alleen Martijn?' Clare's stem beefde.

'Voorlopig denk ik dat je daar tevreden mee moet zijn,' antwoordde tante nuchter. 'Ik vind het zelf prettig dat je er weer bent, als het tenminste voorgoed is. Heb je genoeg van Brian?'

'Tante, u haalt het zo naar beneden.' Clare staarde in de vlammen, dacht weer aan het moeilijke afscheid tussen haar en Brian.

'Lieve kind, iets verhevens kan ik het niet vinden. Zelfs al was het liefde tussen jullie. Er is ook nog zoiets als trouw en plichtsgevoel. Daarbij, je liet niet alleen Michel in de steek, maar ook je kinderen.'

Clare antwoordde niet. Ze begreep dat wat ze had gedaan, diepere wonden had geslagen dan ze had vermoed. Ze wist nu ook dat het zeer de vraag was of alles goed zou komen. Op dit moment was er niets dat ze liever wilde. Maar dat was niet genoeg.

's Avonds liep ze de trap op en stond voor de deur van de grote slaapkamer.

Ze aarzelde, met haar koffer in haar hand. Plotseling stond Michel achter haar. Ze schrok. 'Als jij hier slaapt, ga ik wel in het kleine kamertje...'

'Daar slaap ik al,' zei hij kortaf, en smalend vervolgde hij: 'Aan deze had ik te goede herinneringen...'

'Michel...'

'Nee,' weerde hij af. 'Je bent hier nu. Misschien ben je wel van plan te blijven?'

'Ja,' zei ze. 'Michel, het spijt me van je moeder...'

'Zo,' lachte hij sarcastisch. 'Meen je dat? Je mocht haar niet, Clare, dus huichel niet!'

'Ik huichel niet, Michel, het spijt me voor jou.' Ze keek hem aan. 'Michel, ik wilde niet meer, ik...'

'Ach, houd op,' antwoordde hij ruw. 'Luister, je bent met me getrouwd om je 'eer' te redden. Omdat die Engelsman je in de steek gelaten had. Je had iemand nodig om de schande te bedekken. Ik dus. Ik, arme verliefde dwaas! Alles heb ik geprobeerd om er een succes van te maken, maar jij, jij liet me in alles voelen dat ik tweede keus was. Zijn kind had je hoger dan de mijnen, altijd heb je aan hem zitten denken als we samen waren. Als dat al gebeurde... Zodra je hem weer zag verliet je mij. Maar opnieuw heeft hij je laten zitten, en alweer mag ik je liefderijk opnemen. Nee, Clare, ik mag dan een eenvoudige tuinmanszoon zijn, ik trap er geen twee keer in. Hopelijk hebben je kinderen meer vertrouwen in je dan ik.'

Hij opende de deur voor haar. 'Goedenacht.'

Verslagen zat Clare op haar bed. Had ze gedacht dat hij haar zó terug zou nemen? Zelfs Martijn had haar achterdochtig gevraagd of ze wel echt bleef. Paulette deed zeer koel, en Frank... Hij wist het, had Michel gezegd. Robin en tante Paula deden alsof hun neus bloedde. Ja, ze had een droom nagejaagd. Dat wist ze nu. Maar ze had voor zichzelf zekerheid willen hebben. Die had ze, maar zou het ooit weer goed komen tussen haar, Michel en de kinderen? Het zou tijd kosten, veel tijd. Maar ze was er zeker van dat zij die tijd wilde investeren. Want ze voelde dat niet alleen de kinderen, maar vooral Michel meer voor haar betekenden dan ze ooit had kunnen denken...

HOOFDSTUK 15

Op de een of andere manier hadden alle drie de kinderen eronder geleden dat hun moeder hen in de steek had gelaten, hoewel Paulette zich dat misschien het meest bewust was. Maar ook Frank voelde zich of de grond onder zijn voeten was weggezakt.

Hij ging de eerste tijd niet meer naar huis. Hij, die zo had opgegeven over het huis aan de Vecht. Hij had niets, hij was een bastaard, niet erkend door zijn vader, al droeg hij wel zijn naam. In wezen had hij hem nooit gewild.

Frank kon hier met niemand over praten, ook niet met Marieke, of júist niet met Marieke, die ouders had die dol op haar waren.

Toen ontmoette hij meneer Van Steenderen weer. Deze keer was hij alleen en toen Frank hem de menukaart aanreikte, wierp de man een gemelijke blik op hem.

'Waarom beloof jij dingen die je niet nakomt?' vroeg hij bitter.

Niet-begrijpend keek Frank hem aan.

'Naar ik gehoord heb, had je een afspraak met mijn dochter gemaakt.'

'Ik wist niet dat zij het serieus bedoelde,' zei Frank snel. 'Ik heb haar sindsdien ook niet meer gezien.'

'Je weet niet waar ik woon?'

'Natuurlijk wel. Maar ik kan toch niet zomaar bij u aanbellen en naar uw dochter vragen... U begrijpt toch wel, zij als dochter van een man als u... en ik, kelner. Dat is onvoorstelbaar. Zelfs voor een gewoon afspraakje.'

Frank kon goed toneelspelen en hij gedroeg zich nu als een wat verlegen, en zeer bescheiden jongmens.

De man keek wat vriendelijker, toen hij zei: 'Kom nog eens langs. Vera schijnt je te mogen. Wat zou je denken van deze avond?'

Frank dacht aan zijn afspraak met Marieke, maar na een nauwelijks merkbare aarzeling stemde hij toe. Hij zou Marieke wel inlichten.

Het was niet gemakkelijk Marieke alleen te spreken te krijgen. Het was druk in het restaurant. Pas toen ze beiden naar boven gingen omdat hun dienst was afgelopen, hield hij haar tegen op de gang.

'Ik kan vanavond niet,' zei hij zo nonchalant mogelijk.

'Daar was ik al bang voor, toen ik je met meneer Van Steenderen zag praten.'

Hij sloeg zijn ogen neer voor de hare. 'Je weet hoe belangrijk hij is. Dit hotel is van hem, hij heeft er verscheidene. Ik wil hogerop, dat weet je. Dat doe ik toch ook voor jou, Marieke.'

'Heb ik je dat ooit gevraagd?'

'Je wilt toch niet hetzelfde armoedige leven leiden als je ouders!' zei hij, driftig wordend.

'Mijn ouders houden van elkaar en van mij.'

'Wat bedoel je daarmee?' Zijn grijze ogen hadden een koude, haast dreigende glans. 'Ik weet het, mijn moeder is ervandoor, mijn vader interesseert zich niet voor me.'

'Dat bedoelde ik niet, heus niet...' Haar stem beefde. 'Maar sinds we bij jullie zijn geweest hebben we steeds ruzie en dat is niet mijn schuld.'

Daarop liep ze snel van hem weg. Frank wist dat ze maar nauwelijks haar tranen kon bedwingen maar hij ging haar niet achterna.

Wat later stond hij besluiteloos voor zijn kast. In de loop van een halfjaar had hij zich het een en ander aangeschaft, waarin hij eruitzag als een heer. En vanavond moest hij een heer zijn.

En Marieke? Hij zag haar grote lichtbruine ogen en zuchtte. Als Marieke de dochter was van meneer Van Steenderen zou het leven volmaakt zijn. Maar voor wie was het volmaakt op deze wereld? Hij kon er in elk geval naar streven het financieel zo goed mogelijk te hebben. En als dat kon via meneer Van Steenderen en dan toch met Marieke trouwen, zou hij dik tevreden zijn. Maar hij twijfelde eraan dat het zo zou gaan.

Die avond bleek meneer Van Steenderen onverwacht weg te moeten. In de rijk gemeubileerde zitkamer brandde de open haard. Enkele kaarsen verspreidden een zacht licht. Op een laag tafeltje stonden enkele flessen wijn en een mandje met verschillende soorten kaas.

'Jullie amuseren je wel,' zei meneer Van Steenderen voor hij de deur uitging.

Frank vroeg zich af of dit opzet was. Hij keek naar het meisje tegenover hem. Haar sluike haar viel half voor haar gezicht. Mooi was ze zeker niet. Ze beantwoordde zelfs helemaal niet aan zijn smaak waar het vrouwen betrof.

Hij merkte dat ze af en toe een vlugge blik op hem wierp en dan weer snel voor zich keek en zijn zelfvertrouwen groeide.

Hij begon een beetje met haar te flirten en had er plezier in haar verlegenheid te zien. Hij probeerde steeds haar blik vast te houden, maar de lichte ogen dwaalden van hem weg. Op een gegeven moment vroeg hij: 'Wat wil je eigenlijk van me? Waarom gaf je je vader opdracht te verdwijnen?'

'Ik gaf hem geen opdracht,' antwoordde ze snel.

Er gleed een traag lachje om zijn mond en weer wendde ze zich af. Hij zag hoe ze nerveus aan haar ketting frunnikte en opeens sprong hij op.

'Kom hier,' beval hij.

Ze keek schichtig naar hem op, kwam dan langzaam met gebogen hoofd naar hem toe. Met een ruk trok hij haar tegen zich aan, kuste haar. Haar reactie verbaasde hem. Ze reageerde heftig en had niets van de schuchterheid van Marieke. Toen hij haar aankeek zag hij haar ogen glanzen, de kleur op haar wangen. Het valt misschien niet tegen, overwoog hij. Ze is erg gewoontjes, maar ze is rijk en hartstochtelijk. Terwijl Marieke dan wel mooi is maar geen cent heeft en daarbij nogal terughoudend is. Met Vera zal ik altijd degene zijn die opvalt.

Later praatte hij met haar over zijn werk. Maar hij vertelde niets over zijn ouders en ze vroeg er ook niet naar. Dat deed haar vader toen hij thuiskwam. Frank vertelde alleen dat zijn familie op een buitenplaats aan de Vecht woonde.

De man keek naar zijn dochter. Ze wil die jongen hebben. Ze is verliefd op hem. Ze heeft niet veel kansen, dit kind. Niet alleen omdat ze niet aantrekkelijk is. Ze had soms depressieve buien. Als hij aan haar moeder dacht, die in een inrichting was geëindigd... Als ze dezelfde weg opging... Maar mogelijk kon hij dat voorkomen als ze trouwde en kinderen kreeg.

Alleen... waarom moest het deze jongeman zijn? Hij had het gevoel dat hij niet veel meer had dan een knap uiterlijk. Maar misschien als hij een beetje gestuurd werd? Misschien zou het lukken. Frank wilde hogerop, dat had hij bij de eerste ontmoeting al gemerkt. 'Ik zoek een chef voor mijn hotel in de hoofdstad,' zei hij. 'Je zou natuurlijk wel het een en ander moeten leren...'

Toen hij de blik in Franks ogen zag, voelde hij zich even onbehaaglijk. Hij zou niet weigeren, wist hij. Maar ten koste van wat? Vera is verliefd op deze jongen. Maar hoe lang zal dat duren?

Zal het blijvend zijn? Als ze hem echt leert kennen zal die verliefdheid dan niet overgaan? Zal ze werkelijk gelukkig worden?

Clare was weer snel gewend aan de gang van zaken in het huis aan de Vecht. Waar ze niet aan kon wennen was het feit dat niemand haar nodig scheen te hebben. Zelfs Martijn bracht meer tijd met Robin door dan met haar.

Rita was er iedere dag en niemand scheen op het idee te komen dit terug te draaien. Zij had dus weinig te doen. Michel behandelde haar met een koele beleefdheid die meer pijn deed dan harde woorden. Paulette weigerde ieder contact.

De eerste krokussen bloeiden, maar Clare voelde zich totaal niet in een voorjaarsstemming. Met Martijn liep ze weleens in de tuin, dit kind hield van alles wat er in de natuur te zien was. Ze had soms de neiging hem niet als een kind te beschouwen, wat hij toch was met zijn acht jaar.

'Niemand houdt van mij,' zei ze op een keer tegen het kind.

'Ik wel,' antwoordde Martijn vol overtuiging.

'Waarom komt Frank nooit?' vroeg ze zich hardop af.

'Hij kwam toen jij er niet was,' vertelde Martijn. 'Met een meisje.' Daarop vertelde hij van Franks bezoek met Marieke.

'Kijk, daar heb je haar.'

'Wie?' vroeg Clare verbaasd.

'Marieke,' zei Martijn of het de gewoonste zaak van de wereld was. Clare zag een meisje aankomen, tenger en donker met een expressief gezichtje. Ze bleven staan tot ze bij hen was.

'Dit is Marieke,' zei Martijn trots omdat hij wist wie ze was.

Het meisje glimlachte naar hem en Clare dacht, als dit het meisje is waar Frank van houdt, dan heb ik er vrede mee. Hoewel ik vroeger altijd dacht dat ik Frank aan niemand zou kunnen afstaan.

'Ik ben Franks moeder,' zei ze vriendelijk.

Marieke knikte. 'Dat dacht ik wel.'

'Is Frank zelf niet meegekomen?'

Het meisje schudde het hoofd. 'Frank... komt later. Ik wilde hier nog een keer naartoe. Het is hier zo mooi, zo vredig...'

'Daar heb je gelijk in, meisje.' Clare schrok toen ze Michels stem hoorde, zoals ze altijd een schok kreeg als hij onverwacht naast haar opdook.

'Waar is Frank?' wendde hij zich tot het meisje.

'Hij komt niet. Het is uit tussen ons.'

'De stommeling,' liet Michel zich ontvallen.

'Kom, laten we naar binnen gaan. Het is nog lang geen lente.' Clare zette haar kraag op en begon naar huis te lopen, terwijl de anderen volgden.

In de kamer was alleen Robin. Het viel Clare op met hoeveel warmte hij Marieke begroette.

'Vertel ons nu wat er met Frank is,' verzocht Michel. 'Waarom is het uit tussen jullie?'

'Ach.' Marieke haalde de schouders op. 'Nadat we hier geweest zijn veranderde Frank. Hij werd onverschillig. En nu gaat hij trouwen met Vera van Steenderen.'

'Zo plotseling?'

'Hij trouwt haar om haar geld.' Het klonk verbitterd. 'Hij wilde altijd rijk zijn. Misschien zou ik dit niet moeten zeggen. Ik wist dat Frank geld erg belangrijk vond, maar dat hij zover zou gaan had ik niet gedacht...'

Ze haalde de schouders op. 'Ik wilde graag nog een keer hier zijn.' Ze zocht verlegen naar woorden en Robin legde even zijn hand op de hare.

'Je wilde deze omgeving terugzien, is het niet?'

Ze knikte. 'Ik denk dat Frank binnenkort hier komt met Vera en dan kan het niet meer.'

'Je bent hier altijd welkom,' zei Robin.

Clare wierp een snelle blik op hem. Hij zou zich toch niets in zijn hoofd halen wat dit meisje betrof...

Michel stond op. 'Ik begrijp echt niet wat Frank bezielt. Maar er zijn er meer in de familie die het met de liefde zo nauw niet nemen.'

Daarop ging hij de kamer uit met Clare op zijn hielen. 'Gemeen van je om dat te zeggen,' zei ze heftig.

'Misschien. De waarheid is vaak hard. Zijn vader bedriegt zijn vrouw, zijn moeder haar man, wat wil je van de zoon verwachten?'

'Hij kan toch verliefd op een ander zijn geworden,' verdedigde Clare hem zwakjes.

'Inderdaad, dat schijnt bij jullie al bijzonder gemakkelijk te gaan. Je weet dat hij altijd een vrouw met geld wilde trouwen, dus het zou me zeer verbazen als hij verliefd is op die ander.'

Daarop beende hij weg en hulpeloos keek Clare hem na. Ze wilde niet teruggaan naar binnen waar Marieke misschien met Robin praatte.

Martijn was alweer in de tuin, hij vermaakte zich prima in zijn eentje.

Paulette zat op haar kamer. Niemand had haar nodig. Ze hield dit niet lang meer vol. Was ze nog niet genoeg gestraft?

'Ben je verdrietig?' vroeg Robin.

'Eerst wel,' knikte Marieke. 'Ik weet dat Frank van mij houdt. Hij trouwt haar om het geld. Dit is de kans van zijn leven. Hij wordt binnenkort chef in een ander hotel.'

'Zozo. En dat heeft hij te danken aan dat meisje?'

Marieke knikte, vertelde hem wie Vera's vader was.

'Heeft hij gezegd dat hij met haar gaat trouwen?' vroeg Robin.

'Ja. En ik heb geantwoord dat die Vera haar hele leven heeft gekregen wat ze hebben wilde. Daar zorgde haar vader voor. En nu wilde ze Frank hebben en opnieuw zorgde papa dat ze hem kreeg.'

'En dat ontkende hij niet?'

'Nee, hij gaf het toe. Hij vroeg mij of ik toch zijn vriendin wilde blijven. Als hij meer ging verdienen, zeker na zijn huwelijk, kon hij mij ook onderhouden. Ik kon dan ergens een kamer huren en...' Haar stem beefde verdacht.

Robin legde een arm om haar heen. 'Wees blij dat het met hem niet door is gegaan.'

'Dat ben ik niet,' zei ze zacht. 'Maar ik heb wel geweigerd hem nog te ontmoeten.'

'Je bent een dapper meisje,' zei hij vriendelijk. 'Je kunt hier altijd terugkomen. Weet je, ik heb iemand nodig die mijn scriptie overtypt. Kun jij typen?' En toen ze het hoofd schudde: 'Maar je kunt het wel leren. Waarom kom je niet hier als mijn secretaresse?'

'Nee, nee, dat kan ik niet doen. Ik wil nog weleens komen, maar dan moet ik zeker weten dat Frank hier niet is.'

'Je kunt werk zoeken in het dorp,' zag hij een andere mogelijkheid, 'als je zo van deze omgeving houdt.'

Weer schudde ze het hoofd en hij zweeg. Wat dacht hij eigenlijk? Dat deze aantrekkelijke jonge vrouw belangstelling had voor een vent zoals hij?

'Het spijt me,' zei hij moeizaam.

Marieke kuste hem snel op de wang. 'Je bent een lieve man,' zei ze ernstig. 'En ik kom zeker terug.'

Marieke bleef tot 's avonds en Robin bracht haar tot het eind van de tuin.

Paulette keek hen na. Waarom besteedde Robin zoveel aandacht aan dat meisje? En waarom zag hij háár niet staan? Hij wist natuurlijk niet dat hij de enige was waarbij zij zich op haar gemak voelde. Ze wist niet of dat kwam omdat hij haar indertijd te hulp was gekomen, of omdat ze hem beschouwde als iemand die geen belangstelling had voor vrouwen. Ze had het gevoel dat ze bij hem altijd veilig was. Nog een jaar, dan was ze van school af en zou ze werk moeten zoeken. Ze moest er niet aan denken. Maar hier in het dorp was geen werk voor een meisje dat van de hbs kwam. Ze zou in de stad werk moeten zoeken. Ze had wel gehoord dat er genoeg meisjes studeerden voor een echt beroep, maar dat was voor haar niet weggelegd. Dergelijke meisjes waren dochters van mensen met geld.

Ze wist trouwens niet of ze wel zou willen studeren. Vroeger had ze gedacht dat ze zou trouwen en kinderen krijgen. Maar daar wilde ze niet meer aan denken.

Ze stond op en ging de kamer uit. Hoe ver zou Robin Marieke wegbrengen? Vast niet tot de bushalte, want hij kwam nog steeds niet in het dorp.

Ze liep tot bij het hek en hoefde niet lang te wachten. Op zijn gemak wandelend langs de rivier kwam hij eraan. Ze ging hem tegemoet. Hij bleef vlak bij haar staan, vroeg: 'Ga je naar het dorp?'

'Nee, ik kwam jou tegemoet,' zei ze enigszins verlegen.

'Aardig van je.'

'Jammer van Marieke en Frank,' begon ze een gesprek.

'Denk je? Ik weet het niet. Ik had niet de indruk dat Frank zo dol op haar was. En als de liefde van één kant komt duurt het toch niet lang.'

'Vroeger zei Frank al dat hij een rijke vrouw wilde trouwen,' herinnerde ze zich. 'Maar ik dacht niet dat het hem ooit zou lukken.'

'Jammer voor dat meisje,' zei Robin. 'Zo maakt hij twee vrouwen ongelukkig.'

'Ik geloof nooit dat jij zoiets zou doen,' zei Paulette.

Hij stond stil, keek haar aan. 'Ik vraag me af of ik je moet bedanken dat je met de mogelijkheid rekening houdt dat ik in dezelfde omstandigheden zou kunnen verkeren als je knappe broer.'

Niet-begrijpend keek ze hem aan en hij dacht dat ze nog erg jong was. Jong en aantrekkelijk, maar alleen... zo niet eenzaam. Ze bracht nooit vriendinnen mee naar huis. Met haar moeder had ze weinig contact. Misschien was ze op de verkeerde leeftijd uit haar vertrouwde omgeving gehaald.

'Had je in de stad waar je eerst woonde vriendinnen?' vroeg hij als een vervolg op zijn gedachten.

'Ik heb geen vriendinnen.'

Robin vroeg zich af of ze werkelijk liever alleen was of dat het haar trots was die haar dit deed zeggen.

'Ik geloof dat jij heel geschikt zou zijn voor de verpleging,' zei hij dan onverwacht. 'Je bent rustig en vriendelijk. Daarbij zou je afstand kunnen nemen van alles waar je mee bezig was. En dat is ook het beste. Daarbij, met hbs en wat verdere studie kun je opklimmen.'

Paulette gaf niet direct antwoord. Verpleegster, ze had er eigenlijk nooit aan gedacht. Maar in zo'n ziekenhuis ging je onder in de massa en dat was eigenlijk precies wat ze wilde. En voor mensen die niets voor een huwelijk voelden was het een heel goed beroep.

'Ik wil nooit trouwen,' vertrouwde ze hem dan toe. Hij bleef haar afwachtend aankijken. 'Ik wil geen man...'

'Die gebeurtenis van een halfjaar geleden zul je vergeten,' zei Robin, die dacht de reden te begrijpen.

'Dat is het niet alleen. Kijk naar mijn ouders. Ik vind het vreselijk dat mijn moeder alles in de steek liet, maar aan de andere kant denk ik, het is ook erg niet vrij te zijn. Altijd rekening moeten houden met man en kinderen. Als je dat niet wilt moet je niet trouwen.

Moeder heeft toch gedaan wat ze wilde. Vader wil niets met haar te maken hebben, dat merk ik heus wel. Ik ook niet. Ik vind het zo vernederend dat ze zo nodig achter een man aan moest.'

Robin liep zwijgend naast haar. Paulette was een vat vol tegenstrijdigheden. Aan de ene kant begreep ze haar moeder, maar ze veroordeelde haar toch. Het zou de leeftijd wel zijn. Maar toch had hij het gevoel dat ze niet helemaal eerlijk was. Dat ze maar stoer deed, maar in haar hart hunkerde naar aandacht en genegenheid.

'Ik hoop dat je eens gelukkig wordt,' zei hij eindelijk.

Paulette keek hem snel aan. Hoe wist hij dat ze dat niet was en dat ze vaak het gevoel had dat het zo zou blijven?

Ze greep hem bij de arm. 'Ik voel me bij jou helemaal op mijn gemak. Meer dan bij iemand anders.'

'Hoe zou dat komen, denk je?'

'Ik ben niet bang voor je. Ik weet dat jij me nooit iets zult doen en...'

'Daar behoef je inderdaad niet bang voor te zijn. Maar dat geldt voor de meeste mannen. Het merendeel gedraagt zich heus behoorlijk.'

Ze gaf geen antwoord en hij begreep dat ze die woeste aanval van die twee kerels nog steeds niet had verwerkt. Hij hoopte dat ze die angst kwijt zou raken. Ze was eigenlijk te jong om zoiets helemaal alleen te verwerken, maar over zoiets praatte je nu eenmaal niet. Hij zou Clare toch eens vragen haar dochter wat meer aandacht te geven. Het was nog het beste als Paulette haar problemen met háár besprak.

Clare had pas in de gaten dat Michel ziek was toen hij op een avond in maart de kamer inkwam en zei: 'Ik ga naar bed. Ik kan niet meer.'
'Wat is er met je?' Ongerust keek ze hem aan. Ze zag dat hij bleek was, zijn ogen waren roodomrand, zijn handen trilden.
'Ik heb je enkele dagen geleden al gezegd dat je zoiets moet uitzieken,' zei tante Paula scherp.
'Zo'n koutje,' mompelde Michel. 'Ik ga nu naar bed. De honden zijn verzorgd.' Hij ging de kamer uit en Clare keek naar de dichte deur. Als ze naar haar gevoel te werk ging was ze hem achternagerend om voor hem te zorgen, maar ze was bang te worden weggestuurd.
'Hij zit ook altijd bij die honden,' zei ze.
'Dat is natuurlijk geen reden om kou te vatten,' antwoordde tante Paula.
'Waarom past hij niet wat beter op zichzelf?' vroeg Clare zich hardop af.
'Misschien vindt hij dat er geen redenen zijn om op zichzelf te passen,' zei tante Paula. 'Voor hem is er tegenwoordig alleen maar het werk.'
'Voor mij ook,' reageerde Clare scherp.
'Misschien kunnen jullie daar samen wat aan doen,' merkte Robin op. 'Als je naar hem toegaat, zeg hem dan dat ik wel voor de honden zal zorgen. Als ik iets niet weet kom ik het wel vragen.'
Clare ging langzaam de kamer uit, de trap op. Ze aarzelde voor de deur van Michels kamer. Zover was het al gekomen, ze durfde nauwelijks meer zijn kamer binnen.
Ten slotte opende ze zacht de deur, liep op haar tenen naar het bed. Hij lag heel stil, de ogen gesloten, maar ze was er zeker van dat hij niet sliep.
'Michel, kan ik iets voor je doen?' vroeg ze.
'Ik zou het niet weten,' was het norse antwoord.
'Ik zal iets te drinken maken. Je moet echt in bed blijven. Heb je ergens pijn?'
Hij opende de ogen, een spottend lachje gleed om zijn mond. 'Ja. Wilde je masseren?'
Ze haalde de schouders op, was aan één kant blij dat hij niet te ziek was om haar met kleine speldenprikken dwars te zitten.
'Morgen moet de dokter maar komen,' zei ze.
'Geen sprake van. Morgen ga ik gewoon weer aan het werk. Het is

niet meer dan een griepje.'

'Robin wil voor de honden zorgen.'

'Ongetwijfeld. Maar dat zal ik niet toestaan. Als tante Paula ontdekt dat hij dat even goed kan als ik dan draagt ze de zorg misschien aan hem over. Dan kan ik mijn biezen wel pakken.'

'Daar geloof ik niets van. Ik haal iets te drinken voor je.'

Michel werd flink ziek. Toen de dokter de volgende morgen kwam, beval hij hem in bed te blijven, omdat er anders kans was dat hij long-ontsteking zou krijgen. Michel protesteerde niet meer. Hij had hoge koorts en voelde zich beroerd. De koorts bleef enkele dagen aanhouden en Clare week nauwelijks van zijn bed. Ze had een bank in het kamertje gezet waarop ze 's nachts sliep. Maar het was niet meer dan wat doezelen.

Ze werd bij het geringste geluid wakker en Michel was erg onrustig. De kinderen keken af en toe om de deur, maar ze liet hen niet binnen. Ze wist niet in hoeverre er besmettingsgevaar was. Er waren meer grieppatiënten, had ze gehoord. Tante Paula hield zich om die reden ook afzijdig zodat Clare bijna voortdurend met Michel alleen was.

Toen de koorts na vier dagen begon te zakken was hij zo verzwakt dat hij niet alleen zijn bed uit kon komen.

De dokter kwam voor de laatste keer, zei dat Michel nog een week binnen moest blijven en daarna nog een week zeer kalm aan moest doen.

'Maar dat doet u vanzelf wel, u kunt u nog niet inspannen,' zei hij. 'En dan moet u maar eens aandacht gaan schenken aan dat vrouwtje van u. Want zij heeft te veel van zichzelf gevergd. Ik heb haar mager-der zien worden. Je kunt nu wel wat meer rust nemen,' zei hij tot Clare.

Ze liet de dokter uit, ging dan weer terug naar Michel met een appel die ze voor hem geschild had. Hij kwam wat overeind en Clare keek hem niet aan toen ze zijn kussen opschudde. Een zieke Michel was heel wat anders dan deze man die haar zo doordringend aankeek.

'Het is steeds helder weer geweest,' zei ze om maar iets te zeggen.

'O ja?' Hij deed of dit een zeer belangrijke mededeling voor hem was.

'Waarom heb jij je zo uitgesloofd, Clare?' vroeg hij dan.

'Iemand moest het doen,' ontweek ze.

'Natuurlijk, en jij was de aangewezen persoon. Maar voor iemand zorgen kan op vele manieren. Jij gedroeg je of ik ieder moment kon doodgaan. Het was roerend te zien hoe bezorgd je was. Het deed me goed, maar toch vroeg ik me af of je iets af wilde kopen.'

Hij greep snel haar hand toen hij haar gezicht zag. 'Ik weet dat het niet aardig is zoiets te zeggen. Maar ik heb me nooit opgehouden met mooie praatjes. Ik wil met je praten, Clare.'

'Je bent nog veel te zwak,' weerde ze hem af.

'Als je weigert zal ik me zo opwinden dat ik een terugval krijg en misschien ga ik dan wel echt dood.'

Ze wierp hem een verontwaardigde blik toe, ging dan toch op de stoel naast zijn bed zitten. 'Waarover wil je praten?' vroeg ze.

'Ik wil dat je me nu alles vertelt. Alles vanaf het begin toen je die Engelsman weer ontmoette. Ik wil niet alleen weten wat er gebeurde, maar vooral hoe jij je voelde, hoe je tegenover hem stond.' Hij liet zich achteroverzakken, keek haar afwachtend aan.

'Heus, je bent veel te moe,' probeerde ze nog, duwde hem haastig terug toen hij weer overeind wilde komen. 'Goed dan, je zult alles horen,' zei ze haast grimmig. Daarop begon ze hem te vertellen van haar liefde voor Brian. En dat ze had gedacht dat hij haar enige grote liefde was. Ze vertelde hem van hun ontmoetingen, zei hem eerlijk dat ze had gedacht dat ze alles voor hem wilde opgeven. Dat Brian romantisch was en dat ze in een soort roes had geleefd...

Er was een grimmig trekje op Michels gezicht gekomen, maar ze besloot nu tot het bittere eind door te gaan. Dus vertelde ze hem ook over haar verblijf in Engeland, hoe alles veranderd was toen ze eenmaal samen met hem in zijn huis woonde.

'Viel hij tegen in bed?' vroeg Michel ruw.

'Nee, dat was het niet,' antwoordde ze kalm. 'Het was de manier waarop hij over zijn vrouw praatte, het feit dat ik me voortdurend verborgen moest houden. En dan, ik wist zeker dat zijn vrouw hem nooit los zou laten, zij had hem in haar macht wat het geld betrof. Ik begreep dat het beter was deze jeugdliefde te vergeten. Daarbij verlangde ik heel erg naar de kinderen.'

'Als ik het goed begrijp was je liefde voor die vent niet over, het waren de omstandigheden die tegenvielen.' Zijn blik liet haar niet los.

'Het was niet over,' zei ze langzaam. 'Althans niet helemaal. We waren alle twee verdrietig toen we afscheid namen. Maar ik ga nooit meer naar hem terug, Michel.'

'En daar moet ik tevreden mee zijn?' Zijn stem klonk ineens weer erg zwak.

'Ik ontdekte dat ik van hem zeker niet méér hield dan van jou,' zei ze ernstig. 'Heel lang heb ik gedacht dat het wél zo was. Brian is een man waar ik veel van gehouden heb. Maar het is voorbij. Wij kunnen opnieuw beginnen.'

'We zullen nooit opnieuw kunnen beginnen. Jij hebt een zoon van hem.'

'Had je gewild dat ik een kind had van iemand waar ik niet van hield? Dat het zomaar toevallig gebeurde? Dat ik zo'n soort meisje was? Zou je mij dan wel ooit vertrouwd hebben?'

Michel gaf geen antwoord. Ze stond op en ging naar het raam.

Het zou weer lente worden maar of dat ook op hen van toepassing was, was zeer de vraag. Of waren ze voor altijd in de winter terechtgekomen? De winter van hun gevoelens waarin alles dood was en alleen wachtte op een lente die nooit zou komen. Moesten ze heel hun leven tevergeefs wachten? Ze keerde zich naar hem om en toen ze zijn vertrokken gezicht zag was ze in enkele stappen bij het bed, boog haar hoofd tot haar voorhoofd zijn hand raakte. 'O Michel, ik heb je niet zo'n verdriet willen doen. Kun je niet proberen mij te vergeven?' Zijn hand raakte haar haren. 'Proberen... Ja, ik zal het proberen, Clare. Want je hebt me veel verdriet gedaan. En niet alleen het laatste jaar. Al veel eerder.'

Ze knikte zonder op te kijken. Hoe had ze kunnen denken dat Michel alles zo gemakkelijk opnam? Hij had jaren onder haar verdeelde gevoelens geleden en zij had het niet gemerkt. Zij had veel aan hem goed te maken. Ook dat zou ze proberen.

HOOFDSTUK 16

Frank was drie maanden met Vera getrouwd toen hij haar voor de eerste keer met een ander bedroog. Het was slechts een voorbijgaand avontuurtje met een serveerster uit het hotel waar hij nu chef was. Zij was een knap donker type, die hem op het eerste gezicht aan Marieke deed denken.

Ze was echter heel anders, uiterlijk, maar ook in haar optreden. Ze was uitdagend en brutaal en uiteindelijk was zíj het die hem verleidde.

Na enkele keren met haar samen te zijn geweest, had Frank er genoeg van en hij maakte haar dat op een kalme manier duidelijk. Opgelucht constateerde hij dat ze niet erg onder de indruk was, om zich daarover later enigszins beledigd te voelen.

Hij besloot in het vervolg kieskeuriger te zijn. Er waren veel mooie vrouwen en dat er een vervolg zou komen, daarvan was hij zeker.

Vera was immers zijn type niet, dat had hij al geweten voor ze trouwden. Hij hield van aantrekkelijke vrouwen, een beetje verlegen naar hem opkijkend of hij de held van hun leven was. Vera was, in zijn ogen, zeker niet aantrekkelijk, verlegen was ze ook niet en daarbij was ze veel intelligenter dan hij, wat hij maar moeilijk kon verkroppen.

Hij was van haar vaker afhankelijk en daarom kwam het hem bijzonder slecht uit dat Vera achter zijn avontuurtje kwam.

Ze had zich die avond uiterst chic aangekleed, wat ze vaker deed, ook zonder dat ze uit moesten. Frank vond dat bespottelijk, dacht dat ze niet anders te doen had. Daarbij was Vera nogal kooplustig, speciaal waar het kleren betrof. Hij kon daar niet veel van zeggen want haar vader gaf haar nog steeds een ruime toelage.

'We zouden het weekeinde naar mijn ouders kunnen gaan,' stelde Frank voor.

'Juni is de mooiste maand van het jaar en ze wonen daar bijzonder geschikt.'

'Daar voel ik niets voor,' antwoordde Vera kort.

'Nu, dan ga ik wel alleen,' zei hij, even kort.

'Dat zou je wel willen. Dan kun je je gang gaan met allerlei meiden. Neem je die griet uit het hotel dan mee?' Haar stem schoot uit. 'Ik weet dat je mij alleen hebt getrouwd om mijn geld. Maar je hoeft dat niet zo duidelijk te demonstreren.'

Ze ging nog even zo door, werd bijna tot razernij gebracht door Franks cynische lachje en het feit dat hij absoluut niet tegen haar inging.

Toen ze even zweeg om op adem te komen, merkte hij op: 'Als ik zo schreeuwde zou je zeggen dat je wel kunt merken dat ik uit een volksmilieu kom. Dat kun je van jou toch niet zeggen, dacht ik. Toch lijk je wel een viswijf.'

'Waarom zeg je niets? Waarom verdedig je jezelf niet?' Haar stem klonk nu mat.

'Had je gehoopt dat ik me zou verdedigen? Het zou ontkennen? Waarom zou ik. Alles wat je zegt is waar. En we kunnen dit maar beter uitpraten, anders blijft het er zitten. Ik laat jou vrij en jij mij. We profiteren beiden van papa's geld en positie.'

'Frank, wat ben jij gemeen.' Daarop begon ze onbedaarlijk te huilen en hij keek op haar neer zonder een spoortje medelijden.

'Je moest me toch zo nodig hebben,' sneerde hij. 'Je vader heeft mij voor je gekocht. Waarom zouden we dat ontkennen? Intussen ga ik dit weekeinde wel naar huis, of je meegaat of niet.'

Op dat moment ging de bel en Vera vloog de kamer uit. Frank wist dat het haar vader was en ook dat ze hem alles zou vertellen. Nu, het werd tijd dat die ook wist hoe de zaken stonden. Het duurde nogal even voor ze binnenkwamen. Vera met roodbehuilde ogen en het aankijken niet waard, zoals Frank dacht. Haar vader zag er vermoeid uit, maar zijn ogen stonden strijdlustig. In een flits ging het door Franks gedachten: Als hij er niet meer was zou zijn dochter alles erven. Wat nerveus bedacht hij dat hij moest oppassen niet zijn eigen glazen in te gooien.

'Wat heb je met haar gedaan?' vroeg Vera's vader. 'Waarom wil ze niet bij je blijven? En dat al zo vlug.'

Frank wierp een snelle blik op zijn vrouw. Natuurlijk wist ze dat hij financieel afhankelijk was van haar vader. Op deze manier had ze hem in de tang. In de kringen waar zij vandaan kwam werd regelmatig gescheiden. Tenslotte bleef Vera niet brodeloos achter. Dat zou hem dan overkomen.

'Ik had inderdaad iets met een serveerster,' zei hij vlot. 'Een paar maal uit geweest, het had niets te betekenen. Vera windt zich daar nogal over op. En misschien heeft ze wel een beetje gelijk. Ik zou zoiets niet moeten doen. Maar ik ben nog niet aan de banden van het huwelijk gewend.'

'Ze heeft het mij heel anders verteld en ik geloof dat ze de waarheid spreekt.'

'Natuurlijk gelooft u haar, ze is uw dochter. Maar vrouwen blazen dergelijke zaken altijd zo op. Misschien hadden we nog wat moeten wachten met trouwen. Maar daar zat u achter, nietwaar? U wilde uw dochter getrouwd zien. Gezien haar soms overdreven, bijna abnormale reacties begin ik te begrijpen waarom u dat wilde.'

De man leek ouder te worden in dat ene moment. 'Ik zou graag willen dat je goed voor haar was,' zei hij nog. Daarop verliet hij de kamer zonder nog naar Vera te kijken, die roerloos in een stoel zat.

'Je weet zelf ook wel dat je niet helemaal gewoon reageert,' zei Frank toen de deur was gesloten. 'Je moet eens naar een dokter gaan, misschien ben je wel in verwachting.'

Ze bleef hem aankijken zonder iets te zeggen.

'Een kind zou je leven meer inhoud geven. En het leven van je vader eveneens. Misschien ben ik daarvoor zelfs wel ingekocht.'

Er was nu een troosteloze blik in haar ogen gekomen en langzaam ging ze de kamer uit. Dat was het, dacht Frank. Ze moest een kind hebben, dat zou haar iets te doen geven.

Dan zou ze geen tijd hebben voortdurend op hem te letten.

Ze gingen dat weekeinde toch. In de auto die Frank nog niet zo lang geleden had gekocht. Natuurlijk had Vera's vader deze betaald. Frank had beweerd dat hij absoluut niet zonder eigen vervoer kon. Zijn rijbewijs had hij al eerder gehaald.

Het was met een gevoel van triomf dat hij tot vlak bij het huis reed die zaterdagmorgen. Het was al geruime tijd geleden dat hij thuis was geweest. Slechts één keer om zijn vrouw voor te stellen. Hij had niemand op de bruiloft uitgenodigd, ze waren toen al getrouwd.

Zijn vader was over Marieke begonnen, tante Paula had bijzonder wantrouwend gereageerd op de goede baan die hij had. En moeder was hem uit de weg gegaan. Begrijpelijk misschien, ze was toen nog niet zo lang terug van haar escapade in Engeland.

De eerste die hij zag was Martijn, die onmiddellijk vol bewondering voor de auto was, maar een domper op de vreugde zette door te zeggen dat papa ook een auto had, maar veel groter.

Frank was onmiddellijk geïrriteerd. Hij had die ouwe willen laten zien hoe belangrijk hij was geworden, hoever hij het had geschopt. Nog steeds had hij het gevoel dat hij wraak moest nemen, omdat Michel hem toen had gezegd dat hij zijn vader niet was. Dat hij die mededeling had gedaan zonder enige spijt, dat zat hem nog het meeste dwars.

Hij liep naar huis zonder te kijken of Vera hem volgde, wat ze niet deed. Zij liep aan de andere kant de tuin in. Hij zou haar niet missen, dacht ze bitter. Het was een prachtige dag en de familie zou wel buiten zijn. Zij hield er niet van in de zon te zitten, ze werd er alleen maar knalrood van.

Ze liep door het hek en kwam toen op het pad langs de rivier. Er stonden enkele banken en op één daarvan ging ze zitten. Het waren geen opgewekte gedachten die haar bezighielden. Meestal draaiden ze om hetzelfde punt. Waarom had ze toen per se met Frank willen trouwen? Ze was drieëntwintig, een jaar ouder dan hij, maar dat was toch geen leeftijd dat alle kansen voorbij waren?

Een tante van haar had dit naar voren gebracht toen ze hoorde van haar huwelijk met een kelner. Maar die tante wist niet dat ze nooit een kans had gekregen. Dat ze altijd aan de kant had gestaan, vanaf het allereerste schoolfeestje. Soms stond ze voor de spiegel en vroeg zich af of ze echt zo lelijk was. Lelijk misschien niet, maar zo gewoon, zo nietszeggend.

Ze was verliefd geworden op Frank vanwege zijn uiterlijk en zijn vlotte manieren. Nu, en meer had hij ook niet, dacht ze bitter. Hij was een knappe man en daarmee had je 't wel gehad. Hij begon nooit een gesprek, las nooit een boek. En nu bleek dat hij er ook andere vrouwen op na hield. Na het eerste verdriet was ze woedend geweest om de vernedering. Ze had geweigerd met hem naar bed te gaan.

Dat had hem razend gemaakt, hij had gedreigd dit aan haar vader te vertellen, wat natuurlijk belachelijk was. Maar ze achtte hem er best toe in staat.

Ze zag Paulette al van ver aankomen. Een slank meisje in een witte jurk. Om haar heen dartelde een jonge herdershond.

Paulette bleef bij haar staan, keek weifelend naar haar. 'Jij bent toch de vrouw van Frank?'

Vera knikte.

'Je bent hier maar één keer geweest,' verontschuldigde Paulette zich. 'Waar is mijn broer, jouw echtgenoot?'

'Weet ik het...'

'Ach. Hebben jullie ruzie?' Paulette zei het op een toon of ze niet anders had verwacht.

'Ik had nooit met hem moeten trouwen,' barstte Vera uit.

'Nee, dat had ik je wel kunnen vertellen. Niet omdat het Frank is, hoewel ik geen hoge gedachte van hem heb. Ik vind het hele idee van trouwen belachelijk. Je lichamelijk en geestelijk helemaal overgeven aan een man. Ik moet er niet aan denken.'

'Wil jij niet trouwen?' vroeg Vera hoogst verbaasd.

'Absoluut niet. Ik wil vrij zijn.'

Vera antwoordde niet direct. Paulette was nog wel jong, nauwelijks zeventien jaar, maar ze herinnerde zich dat zijzelf op die leeftijd dolgraag een vriendje wilde.

'Als je echt vrij wilt zijn moet je inderdaad niet trouwen,' zei ze bedachtzaam. 'Maar je zult maar verliefd worden.'

'Daar moet je niet aan toegeven,' zei Paulette kordaat. 'Maar goed, jij kunt niet meer terug. Blijven jullie het hele weekeinde? Mij maakt het niet uit, maar ik hoorde dat Marieke nog langskomt en dat lijkt me toch minder geslaagd als jullie hier ook zijn.'

'Marieke was toch een vriendin van Frank?'

Paulette keek Vera van terzijde aan. Ze hield zich wel groot maar ze was gek op Frank. Hoe had Frank toch zo'n kleurloos meisje kunnen kiezen?

Dit kon nooit goed gaan. Frank vond het uiterlijk zo belangrijk. Maar goed, het waren niet haar zaken.

'Ga je mee?' vroeg ze. 'Ik moet de hond terugbrengen.' Ze vertelde daarop het een en ander over de eigenschappen van jonge honden en van Duitse herders in het bijzonder.

Vera luisterde met een half oor. Ze had geen antwoord op haar vraag gekregen. Maar eigenlijk behoefde ze geen antwoord. De toespelingen op Marieke hadden haar de vorige keer al genoeg duidelijk gemaakt.

Robin zat op een afgelegen plek in de tuin. Vandaar uit kon hij de rivier zien, zonder zelf gezien te worden. Hij zat met zijn rug tegen een boom, zijn gezicht in de schaduw. Hij kon de zon niet op zijn gezicht verdragen, binnen de kortste tijd zou de beschadigde helft van zijn gezicht zijn verbrand. En afgezien van de pijn, hij was al afzichtelijk genoeg.

De laatste tijd had hij ook pijn in zijn heup. Indertijd waren daar ook scherven uitgehaald. Misschien had hij pijn omdat hij vaak lange wandelingen maakte. Een ander probleem was dat hij bij inspanning enigszins buiten adem raakte. Ook zijn ene long was toentertijd beschadigd.

Soms vroeg hij zich af voor hoe lang ze hem hadden opgelapt en of hij niet beter dood had kunnen zijn. Maar dan echt dood en niet levend begraven, zoals hij bijna een jaar had doorgebracht.

Hij had geen spijt dat hij zich toch weer onder de mensen had begeven. Daarmee had hij veel gewonnen aan vriendschap en genegenheid. Hij was gaan schrijven, hij schoot alleen niet hard op. Zo gauw hij zag dat het wéér goed was, wilde hij naar buiten. Het was of hij het afgelopen jaar wilde inhalen. Hij zat hier heel vaak na te denken. Soms over de scriptie waar hij mee bezig was, maar vaker over de mensen om hem heen. Hij dacht soms dat hij hen beter kende dan ze zichzelf kenden. Michel en Clare: een paar dat zo gelukkig had kunnen zijn, maar het slechts ten dele was. Hij wist dat Michel zijn vrouw nooit van harte had vergeven en dat Clare daaronder leed. Hij wist dat Clare ook geen contact had met haar dochter. Paulette verontrustte hem soms in haar absolute minachting voor jongens en mannen. En Frank die om het geld was getrouwd. Maar alles beter dan dat hij met Marieke weer was verdergegaan. Marieke werkte nu in een ziekenhuis, ze volgde de verpleegstersopleiding. Ze kwam hier af en toe als ze een vrije dag had. Hij wist dat ze graag kwam en ook dat ze het liefst bij hem was. Lieve Marieke, hij zou van haar kunnen houden, maar dat zou hij zichzelf nooit toestaan.

Hij dacht ook aan zijn moeder van wie dit huis was. Zij was nog altijd even flink. Ze wilde dat hij naar Duitsland of Amerika ging voor plastische chirurgie. Hij had tot nu toe geweigerd en hij zou dat blijven doen. Zijn moeder wist niet van de andere klachten die hij had. Hij zou volledig in de revisie moeten en hij was geen auto waarvan je de onderdelen kon vervangen.

Hij hoorde het breken van enkele takjes en keek het overgroeide paadje langs, zag Martijn van tussen de bomen komen. Martijn... het kind dat hij zou willen beschermen tegen alle kwaad. Martijn die alleen maar het goede wilde en het in vele gevallen ook deed.

'Weet je wie gekomen is?' vroeg het kind terwijl hij naast hem neerplofte. 'Frank, en hij heeft haar bij zich.'

'Zijn vrouw?' vroeg Robin.

Martijn knikte. 'Zij was alleen de tuin ingegaan en Frank was kwaad. Frank is onaardig tegen haar.'

'Ja?' Geamuseerd keek Robin naar het kind. 'Vind je dat hij liever tegen haar moet zijn?'

Martijn haalde de schouders op. 'Ik vind haar zielig en ik denk als Frank aardig tegen haar was, dan zou ze niet zielig zijn.'

'Jochie, jij moet je niet zo in de problemen van de grote mensen verdiepen.'

Martijn keek hem aan. 'Dat zeg jij steeds. Maar ik weet niet hoe het komt. Ik zie het als mensen verdriet hebben en ik kan daar niet tegen. Ik weet dat weinig mensen echt blij zijn. Ik weet ook dat jij pijn hebt.'

Ontroerd legde Robin een hand op de schouder van het kind. 'Misschien moet jij maar dokter worden. Dan kun je veel mensen helpen.'

Martijn schudde energiek het hoofd. 'Ik kan niet zo goed leren. En als ik een gewoon mens ben en geen dokter, kan ik ook mensen helpen.'

'Als er meer mensen waren zoals jij, zou de wereld er heel anders uitzien,' zei Robin met een glimlach. 'Je bent een idealist. Maar laat dat maar een poosje zo blijven.'

Hoewel Martijn het laatste niet precies begreep, was hij het toch met Robin eens. Daarop praatten ze met elkaar over alles wat ze buiten zagen en over de school waar Martijn zo zijn bezwaren tegen had. Hij stelde veel vragen die bewezen dat hij leergierig was. Robin legde hem dingen uit en genoot van het kind voor wie alles nog zo nieuw was. Die gretig op dat nieuwe afging met open ogen en oren. Soms werd Robin er weemoedig van omdat hij wist dat Martijn zo niet in het leven zou blijven staan. Hij zou zijn onbevangenheid verliezen, kritisch worden en zeker niet zo blijven geloven in het goede van de mens. Soms hoopte Robin bijna dat hij dat niet zou behoeven mee te maken.

Die avond zat Clare met haar oudste zoon in de kamer. Er dreigde storm en Michel was bij de kennels gaan kijken of er iets verstevigd moest worden. Tante Paula en Robin waren in hun eigen kamer. Waar Paulette was wist ze niet. Ze wist zelden wat haar dochter uitvoerde. Paulette ging haar eigen gang en meestal in haar eentje. Aan vriendinnen scheen ze weinig behoefte te hebben.

'Waar is je vrouw?' vroeg ze Frank.

'Ik zou het niet weten,' antwoordde deze onverschillig.

'Frank, waarom ben je met dat meisje getrouwd?' Ze boog zich wat dichter naar hem toe.

'Waarom bent u met papa getrouwd?' vroeg hij op dezelfde toon. 'Sorry dat ik nog steeds papa zeg, het is zo mijn gewoonte, ik weet niet hoe ik hem moet noemen.' Ze staarde hem aan zonder iets te zeggen.

'Jouw man heeft mij verteld dat hij mijn vader niet is. Ik geloof dat hij blij was dat hij 't kwijt kon. Daarom heeft hij altijd een hekel aan mij gehad, is het niet?'

'Michel heeft je goed behandeld,' protesteerde ze zwak.

'O, zeker, hij heeft me nooit in elkaar geslagen. Maar ik heb altijd gevoeld dat hij niet van mij hield... Ik ben daar nu wel overheen. Zou je me dus willen zeggen wie mijn echte vader is? Of weet je het zelf niet? Ik zou me kunnen voorstellen...' Zijn blik gleed als taxerend over haar heen. 'Je was vroeger best een stuk, denk ik zo.'

'Frank, je beledigt mij. Je vader woont in Engeland en hij is van je bestaan op de hoogte.' Daarop vertelde ze hem zoveel mogelijk, ook het feit dat Brian geen kinderen had, een grote fabriek beheerde en mogelijk werk voor hem had.

'Ik weet hoe belangrijk jij geld vindt,' zei ze een tikje minachtend. 'Nou, ik kan je meedelen, je vader hééft geld en niet zo weinig.'

Frank keek voor zich uit, een frons boven zijn ogen. Een nieuw bestaan opbouwen in Engeland? Wilde hij dat? Hij had hier ook alle kansen. Maar als het met Vera misliep was het misschien toch niet gek iets achter de hand te hebben...

'Geef me het adres,' zei hij. 'Ik zal hem schrijven. Wat moet ik in de brief over jou zeggen, dat je nog steeds van hem houdt?'

'Je laat mij erbuiten,' antwoordde ze kortaf.

Toen hij de kamer uit was staarde ze somber voor zich uit. Frank had weinig van Brian. Ze begon zich nu af te vragen waarom ze haar hele leven zo dol op die jongen was geweest. Haar andere kinderen waren door hem aandacht te kort gekomen. Had ze haar liefde altijd aan de verkeerde mensen gegeven? Ze dacht even aan Michel. Hoe lang was het geleden dat hij haar echt in zijn armen had gehouden? Hij was niet onvriendelijk, maar liefde was er niet bij. Soms vroeg ze zich af wat er zou gebeuren als ze zelf het initiatief nam. Maar ze durfde niet, bang voor opmerkingen als: 'Heb je dergelijke maniertjes bij die ander geleerd?' En zo leefden ze verder, ieder op een aparte weg.

Het begon die avond inderdaad hard te waaien. Ze zaten allen in de grote kamer waar de vlammen in de open haard wild opflakkerden. Tante Paula was in gesprek met Vera en het was duidelijk te horen dat die twee aan elkaar gewaagd waren. Vera gaf scherpe, geestige antwoorden, waar tante soms om schaterde. Frank wierp gemelijke blikken in hun richting.

Eigenlijk was Vera van dezelfde stand als hun chique tante Paula, realiseerde hij zich opeens. Maar was het nodig dat Vera daar zo mee te koop liep?

Hij wist dat ze het opzettelijk deed, toen ze een voorval uit het restaurant vertelde en duidelijk liet uitkomen dat hij de mensen op hun wenken bediende.

'Doe je dat nog steeds?' vroeg tante Paula. 'Ik dacht dat je zei...'

'Ik ben nu chef en heb daar de leiding. Alleen als het erg druk is spring ik bij.'

'Ik vind het belangrijk dat de bediening in een restaurant correct is,' zei tante in het algemeen. 'Jij toch ook, Robin? Ik weet dat wij eens...'

'Ik ben al jaren niet meer in een restaurant geweest. En ik zal daar ook nooit meer komen.'

Na deze woorden viel er een stilte. Vera keek aandachtig naar Robin en hij keek terug tot ze haar ogen afwendde. Hij wist bijna zeker dat ze dacht, ik mag dan doodgewoon zijn, híj is niet om aan te zien.

Intussen wakkerde de wind steeds meer aan. 'Michel blijft lang weg,' merkte tante Paula op. 'Blijft hij bij de dieren, zoals tijdens een onweersbui? Maar deze storm kan wel de hele nacht duren.'

Clare stond op. 'Ik ga wel kijken.' Ze trok haar regenjas aan en liep even later buiten waar de wind aan haar kleren rukte. Binnen een minuut fladderden haar haren om haar hoofd. Dit was een zomerstorm zoals ze nog maar zelden had meegemaakt. Jammer van de rozen die juist begonnen te bloeien. En de jasmijn zou stellig al zijn bloesems kwijtraken.

Toen ze bij de kennels kwam begonnen enkele honden te blaffen, andere liepen onrustig heen en weer. Er brandde een klein lampje. Ze zag dat Michel de deuren verankerd had en onder een uitstekende dakrand stond een zware paal. Maar hijzelf was nergens te zien. Misschien was hij in het binnenhok, dan zou hij haar niet horen.

Met moeite opende ze de deur. Ze kwam hier zelden omdat ze in haar hart altijd bang bleef voor de honden en volgens Michel wisten de dieren daarvan. Ook in de kennel brandde een klein lampje en op haar binnenkomst waren in een mum van tijd alle honden daar ook, de twee grootste hevig blaffend, de jonge dieren heen en weer rennend. Ook zij hielden haar intussen in de gaten. Michel was er echter niet. Nu, dan zou ze maar weer teruggaan. Het was wel vervelend dat die grote herder zich precies voor de deur geposteerd had. Aarzelend ging haar hand naar de grendel, wat het dier een dreigend gegrom ontlokte.

'Wat is dat nou,' mompelde ze. 'Waarom mag ik niet weggaan?' Belachelijk, nu was zij ook al tegen de honden aan het praten. Alleen was dit niet uit genegenheid maar uit angst en dat zou dat dier ook wel weer doorhebben.

Voorzichtig deed ze een stap naar de deur, waarop de hond zijn bovenlip optrok. Het dier zag er gevaarlijk uit en ze werd nu echt bang. Michel beweerde altijd dat de honden absoluut niemand kwaad deden, maar zij was daar niet al te zeker van. Als ze nu heel snel... Met een grauw schoot de hond uit en ze voelde zijn tanden door haar schoen.

Trillend van angst leunde ze hijgend tegen de muur. Ze zou hier dus moeten blijven tot iemand haar kwam bevrijden. Als ze het waagde iets te doen waar dat beest tegenover haar het niet mee eens was, dan zou het dier haar stellig vermoorden.

De hond hield haar onafgebroken in de gaten, de nekharen stonden overeind, de staart zwiepte zachtjes heen en weer. Toen ze een natte neus tegen haar hand voelde had ze bijna gegild. Het was een van de jongere honden die nieuwsgierig naderbij was gekomen. Ze zijn niet allemaal zo, dacht ze. Dan flitste een andere gedachte door haar hoofd. Zoals die grote hond reageerde, dat was niet normaal. Stel dat hij ziek was, ze wist dat zoiets soms voorkwam. Hondsdolheid, je hoorde er een enkele keer van. Als ze gebeten werd zou het haar dood zijn. En Michel? Misschien was hij aangevallen en lag hij nu ergens... Ze wist niet eens of dergelijk gif snel zijn werk deed.

Intussen deed de wind het houten gebouw steunen en kraken. Ze hoorde de storm boven alles uit loeien. Kwam er dan niemand in huis op het idee dat zij niet voor haar plezier zo lang wegbleef?

Toen de deur openzwaaide en Michel in één stap binnenkwam was dit zo onverwacht, dat ze van opluchting begon te huilen.

'Wat doe jij hier?' vroeg hij stomverbaasd.

'Die hond,' wees ze.

Hij keerde zich naar het dier dat ook naar hem gromde.

'Maar Thera, wat is er aan de hand? Waarom ben jij zo kwaad?' Het dier jankte nu, likte nerveus Michels handen.

'Maar vrouwtje toch, had je nergens een rustig plekje? Kom, je mag hier liggen.' Hij loodste het dier naar een hoek en sloot deze af met een lage plank.

'Rustig nu maar, ik ga niet weg. Zo... en jullie allemaal koest. En slapen.'

De andere hond werd met haar vier jongen naar de andere hoek verwezen.

Dan keerde Michel zich naar Clare die stilletjes stond te huilen.

'Wat scheelt eraan?' vroeg hij vriendelijk.

Ze schudde het hoofd, zei niets. Ze kon hem moeilijk zeggen dat ze had gedacht dat ze het eerste vriendelijke woord na een jaar te horen kreeg, en dat haar toen was gebleken dat hij een hond met zoveel tederheid 'vrouwtje' noemde.

Michel kwam naar haar toe, hij staarde zwijgend op haar neer. Een grote blonde man, met donkere ogen. Een man die met zoveel zachtheid met de dieren omging.

'Ben je zo geschrokken?' Hij raakte haar schouder aan.

'Dat beest is gevaarlijk, Michel. Ze wilde mij aanvallen.'

'Het is niet verstandig alleen de hokken in te gaan. Thera is op 't moment agressief. Ze is zwanger en haar tijd is gekomen. Ik had het al gezien, daarom was ik binnen gaan zeggen dat ik hier bleef en liepen wij elkaar net mis. Het kan overigens nog wel enkele uren duren.'

'En ik dan? Moet ik alleen naar huis? Het is afschuwelijk weer en...'

'Clare, je bent geen kind. Goed dan, blijf hier. Anders kom je misschien in een boom terecht door de wind. Je bent nog steeds een lichtgewicht.'

Zijn bruine ogen lachten en ze lachte een beetje beverig terug.

'Misschien vind je me kinderachtig, maar dat beest dreigde zo...'

'Kom, je zult zien dat er straks van haar angst en woede niets meer over is. Ze is bang voor het onbekende, het is voor haar de eerste keer. En dan komt er ook nog een vreemde bij haar... Laten we vlak bij haar gaan zitten. Niet aanraken, ze kan het zelf...'

Of ze het in haar hoofd zou halen dat beest aan te raken. Clare ging naast hem op een baal stro zitten. De hond lag nu stil, af en toe kromp het lichaam ineen. Er was angst in de bruine ogen.

'Je moet niet bang zijn, straks is alles voorbij,' hoorde Clare zichzelf zeggen. Ze kleurde toen ze Michels blik opving.

Het was warm in de kleine ruimte. De wind loeide nog steeds, maar in deze beslotenheid leek alles veilig. Toen het eerste hondje werd geboren en ze het kleine hulpeloze diertje zag, de moeder die het schoonlikte, had ze een brok in haar keel.

De bruine ogen van de hond hadden alle angst verloren. Nog drie pups kwamen ter wereld en daarna lag Thera heel tevreden met het jonge grut tegen zich aan.

'Het wonder der geboorte,' zei Michel. Hij stond op, ze hoorde hem in het afgescheiden hokje bezig, even later kwam hij terug met een bak warme melk voor de hond.

'Eigenlijk heb je een borrel verdiend,' zei hij vrolijk. 'Zij heeft zich kranig gehouden, niet Clare?'

Ze knikte glimlachend en hij strekte een hand naar haar uit.

'Zul je nu nooit meer bang voor ze zijn? Er zit geen kwaad in, ze zijn onvoorwaardelijk trouw.'

Nadat alles verzorgd was, sloot Michel de kennel zorgvuldig af en daarna liepen ze samen naar huis. Het stormde nog steeds en ze hielden elkaar bij de hand. Clare hoopte dat ze nu enkele stappen dichter bij elkaar waren gekomen. Want ze wist dat Michel was zoals ze hem vanavond had gezien. Een man die soms hard leek, maar vol tederheid was voor alles wat zijn zorg nodig had. In huis was alles donker. Niemand scheen zich ongerust te maken waar ze bleven.

'Ik heb hen gezegd dat er een geboorte op komst was,' verduidelijkte Michel.

Samen liepen ze naar boven, bleven voor de deur van de grote slaapkamer staan.

Clare's grijze ogen bleven hem aankijken tot Michel zei: 'Wil je dat ik bij je kom?'

Als enig antwoord greep ze hem bij de hand.

'Clare, ik wil alleen blijven als ik zeker weet dat er geen plaats is voor iemand anders.'

'Die is er niet. Al een halfjaar niet meer. O Michel…' Met een vreemd geluid drukte ze zich tegen hem aan en hij legde zijn armen om haar heen, tilde haar gezicht naar hem op. Ze keken elkaar aan of ze elkaar voor het eerst zagen.

'Het heeft nu lang genoeg geduurd,' zei hij eindelijk. 'Het blijft toch altijd alleen maar jij…'

'Het spijt me zo, dat ik op een dwaalspoor was,' zei ze zacht. 'Maar we hebben nog tijd, Michel.'

HOOFDSTUK 17

'Ik begrijp jou niet, Paulette. Zelfs nu onze meest geliefde dokter belangstelling voor je heeft, lijkt het je niet te interesseren.'

Paulette zat in de vensterbank en rookte een sigaret. Ze keek naar het meisje tegenover haar in de rieten stoel. 'Je weet dat het een sprookje is, een arts met een verpleegster of assistente. En al was dat niet zo, het interesseert mij inderdaad niet. Ik wil nooit trouwen.'

'Maar je hoeft toch niet meteen te trouwen. Je gaat nooit uit.' De ander stond op. 'Nou ja, je moet het ook zelf weten.'

'Goed, ik zal vanavond wel meegaan,' nam Paulette ineens een besluit.

Toen Hetty weg was had ze alweer spijt van haar impulsief gedane belofte. Ze werkte nu een halfjaar als secretaresse van een internist in het ziekenhuis en veel vrienden had ze nog niet gemaakt. Ze wist heus wel dat het aan haarzelf lag. Ze hield zich afzijdig.

Het werk vond ze prettig en afwisselend, ze was ervan overtuigd dat ze het naar volle tevredenheid deed. Alleen had de dokter haar juist die morgen gezegd dat ze de patiënten wat minder koel en afstandelijk te woord moest staan. 'Een glimlach kost niets en tenslotte komt niemand hier voor zijn plezier.'

Die glimlach zou haar wel enige moeite kosten. Mensen interesseerden haar in het algemeen weinig. Maar het was beter zoiets niet te veel te laten merken. Ze moest zich wat socialer gedragen, dat had Robin ook meermalen gezegd.

En dat was dan ook de reden dat ze had toegezegd vanavond mee te gaan. Ze opende haar raam maar sloot het gelijk weer. Het leek mooi, maar het was koud. Het had de afgelopen nacht enkele graden gevroren.

Ze zou binnenkort ook weer eens naar huis gaan. Niet dat ze er veel behoefte toe voelde. Ze ergerde zich aan haar ouders, die zich gedroegen of ze nog steeds verliefd waren en of datgene van twee jaar geleden nooit was gebeurd. En zijzelf kon haar moeder niet vergeven dat ze toen nauwelijks enige aandacht aan haar had besteed na die aanranding. Dat met die kerels, waar ze soms nog over droomde. En evenmin kon ze vergeten dat haar moeder voor enkele maanden was vertrokken en haar gezin in de steek had gelaten. Ze had het heel goed gevonden toen haar vader mama al die tijd negeerde. Maar natuurlijk had ze hem weer ingepalmd. En ineens was alles zo overdreven geweest tussen die twee, of ze elkaar pas kenden. Het irriteerde haar, wat Robin de opmerking had ontlokt of ze soms jaloers was.

En dat was helemaal belachelijk. Hoe kon ze jaloers zijn op haar ouders? Maar hij had beweerd dat het jaloezie kon zijn op de aandacht die haar ouders voor elkaar hadden. Zij kon heus wel zonder aandacht, zo had ze haar hele leven doorgebracht, had ze kortaf opgemerkt.

Ach ja, Robin! Hij was eigenlijk de enige die belang in haar stelde. De laatste tijd dacht ze weleens dat Robin zich niet helemaal goed voelde. Maar als ze het vroeg, zei hij, dat ze niet moest denken nu ze in hoofdzaak met zieken omging, dat er geen gezonden meer waren.

Een dergelijke opmerking had hij ook tegen Marieke gemaakt. Paulette dacht dat Marieke van Robin hield en dat hij maar één woord behoefde te zeggen, of ze viel bij wijze van spreken in zijn armen. Maar hij zei dat ene woord niet... Marieke leed eronder. Alweer een bewijs dat aandacht voor anderen alleen maar narigheid bracht.

Frank en Vera hadden inmiddels een dochter die Stefanie was genoemd. Frank kon weinig genegenheid voor het kind opbrengen naar het scheen. Vera had soms last van depressieve buien. Op het moment logeerde de laatste in het huis aan de Vecht. Zou tante Paula de aangewezen persoon zijn om Vera op te vangen? Zij was zo flink dat je alleen al moe werd als je naar haar keek.

Martijn was echter ook thuis en hij scheen vaak in Vera's buurt te zijn. Lieve Martijn, altijd daar waar mensen verdrietig waren. Hij was een fijn joch. Kom, ze moest zich gaan aankleden. Ze zou er niet aan ontkomen naar dat feest te gaan. Het was georganiseerd ter ere van enkele verjaardagen die tegelijk werden gevierd. Ze behoefde er nauwelijks de deur voor uit want het was in de recreatiezaal beneden. Paulette trok een eenvoudige zwarte jurk aan met een strak bovenlijfje en een wijde rok.

Zodra ze de zaal binnenkwam wist ze dat ze uit de toon viel. Het was een kleurig geheel en niemand was zo chic gekleed als zij. Ze had ook beter kunnen vragen wat ze het beste aan kon trekken, maar ze vroeg niet graag dingen. Ze regelde haar zaakjes het liefst zelf.

Dat ze nu verlegen was met de situatie kon niemand aan haar zien. Ze hield haar hoofd fier rechtop en liep op haar gemak naar de andere kant van de zaal, waar ze Hetty zag. Ze trok de aandacht en dat was niet alleen door haar kleding, zoals ze zelf dacht.

Paulette was een mooi meisje, maar ze miste de gemakkelijke manier waarop de anderen met elkaar omgingen. Er werd haar wat te drinken aangereikt, een jongeman begon een praatje, waarop ze werktuiglijk antwoord gaf. Ineens zag ze hem! Hij was een nog jonge man, donker van uiterlijk, wat nonchalant gekleed met doordringende, haast zwarte ogen. Hij ving haar blik op en keek onverschillig van haar weg. Geïnteresseerd sloeg Paulette hem gade. Hij werkte niet in het ziekenhuis, anders zou ze hem zeker kennen. Of het kwam doordat hij haar zo duidelijk negeerde, wist ze niet, maar ze moest ineens weten wie hij was. Het duurde nogal even voor ze de moed had gevonden die vraag aan Hetty te stellen.

'Dat is Etienne. Hij is een vriend van Ina, die blonde verpleegster.'

Inderdaad zag Paulette hem samen met een meisje. Geen schoonheid, maar ze keek wel met stralende ogen naar hem op. En hij scheen ook alleen maar aandacht voor haar te hebben. Nu, het was verder niet belangrijk, mannen hadden haar nooit geïnteresseerd. Ze zag Marieke, ging naar haar toe.

'Kan ik met goed fatsoen vertrekken?' vroeg ze haar.

Marieke lachte. 'Het zou toch jammer zijn, nu jij je zo chic hebt aangekleed, om niet te dansen.'

Even later zette de muziek in en vormden zich paartjes op de dansvloer. Paulette was daar al snel bij. Uit de enkele keren dat ze het laatste jaar dansen moest, wist ze dat ze voor de verdere avond aan partners geen gebrek zou hebben. Maar ze hield er niet van vastgehouden te worden, zo'n jongen van dichtbij te moeten aankijken en nietszeggende opmerkingen te moeten maken.

Na enkele dansen, ze was juist van plan weg te gaan, kwam de donkere vreemdeling op haar af. Ze stond al, voor hij bij haar tafeltje was en zag toen tot haar verbijstering dat aan de tafel naast haar zijn vriendin zat. Ze voelde een kleur opstijgen, besloot snel weg te gaan, toen hij haar toch ten dans vroeg.

'Dat was je eerst niet van plan,' zei ze na enkele passen.

Hij begreep onmiddellijk wat ze bedoelde. 'Nee, zeker niet. Het was mijn bedoeling met Ina te dansen. Maar je sprong zo gretig overeind dat ik niet anders kon. Ik wilde je niet hopeloos voor schut laten staan.'

Deze woorden waren nu niet bepaald geschikt om haar op haar gemak te stellen. Ze keek naar hem op en hij bestudeerde haar met een zekere onverschilligheid.

'Je bent mooi,' zei hij dan. 'De vraag is alleen, ben je ook lief! En dat is iets wat ik ten zeerste betwijfel. Hoe heet je eigenlijk?'

Ze zei het hem.

'Ik ben Etienne Dupron. Franse voorouders. Leraar, en in mijn vrije tijd schilder ik. En jij bent dus verpleegster. Ga je als een soort koele godin door de ziekenzaal?'

'Ik ben secretaresse,' antwoordde ze kortaf.

'Aha. Je zou ook niet geschikt zijn om zieken te verzorgen. Ik zou weleens willen weten of je kunt lachen, echt spontaan lachen. Voor het geval jij daar ook belang in stelt, kunnen we een afspraak maken. Ik zal je mijn adres geven.'

'Jij geeft mij jouw adres?'

'Precies. En als je ooit wilt lachen of huilen, kortom als je het masker dat je nu draagt laat vallen, zoek dan contact met mij. Dat wonder zou ik graag meemaken.' Nadat hij haar had teruggebracht naar haar tafel, reikte hij haar een kaartje met zijn naam en telefoonnummer, waarna hij zich met een knikje verwijderde.

Paulette had het kaartje het liefst voor zijn ogen verscheurd, maar tot zoiets demonstratiefs was ze niet in staat. Zo'n arrogant persoon had ze nog nooit ontmoet. Hij zou lang kunnen wachten voor ze hem zou bellen.

Het weekeinde daarop was ze vrij en ging ze naar huis. Het was alweer enkele weken geleden dat ze daar geweest was en juist vandaag leek er een begin van de lente in de lucht te hangen. Ze was dan wel niet zo'n natuuraanbidster als Robin of Martijn, maar met mooi weer was ze niettemin graag buiten.

De bus stopte in het dorp en het laatste stuk langs de rivier liep ze. Ze groette enkele mensen die ze tegenkwam, bedacht dat ze hier eigenlijk nooit vrienden had gemaakt. Ze was in de stad naar de middelbare school gegaan en ze kwam zelden in het dorp, behalve zondags in de kerk. Maar nu was ze ook op zondag weinig meer thuis.

De zon scheen uit een strakblauwe hemel, het riet langs de rivier ruiste. Als ze hier liep was ze nooit helemaal ontspannen, ze wist hoe dat kwam en ook dat ze die spanning waarschijnlijk nooit kwijt zou raken. En hoe ze zichzelf ook in de hand trachtte te houden, toch ging ze steeds sneller lopen. Ze keek voortdurend achter zich en opzij en op het laatst rende ze het hek binnen, leunde hijgend tegen de spijlen.

Belachelijk... stel je voor dat iemand haar zo zou zien. Zij, die altijd zo'n rustige kalme indruk maakte.

Toen ze weer regelmatig ademde, liep ze het brede pad naar het huis op. Tussen de bomen bloeiden de felgele krokussen, de narcissen stonden in knop, vogels zongen en Paulette voelde zich langzaam weer ontspannen worden.

Ze besloot achterlangs te gaan. In de keuken was een vrouw van middelbare leeftijd bezig met koffiezetten.

'Is Rita er niet?' vroeg ze. En dan: 'Ik ben Paulette.'

'Ja, ik herinner me jou wel. Ik ben mevrouw Van Weersum, weet je nog? Rita is weg.'

Er kwam verder geen uitleg en Paulette liep de gang in, hing haar jas op en klopte op de kamerdeur. In de kamer was tante Paula die haar opgewekt verwelkomde.

'Zo, goed dat je weer eens komt. Ga zitten, kind. Alles gaat hier zijn gewone gang. En jij, nog geen man aan de haak geslagen?'

'Geen belangstelling,' antwoordde Paulette kortaf. 'Is Rita voorgoed weg?'

'Ja. Rita wilde weer gaan serveren, dat schijnt meer te verdienen. Ik ben er niet rouwig om, ze was mij te uitdagend en dat met al die mannen hier.'

'Al die mannen,' herhaalde Paulette.

'Je vader,' begon tante op te tellen. 'Frank is hier zo af en toe. En Robin niet te vergeten. Stel je voor dat ze Robin had ingepalmd. Ze was altijd aardig tegen hem. Wat zo'n knappe meid in die arme jongen zag...

Ze wist dat hij rijk was,' gaf tante dan zelf het antwoord op haar vraag.

'Nou of dat echt zo was,' vroeg Paulette zich af. 'Rita was spontaan. Misschien vond ze Robin gewoon aardig, dat vindt toch iedereen.'

'Nu, ik zou er niet aan moeten denken. Een serveerster met mijn zoon...'

Paulette vroeg zich even af of Rita ontslag had gevraagd of gekregen.

'En dan Frank,' ging tante verder.

'Zijn vrouw is hier toch ook.'

'Of dat er iets toe doet, voor hem. En ik moet toegeven, Vera is geen vrouw voor hem. Ze is uiterlijk te gewoon en innerlijk onevenwichtig. Daarbij is ze soms depressief. Ik vraag me af waar dat laatste voor nodig is. Ze is rijk, ze heeft een kind. En Frank zal haar heus niet in de steek laten, daarvoor staat er voor hem te veel op het spel.'

Paulette antwoordde niet. Het was duidelijk dat tante voor mensen die geestelijk in de knoop zaten geen begrip kon opbrengen. Daarin stond tante niet alleen. Dat Vera het niet gemakkelijk had was duidelijk, dacht ze toen de laatste binnenkwam.

Ze knikte Paulette toe of ze haar kortgeleden nog had gezien en plofte in een stoel. Haar ogen keken zonder veel uitdrukking voor zich uit, het lange blonde haar hing onverzorgd op haar schouders.

'Waarom ga je je niet eerst aankleden?' vroeg tante met een misprijzende blik op de lange ochtendjas die ze droeg.

'Over enkele uren moet ik Stefanie weer voeden.'

'Nou en? Dat kind krijgt om de vier uur voeding. Ben je van plan alleen om die reden je de eerste tijd niet meer fatsoenlijk aan te kleden?'

Zonder te antwoorden stond Vera op en verliet de kamer.

'Bent u niet wat te hard tegen haar?' vroeg Paulette.

'Met medelijden bereik je bij dergelijke mensen niets. Daarbij, als ze zich wat heeft opgeknapt en is aangekleed zal ze zich een stuk beter voelen.'

Tante Paula had nog steeds de neiging voor een ander te denken, dacht Paulette. Toch geloof ik niet dat ze veel vat heeft op de mensen hier, peinsde ze verder. Iedereen gaat zo'n beetje zijn eigen gang.

'Waar is moeder?' vroeg ze dan.

'Met je vader mee, enkele honden wegbrengen.'

Aan de toon hoorde Paulette dat ook dit tantes goedkeuring niet had.

'Ik zal even waarschuwen voor de koffie,' zei tante toen, opstaand.

Toen ze na een moment weer terug was, zei ze: 'Vroeger toen ik in Engeland woonde had ik een bel om mijn personeel te waarschuwen. Dat was heel wat gemakkelijker. Maar men stelt steeds meer eisen en één daarvan is 'behandel je personeel of je 't zelf was'. Nou, zover komt het natuurlijk nooit. Maar een feit is, als je bepaalde eisen stelt dan neemt men het niet. Zíj zijn degenen die eisen stellen.'

Paulette glimlachte in zichzelf. Het zou vast niet meevallen tante Paula eisen voor te leggen. Hoewel de vrouw in de keuken er niet had uitgezien of ze over zich liet lopen. Vermakelijk zoals tante de oude stijl wilde handhaven.

Het zou haar niet lukken, maar ze zou wel kans zien te doen alsof.

Ze was blij toen Robin binnenkwam, hoewel ze schrok van zijn uiterlijk. Hij zag er vermoeid uit en was vermagerd.

'Voel jij je wel goed?' vroeg ze, na de begroeting.

Zijn moeder wierp een snelle blik op hem. 'Ik heb ook al gezegd dat hij zich eens volledig moet laten onderzoeken. Hij is nog jong genoeg

176

om weer helemaal fit te worden.'

'En wie weet, weer helemaal mooi,' spotte Robin. 'Laten we 't over iets anders hebben.'

Paulette zag even een glimp van angst in tantes ogen. Robin was haar zwakke punt, begreep ze. Ze had totaal geen vat op hem, maar dat hij achteruitging kon iedereen zien.

Ze praatte wat over haar werk, tante moest weer de mededeling doen dat ze nog steeds geen vriend had. Dan vroeg ze: 'En Marieke, is die ook nog steeds alleen?' Paulette antwoordde bevestigend, keek naar Robin, maar zijn gezicht bleef uitdrukkingloos.

'Ik begrijp dat niet, zo'n knap ding.'

'Het zit niet alleen in het uiterlijk. Marieke kan jongens genoeg krijgen. Maar het schijnt haar niet te interesseren. Ik geloof dat ze morgen nog langskomt.'

'Ik begrijp niet dat ze niets beters heeft te doen,' bromde tante.

Robin zei niets en Paulette had bijna medelijden met hem. Hij moest toch weten dat Marieke van hem hield? Kon hij niet van haar houden, of wilde hij niet? Als Marieke hier was, waren die twee heel veel samen. Ze hadden vaak lange gesprekken, had Marieke verteld. Maar toch veranderde er niets. Ze begreep Robin niet en eigenlijk zou ze er best met hem over willen praten. Maar als hij niet wilde, liet hij niets los.

'Waar ga je naar toe?' Martijn keek naar Vera die in de gang stond te aarzelen.

'Ik wilde de tuin in.'

'Mag ik mee?'

Er verscheen een lachje op Vera's gezicht. 'Als je dat graag wilt.'

Even later liepen ze buiten. Het deed Vera goed dat de jongen met haar mee wilde. Hij was nog maar een kind van nauwelijks tien jaar, maar hij was wel de enige die zonder voorbehoud aardig tegen haar was.

Het gevolg was dat ze op een volwassen manier met hem praatte. Martijn kon goed luisteren, zijn bruine ogen waren dan ernstig op haar gericht.

'Ik ben niet gelukkig, Martijn,' zei ze nu.

'Nee, dat kan ik zien. Je kijkt altijd verdrietig. Denk je dat Stefanie dat ook kan zien?' Het klonk een beetje ongerust.

'Die is nog veel te klein.'

'Ze kan toch kijken. En als ze 't ziet is het niet leuk voor haar. Stel je voor dat je zo klein bent en je moet dan steeds denken: ''Mijn moeder is niet blij met mij'.'

'Wat een onzin. Zo'n klein kind denkt helemaal niet. Trouwens, dat ik me zo voel, dat komt niet door haar,' antwoordde Vera geprikkeld.

'Dat kan zij niet weten,' vond Martijn.

Vera wierp hem een boze blik toe.

'Komt Frank nog?' vroeg het kind dan.

'Weet ik dat.'

Martijn bukte zich naar een pol sleutelbloemen. 'Kijk eens, ze bloeien nu overal.'

Vera gaf geen antwoord, haar ogen waren somber. Martijn werd er ook verdrietig van. Hij wilde altijd graag mensen helpen, maar hij voelde zich vaak machteloos omdat hij te klein was. Hij voelde bijzonder goed aan als er iets mis was met mensen in zijn omgeving. Het was niet leuk zoveel te zien.

Hij wist het onmiddellijk als Robin zich niet goed voelde en dat kwam de laatste tijd steeds vaker voor.

Zijn vader beweerde altijd dat hij te veel fantasie had en Robin zei dat hij een heel goede, spygi... hij wist het woord niet meer. Maar soms wilde hij dat hij groter was en meer wist. Zoals voor veel kinderen zou er een tijd komen dat alles veel te vlug ging.

Marieke kwam de volgende middag. Het was minder koud. Na iedereen begroet te hebben ging ze op zoek naar Robin. 'Hij zal wel ergens in de tuin zijn,' zei tante Paula vaag.

Marieke had iets vastberadens over zich, wat tante nogal verontrustte. Ze vond hem in de oude theekoepel. Hij had een boek bij zich maar dat lag naast hem op de bank. Het korte moment voor hij haar zag viel het ook haar op dat hij er slecht uitzag.

'Robin.' Het oplichten van zijn ogen toen hij haar opmerkte gaf haar weer moed.

'Marieke, je bent er dus weer. Heb je nu echt geen andere bezigheden dan een oude zieke man te bezoeken?'

'Robin.' Ze bleef tegenover hem staan. 'Je zit in een dieptepunt en kan er niet alleen uit. Laat mij je helpen.'

Hij schudde het hoofd. 'Ik moet mezelf helpen, maar ik heb op 't moment niet veel kracht.'

'Zullen we wandelen?' vroeg ze.

Ze had het gevoel dat de beslotenheid van het theehuisje niet geschikt was, om wie dan ook opgewekt te stemmen.

'Er staat nogal veel wind, niet?'
Ze keek hem opmerkzaam aan. Had hij nu ook al last van dat beetje wind?
'Ben je erg moe?' vroeg ze.
Hij stond op. 'Zoals ik al zei, ik ben een zieke oude man en daarbij ga ik nu ook nog zeuren. Ik ga met je mee.'
Hij greep haar bij de hand en samen liepen ze naar de rivier. De wind bracht het water in beweging en de wisselende bewolking zorgde voor een voortdurende verandering van licht.
'Het is hier zo'n mooi plekje,' zei Marieke.
'Ja. Maar desondanks moet je je ouders niet verwaarlozen door steeds hier te komen. Ze zien je toch al zo weinig.'
Marieke voelde dit als een regelrechte aanmerking dat ze te vaak op het huis kwam en de moed zonk haar in de schoenen. Het moest in haar ogen te lezen zijn toen ze hem aankeek. Met een teder gebaar raakte hij even haar wang aan. Ze greep die hand krampachtig vast.
'Je weet waarom ik hier zo vaak kom, nietwaar?'
'Ik heb een vermoeden, maar ik vind het zeer onwaarschijnlijk dat ik daarin gelijk heb.'
'Robin,' ze legde haar hoofd tegen zijn schouder en haar arm om hem heen.
Hij streelde haar donkere haren, maar zijn ogen waren somber.
'Geef je helemaal niets om me?' vroeg het meisje eindelijk.
'Niets om je geven? Ach kind, als ik gezond was vroeg ik je met me te trouwen. Maar nu is dat onmogelijk.'
'Maar alles is toch goed als je van me houdt.'
'Zo eenvoudig ligt het echt niet, Marieke. Ik kan je niet aan me binden.'
'Maar ik wíl het. Ik houd van je.'
Hij keek in haar bruine ogen, dacht even aan Martijn.
'Meisje, ik dank je voor dit prachtige geschenk. Maar ik kan het niet aannemen.' Behoedzaam veegde hij de tranen weg die over haar gezicht liepen. 'Huil niet. Je verdient een jonge man waar niets aan mankeert, een die je kinderen kan geven.'
'Wat kunnen mij kinderen schelen. Ik wil jou.'
'Kom, laten we teruggaan.'
Nog steeds met de armen om elkaar heen liepen ze de terugweg. Koppig dacht Marieke, alles is nog niet verloren. Hij houdt van me...
Frank was al vlakbij toen ze hem zagen. Ze wilden hem passeren, maar hij bleef staan, keek van de een naar de ander. 'Jullie willen toch

niet zeggen dat het waar is, wat ik nu denk?'

'Daar heb jij niets mee te maken,' reageerde Marieke fel.

Hij negeerde haar, wendde zich tot Robin. 'Durf je het werkelijk aan een meisje als Marieke aan je te binden? Wat denk je, een verpleegster is nooit weg?'

'Hoe durf je?' hijgde Marieke.

'Laat hem maar,' zei Robin, of hij het over een zeurend kind had.

'Behandel me niet of je mijlen boven mij staat,' barstte Frank onmiddellijk los. 'Jij, die een mooie jonge meid als Marieke aan je wil binden! Vijftien jaar ouder en daarbij ook nog niet om aan te zien... Waarmee heb je haar zover gekregen? Met je geld soms?'

Het was Robin die met onverwachte kracht aanviel. Door de verrassing verloor Frank bijna zijn evenwicht, maar hij herstelde zich snel. 'Jij... jij ziekelijke kapitalist,' hijgde hij.

Robin sloeg dubbel door de stomp in zijn maag en even later vochten ze.

Marieke stond er volkomen verbijsterd bij. Ze zag dat Robin ging verliezen, maar ze kon hem niet helpen, hoewel ze enkele malen aan Franks arm hing wat haar een stomp tegen de schouder opleverde, waardoor de tranen haar in de ogen sprongen.

'Laat hem los,' schreeuwde ze. 'Zie je niet hoe hij eraantoe is? Wil je hem soms vermoorden?'

Als niet op dat moment Franks vader met een van de honden was komen aanlopen, wist ze niet wat er gebeurd zou zijn. In Franks ogen was zoveel haat te lezen, dat ze er koud van werd. De grote herdershond schoot blaffend op de twee af.

Frank schopte woedend achteruit. Hierop viel de hond aan en hield grommend zijn broekspijp vast.

Later vroeg Marieke zich af waarom Franks vader de hond niet tot de orde had geroepen. Ze wist niet eens zeker of hij het dier een bevel had gegeven.

'Laat Robin los,' zei Michel, zijn vuisten gebald langs zijn zijden.

De hond hoorde de dreiging in de stem en greep nog steviger, waarop Frank een kreet van pijn slaakte.

'Thera!'

Hierop liet het dier los, week echter geen meter achteruit, hield Frank nauwlettend in het oog. Deze krabbelde overeind, wilde weglopen, maar een grauw van de hond hield hem tegen.

'Je zult er niet vandoor gaan voor we weten wat je hebt aangericht,' zei zijn vader. Hij knielde daarop naast Marieke, die huilend op de grond zat. Robin had de ogen gesloten. Een straaltje bloed liep vanuit zijn mondhoek omlaag. Het gaf zijn bleke, verminkte gezicht een deerniswekkend aanzien. Marieke kon niet ophouden met huilen.

'Kun je opstaan?' vroeg Michel.

Robin opende de ogen. 'Ik vrees van niet.' zei hij moeilijk. 'Het spijt me dat ik jullie zoveel last bezorg.' Hij probeerde naar Marieke te glimlachen.

'Ga naar huis en bel de dokter, Marieke. Kom dan terug met Clare en de draagbaar die in de schuur staat.'

Zonder zich om de anderen te bekommeren drukte Marieke haar lippen op Robins voorhoofd, haastte zich dan weg.

Tante Paula en Clare zaten beiden in de serre toen ze binnen kwam stuiven.

De eerste kwam haastig overeind.

'Frank heeft Robin bijna doodgeslagen,' hijgde Marieke. 'Er moet direct een dokter komen en een draagbaar.'

Hoewel hetgeen ze zei verbijsterend was, kwamen de beide vrouwen onmiddellijk in actie. Tante Paula ging een dokter bellen en Clare ging met Marieke mee. Ze zag bleek en beefde en Marieke realiseerde zich dat het haar zoon was die dit had veroorzaakt.

Ze vonden de draagbaar direct en liepen snel naar de plaats van het onheil. Onderweg kwamen ze Vera tegen die hielp dragen. Marieke vertelde wat er gebeurd was.

'Waarom vochten ze?' vroeg Vera. 'Was het om jou?'

'In zekere zin,' gaf Marieke toe. 'Frank zei afschuwelijke dingen tegen Robin. Zo gemeen, dat Robin hem aanviel. Maar hij kon niet tegen Frank op, want die vocht kwaadaardig.'

Vera zei niets. Marieke dacht hij is haar man, maar hoe is zoiets te verdedigen? Toen ze op de plaats van het gevecht kwamen, lag Robin nog net zo. Frank stond tegen een boom een sigaret te roken, de hond lag vlak bij hem en hield geen oog van hem af.

Robin probeerde overeind te komen, maar hij snakte naar adem.

Samen met Clare hielp Michel hem op de draagbaar. Voorzichtig liepen ze via het hek de tuin in. Naar Frank keken ze niet, de hond ging op een bevel van Michel met hen mee. Alleen Vera bleef achter. Ze keek naar haar man en er was alleen diepe verachting in haar blik.

'Hiervoor kun je in de gevangenis komen.'

'Je vader zal dat tegenhouden,' antwoordde Frank. 'Hij zal niet willen dat zijn dochter is getrouwd met iemand die 'zit'.'

'Met je getrouwd ben ik tot mijn spijt toch al. Mijn vader is voor rechtvaardigheid. Ik zal hem zeggen dat hij je niet moet helpen. Ik zal hem duidelijk maken dat ik genoeg van je heb.'

Frank keek haar aan. Er was een kille woede in zijn ogen. 'Je hebt genoeg van mij?'

'Inderdaad. En ik ben niet de enige. Kijk naar Marieke, ze is maar wat blij dat ze de dans is ontsprongen.'

Frank gooide zijn sigaret weg en liep op Vera toe. Hij wist dat hij haar had onderschat. Ze was niet mooi, nauwelijks charmant, maar ze was wel intelligent. En als ze werkelijk haar vader over alles inlichtte dan was hij zijn baan kwijt, en daarmee zijn comfortabele leven en de ruime geldmiddelen waarover hij kon beschikken.

'Kom, Vera, draaf niet zo door. Jij was er niet bij toen het gebeurde. Robin viel als eerste aan.'

Hij praatte op redelijke toon maar Vera's blik bleef ijskoud. 'Ik denk dat hij wel reden had je aan te vallen. En ik ben zeker niet van plan je op welke manier dan ook de hand boven het hoofd te houden.'

Frank greep haar bij de schouders. 'En het kind, moet zij een vader hebben met een strafblad? Moet zij worden nageroepen, later...?'

'Ik zal haar te zijner tijd alles wel uitleggen. Trouwens, mijn dochter gaat niet naar een school waar kinderen elkaar naroepen.'

Frank liet haar los en toen ze wegliep ging hij haar niet na. Hijzelf was wél op zo'n soort school geweest. Dat bedoelde ze. Hoewel hij haar nauwelijks iets over zijn jeugd verteld had, nam ze zonder meer aan dat hij tot de sociaal zwakkeren had behoord. En daaraan verbond ze dronkenschap, scheldpartijen en vechten.

Hij had haar nooit verteld dat juist zijn moeder hen boven dat milieu had uitgetild. Zijn moeder zorgde dat ze manieren leerden, die had geëist dat ze zich beschaafd uitdrukten en zich netjes kleedden. Maar waarom zou hij het haar zeggen? In haar ogen zou hij toch altijd de mindere blijven. Minder in afkomst, minder in ontwikkeling. En hij had haar willen laten zien dat hij het ondanks dat verder kon brengen. Maar met vlotte manieren alleen kwam je er toch niet.

Als er iets bekend werd van dit gevecht waren alle kansen verkeken. Stom dat hij die Robin zo hard had geslagen. Hij had niet eens echt een hekel aan die kerel. Maar op het moment dat hij hem samen zag met Marieke was alle haat die hij voelde tegenover mensen met geld weer bovengekomen.

Daarbij was hij er nog steeds van overtuigd dat Marieke alleen met hem optrok omdat Robin rijk was. Omdat hij zelf zo was, dacht hij het ook van anderen.

Toen Frank thuiskwam zat de familie in de kamer en voor het eerst miste hij de bravoure om naar binnen te gaan. Hij stond nog te aarzelen in de gang toen de deur openging. Het was Martijn. Het kind bleef staan, keek naar hem op. In die blik lag zoveel beschuldiging dat Frank zich alweer kwaad voelde worden.

'Waarom deed je dat?' vroeg zijn broertje. 'Robin doet nooit iets verkeerd.'

'Misschien deed ik het wel dáárom,' zei Frank raadselachtig. Daarop duwde hij Martijn opzij en ging de kamer in. Niemand zei iets.

Niet helemaal op zijn gemak ging hij in de dichtstbijzijnde stoel zitten.

'Dat je hier nog durft te komen,' zei zijn vader dan.

'Misschien is het beter dat je weggaat.' Zijn moeder keek hem aan en hij vroeg zich af of hij ook haar genegenheid had verspeeld.

'Alleen omdat ik Robin een duw gaf. Hij is zo zwak, hij waait bijna om,' verdedigde hij zich.

'We hebben gehoord wat er is gebeurd,' zei Clare kalm. 'Afgezien van ons, je begrijpt dat tante Paula je hier niet meer zien wil. Je kunt beter weggaan voor zij terugkomt uit het ziekenhuis. Ik neem aan dat je meegaat, Vera?'

Deze keek naar haar echtgenoot, besefte dat deze knappe charmante man eigenlijk niemand had, behalve haar. Hij had geen thuis, geen familie, althans hij was er niet meer welkom.

'Ja, misschien is dat maar het beste.'

Ze ving een blik van Frank op, begreep dat hij dat niet had verwacht. Een halfuur later verlieten Frank, Vera en Stefanie voor lange tijd het huis aan de Vecht.

Toen Robin de volgende ochtend wakker werd, zag hij Marieke als eerste. Even dacht hij nog op de bosgrond te liggen, maar dan zag hij het witte plafond boven zich, de hoge ramen, waardoor veel helder licht naar binnen viel. Hij wilde zich oprichten, maar elke beweging deed hem zoveel pijn dat hij ervan afzag.

Marieke zat aan een tafeltje aantekeningen te maken.

'Heb ik voortdurend oppas nodig?' vroeg hij.

Ze schudde het hoofd. 'Ik zit hier vrijwillig. Ik heb vandaag eigenlijk vrij.'

'Dat is niet verstandig van je. Maar goed, nu je hier toch bent, weet je het resultaat van het onderzoek van gisteren?'

Ze schudde het hoofd. 'Straks komt de dokter.'

Robin was eerder nieuwsgierig dan ongerust, naar wat deze hem te zeggen zou hebben. Het deed flink pijn als hij ademhaalde, daarbij voelde hij zich helemaal geradbraakt. Toen de dokter kwam ging Marieke de kamer uit. Robin probeerde zich wat overeind te werken, maar de dokter maakte een gebaar van 'blijven liggen'.

'Zo, beste man, je bent behoorlijk toegetakeld.'

'Dat is niet allemaal van die vechtpartij,' zei Robin met galgenhumor.

'Dat heb ik begrepen.' De dokter trok een stoel bij.

'Ik wil graag weten wat ik van de toekomst kan verwachten. Of er zelfs nog een toekomst is,' zei Robin.

'Dat laatste kan ik zonder meer bevestigend beantwoorden. Alleen zal er wel iets moeten gebeuren. Op het moment is het beeld niet rooskleurig. Weet je dat er nog steeds een scherf in je rechterlong zit? Het gevolg is dat deze bijna geheel buiten werking is. Een mens kan op één long heel goed leven en oud worden. Toch heeft het een en ander wel iets van je hart gevergd. Wat we nu kunnen doen is om te beginnen de zieke long wegnemen. De hartafwijking is niet al te ernstig. Je moet er wel rekening mee houden. Bijvoorbeeld niet hardlopen.'

Robin trok een grimas bij het idee alleen.

'De pijn in je heup is ook operatief te verhelpen. Het zal dan enige tijd duren voor je weer goed kunt lopen.'

'Nou, daar kan ik het wel mee doen,' zei Robin. 'Er is niet veel goed aan mij, begrijp ik. Een andere scherf heeft er bijvoorbeeld voor gezorgd dat ik waarschijnlijk nooit kinderen kan verwekken.'

'Dat is te somber gezien. Wilde u kinderen?' De nuchtere manier waarop de dokter dit vroeg, deed hem bijna woedend uitvallen, maar hij beheerste zich.

De dokter stond op. 'We kunnen heel veel herstellen, dat is zeker. U zult een vrij normaal leven kunnen leiden, met misschien enkele beperkingen. Maar u hebt de middelen om u te laten verzorgen. U kunt nog best van het leven genieten.'

Als het niet zo triest was geweest, had Robin moeten grinniken om deze laatste belachelijke opmerking.

Hij keerde zijn gezicht naar de muur. Hij wist immers dat er van alles aan hem mankeerde, hij behoefde zich de woorden van de dokter niet zo aan te trekken.

Toen Marieke weer binnenkwam, deed hij eerst of hij sliep en ze stoorde hem niet. Wat later zag hij haar weer aan het tafeltje zitten, maar ze werkte niet. Ze keek voor zich uit en er was een trieste trek op haar gezichtje. Marieke, ze was niet alleen een aantrekkelijke jonge vrouw, ze had ook een prettig karakter. Ze had zijn vrouw kunnen zijn als indertijd die vervloekte bom niet was ontploft, waardoor zijn lichaam bijna onherstelbaar was beschadigd en hij nu als een wrak door het leven moest.

'Wat heeft de dokter gezegd?' vroeg ze eensklaps naar het bed toekomend.

'Heb je niet aan de deur geluisterd?' vroeg hij in een poging een grapje te maken.

Ze zei niets. Ze kon hem niet vertellen dat ze de dokter had gevraagd: 'Hoe is het met hem? Hij is mijn vriend.' Waarop de dokter had geantwoord: 'Je vriend is prima. Als hij maar niet je echtgenoot wordt, want daarvoor is hij niet geschikt. Tenzij je een deel van je leven wilt besteden door met een rolstoel te rijden.' Deze dokter stond bekend om zijn duidelijke manier waarop hij de zaken onder woorden bracht.

'Ten eerste moet ik nog geruime tijd hier blijven,' zei Robin langzaam. 'Ze gaan een longoperatie doen. Of ik daar veel van opknap moet ik afwachten. In elk geval heb ik de eerste tijd verzorging nodig...'

'Laat mij dat doen,' zei Marieke snel. 'Ik ben verpleegster en...'

'Geen sprake van, Marieke. Ter wille van onze vriendschap: begin daar nooit aan. Beloof me dat. Ik wil een beetje waardigheid behouden.'

'Goed.' Ze drukte haar lippen op zijn wang. 'Toch houd ik van je.'

'Ik ook van jou. En daar moeten we het bij laten, Marieke.'

Er moet een oplossing komen, dacht Marieke wat later koppig. Ik wil bij hem zijn. Al moet ik hem volgen naar Amerika als daar meer kansen zijn op herstel. Ze kunnen daar vast veel meer voor hem doen. Ik laat hem niet uit mijn leven verdwijnen.

HOOFDSTUK 18

Naast de spreekkamer van de internist had Paulette een klein zijkamertje waar ze de administratie bijhield. Er kwamen veel telefoontjes
binnen, ze schreef nota's en hield de kaartenbakken bij. Regelmatig
moest ze ook patiënten naar bepaalde afdelingen brengen.
Ze pauzeerde die morgen even en zoals gewoonlijk zat ze met haar
kop koffie in de vensterbank. Ze kon zo in de tuin kijken waar her-
stellende patiënten soms wat heen en weer liepen. Haast gedachteloos keek ze naar een jongeman die moeizaam aan de arm van een
zuster voortstrompelde. Even later gingen ze zitten, de bank stond in
de richting van het raam.
Ze zag hem en op hetzelfde moment verscheen er een ander beeld,
een vuurrood gezicht, een hijgende ademhaling, schor gefluister.
Ze kwam pas bij haar positieven toen het kopje kletterend uit haar
handen viel.
'Paulette, wat is er aan de hand? Voel je je niet goed?'
Ze keek in het zo langzamerhand vertrouwde gezicht van de dokter.
'Wat doet die vent hier?' hijgde ze.
Hij volgde haar blik. 'Geen patiënt van mij. Ken je hem?'
Ze knikte, ging zitten omdat haar benen haar niet meer wilden dragen. Bezorgd keek de dokter op haar neer. 'Wil je misschien liever
naar je kamer gaan?'
Ze schudde het hoofd, probeerde te glimlachen wat haar maar slecht
afging. 'Het gaat wel weer.'
De dokter ging weer naar zijn eigen vertrek en met trillende vingers
greep Paulette naar de kaartenbak. Ze durfde niet opnieuw te kijken
maar even later stond ze toch weer op. Terwijl ze naar de jongeman
keek was het of ze alles weer beleefde van datgene wat er ruim twee
jaar geleden was gebeurd. De aanval van die kerels, de angst dat ze
haar zouden vermoorden en later de wetenschap wat ze werkelijk
van haar wilden. De vernedering, en nog de angst dat ze wraak zouden nemen omdat het toch was aangegeven bij de politie.
Zijn grove vingers die haar blouse kapotscheurden, ruwe handen op
haar schouders. Ze keek naar hem en er ging zo'n golf van haat door

186

haar heen dat ze er misselijk van werd. Ze ging pas weer zitten toen die twee waren opgestaan en langzaam weggewandeld. Wat hij ook heeft, ik hoop dat hij eraan dood gaat, dacht ze wraakzuchtig.

Ze was blij toen de dag om was en ze veilig op haar kamer zat. Maar voor het eerst voelde ze zich ook daar niet veilig. Het idee dat die kerel zich onder hetzelfde dak bevond als zijzelf benauwde haar. Ze besloot eerst Robin een bezoek te brengen. Ze liep door de lange gangen, keek soms vluchtig een kamer binnen. Robin lag nog steeds alleen. Hij zou binnenkort naar huis gaan en dan begon het pas, zoals hij zelf zei. Hij was twee weken geleden geopereerd en maakte het nu vrij goed.

Hij zat nu in een stoel te lezen. Hij keek op. 'Druk gehad?'

'Ja, nogal,' greep ze onmiddellijk dat excuus aan. Robin zag het altijd als er iets was. 'Hoe is het met je?'

'Als ik rustig in mijn stoel zit lijkt het vrij goed,' antwoordde hij.

Paulette ging zitten, besefte ineens dat ze Robin niet met haar angst en woede wilde lastigvallen. Hij kon haar niet helpen, hij zou alleen luisteren en dat was in dit geval niet genoeg.

'Gisteren kwam Martijn met je moeder,' zei Robin.

'Ja. Hij wil zo graag dat je thuiskomt.'

Robin knikte. 'Nu het weer lente is heb ik het hier ook wel gezien.'

'Komt Marieke nog vaak?'

'Té vaak,' antwoordde hij kortaf.

'Ze houdt van je,' zei Paulette. 'Waarom geloof je dat niet?'

'Ik geloof het wel. Maar ik weiger het te aanvaarden.'

Ze praatten er nog even over door. Paulette wist dat Marieke leed onder de halsstarrige afwijzing van Robin. Maar in haar hart moest ze hem gelijk geven. Robin was een zieke, toch al wat oudere man, terwijl Marieke jong was en mooi. Iedereen vond haar aardig en ze kon mannen genoeg krijgen, daarvan was Paulette overtuigd.

Na korte tijd ging ze weer naar haar kamer en hij keek haar na. Er was iets met haar. Maar als ze hem niet in vertrouwen nam kon hij niets doen. De enige die nog met zijn problemen bij hem kwam was Martijn. Anderen schenen te denken dat hij naast lichamelijk, ook geestelijk gestoord was. Als hij aan de overbezorgde reacties van zijn moeder dacht...

Hij wilde dat hij op zichzelf kon gaan wonen, maar juist nu was dat onmogelijk. Nu zou hij de eerste tijd hulp en verzorging nodig hebben. Hij zou zich niet meer op zijn kamer boven kunnen terugtrekken. Voorlopig mocht hij geen trappenlopen. Wie zou hem thuis die

hulp bieden die hij nodig had? Zijn moeder zeker niet. Clare misschien? Clare, die van dezelfde leeftijd was en hem misschien zou vergelijken met haar forse echtgenoot. Of met Brian... Nee, ook zij niet.
Een jonge verpleegster die hij niet kende? Dat zou wel het beste zijn.
Het was moeilijk zo iemand te vinden. Jonge meisjes hielden van ver-
tier en gezelligheid. Wie wilde er een zieke man verzorgen? Hij steunde het hoofd in de handen. Zoals zo vaak de laatste tijd vroeg hij zich
vertwijfeld af, waarom hij dit alles had overleefd.
Paulette liep langzaam terug door de gang. De deuren van de meeste
kamers stonden open. De zusters zouden zo met de serveerwagens
komen. Toen zag ze hem. Eigenlijk zag ze eerst alleen de hand die stil
op het bed lag. Ze herkende die hand met de grove vingers, het was
zelfs of ze die hand weer voelde.
Ze bleef staan en keek naar binnen. Hij lag alleen op een kamer, zijn
hoofd was afgewend. Haar hart bonsde met luide slagen, haar knie-
en knikten. Toen, als voelde hij dat er naar hem werd gekeken, draaide hij zich om.
Ze keken elkaar aan, maar er verscheen geen blik van herkenning in
zijn ogen.
Paulette liep langzaam naar het bed toe. Er was iets in haar blik wat
hem scheen te verontrusten.
'Wat moet je, wie ben je?' vroeg hij.
'Wat doe je hier?' vroeg Paulette.
Hij staarde haar aan, gaf geen antwoord.
'Je kent mij zeker niet meer. Dat zal wel niet. Jouw soort vergeet dergelijke dingen.' Ze ging wat dichter naar het bed toe. 'Herinner jij je
niet dat pad langs de Vecht? Dat meisje dat je aanviel, samen met een
andere kerel. Het was dat iemand mij te hulp schoot, anders weet ik
niet wat er gebeurd was.'
Ze zag aan zijn blik dat hij het zich herinnerde. Hij schoof wat omhoog in het bed en onwillekeurig week ze terug. Ze wist dat de angst
alweer in haar ogen stond te lezen.
'Aha. Jij bent dus degene die mij heeft aangegeven. Ja, ik herinner het
mij. Een grapje, meer was het niet. We hebben wel enkele weken
vastgezeten. Ah, dat wist je niet? Wij vonden dat wel een zware straf
voor zo'n grapje. We hebben gezworen wraak te nemen.' Hij grinnikte. 'Ik had nooit gedacht dat je zelf naar me toe zou komen.'
Paulette haalde diep adem. 'Ik kan jou iets geven waarvan je dood-
gaat. Gewoon als medicijn.'
'Dat lieg je. Daar kun jij niet aankomen.' Met een snelle beweging

stak hij een hand naar haar uit. Ze kon hem net ontwijken, struikelde bijna over een stoel en vluchtte de kamer uit. Even later stond ze hijgend op de gang. Ze hoorde het gerammel van de etenswagens dichterbij komen, probeerde zichzelf weer onder controle te krijgen. Het leek wel eindeloos te duren voor ze weer op haar kamer was. Ze draaide de deur op slot en ging op haar bed zitten. Mijn God, hoe had ze zo stom kunnen zijn? Waarom was ze naar hem toegegaan? Als hij echt wraak wilde nemen zou hij haar nu weten te vinden.

Het was of ze het niet zelf was geweest die daar naar binnen ging. Maar zij was het wél die hier nu op haar bed zat te trillen van angst. Ze bleef de verdere avond op haar kamer, sliep die nacht slecht en zag er de volgende morgen doodmoe uit.

De dokter keek haar opmerkzaam aan, vroeg haar te gaan zitten. 'Vertel me eens wat je zo van streek heeft gemaakt,' zei hij vriendelijk. 'Het kan toch die jongeman niet zijn, is het wel! Dat is geen type voor jou. Ik heb het een en ander nagegaan. Hij woont in een van de dorpen in de buurt. Hij werkt in de bouw en is van een steiger gevallen. Een zware hersenschudding en beschadigde rugwervels. Ik denk dat hij na een dag of tien weer naar huis kan. Hij is toch geen vent die jou van streek kan maken.'

Paulette streek met bevende hand over haar voorhoofd.

'Hij deed me aan iemand denken,' zei ze zacht. Het was haar onmogelijk de dokter haar vernederende ervaring te vertellen. Ze zou dat nooit kunnen. Aan niemand. De dokter speelde met zijn vulpen. 'Toen ik vanmorgen informatie inwon hoorde ik het merkwaardige verhaal dat hij gisteravond had geweigerd medicijnen in te nemen. Hij vertelde dat hij was bedreigd door een zuster. Ik geloof niets van dit verhaal. Tenslotte weet iedereen die hier werkt dat men geen patiënten angst mag aanjagen, of zelfs bedreigen, welke persoonlijke gevoelens er ook een rol mogen spelen.'

Paulette knikte. 'Ik heb met de patiënten niet zoveel te maken, maar dat weet ik ook.'

'Denk je dat je vandaag je werk kunt doen?' vroeg hij zakelijk.

'Natuurlijk,' antwoordde Paulette, op de onpersoonlijke toon, waarmee ze iedereen op een afstand hield.

'Zo is het dus geregeld, Robin.' Zijn moeder zat op het puntje van haar stoel, tegenover haar zoon die haar haast vijandig aanstaarde. 'En als ik weiger?' vroeg hij.

Paula haalde de schouders op. 'Lieve jongen, het is de beste oplossing. En ook de enige.'

Robin staarde uit het raam. 'Ik wil niet afhankelijk zijn en zeker niet van haar.'

Zijn moeder stond op. 'Zíj wil het dolgraag. En nog wel meer dan dat. Waarom trouw je haar niet? Jongen, ik gun je zo een beetje geluk. Je blijft niet zo zwak. En dan zo'n vrouw, je kon het niet beter treffen. Zij kan je altijd verzorgen. Ik blijf ook niet eeuwig leven.'

'Ondanks dat u al een aardige leeftijd hebt bereikt, begrijpt u helemaal niets van bepaalde verhoudingen,' zei Robin bitter. 'Gaat u nu maar. Onder deze omstandigheden vraag ik me af wat beter is. Naar huis komen of me hier van de trap laten vallen.'

'Robin...'

'Ga nu maar,' zei hij ongeduldig.

Hij bleef uit het raam kijken tot ze de deur zacht achter zich sloot. Zijn moeder had het meisje dus zover gekregen. Marieke zou de eerste maanden bij hen thuis komen. En kon hij weigeren? De meest noodzakelijke dingen kon hij goddank zelf. Hij kon zich wel douchen maar hier ging er een verpleegster mee voor als hij ademnood kreeg.

Hij werd geschoren omdat hij vanwege het operatielitteken zijn rechterarm slechts met moeite kon optillen. Een eind lopen kon hij al evenmin. Als hij buiten wilde zijn de eerste tijd zou er een rolstoel moeten komen. En hij liet zich niet rijden door Marieke. Dat verdomde hij. Het was niet echt nodig dat er een verpleegster in huis kwam. Hij zuchtte diep, wat hem een pijnscheut opleverde.

Het enige was dat hij liet merken dat hij haar niet nodig had. Laten zien dat ze overbodig was. Als Marieke zich nutteloos voelde zou ze snel vertrokken zijn, daarvan was hij zeker. Toen het meisje hem, zoals gewoonlijk, die avond kwam opzoeken, nam hij haar koel en afwijzend op. 'Je hebt dus toch je zin.'

Ze boog het hoofd. 'Je moeder vroeg het mij, Robin. Ik heb haar gezegd het met jou te bespreken. Heeft ze dat niet gedaan?'

Robin glimlachte bitter. 'Jazeker, dat heeft ze zeker.'

Paulette was die dagen zichzelf niet. Ze voelde zich gejaagd en onrustig, verwachtte om iedere hoek de man die haar zo bang maakte. In haar kamer was ze eveneens doodsbang. Op een avond, toen ze meende iets te horen in de buurt van haar kast, duurde het zeker tien minuten voor ze de kastdeur durfde te openen. Natuurlijk was er niets, maar deze ervaring bezorgde haar een huilbui die lang aanhield. Dit kon zo niet doorgaan. Ze moest afleiding zoeken, weer eens uitgaan misschien. Zou ze Hetty durven bellen of ze naar haar toe mocht komen? Deze had een kamer in de stad.

Ze zocht in haar tas naar haar agenda, hield even later een briefje in haar handen. *Etienne Dupron* en daaronder een telefoonnummer. Ze herinnerde zich haarscherp wat hij gezegd had. 'Als je wilt lachen of huilen, neem dan contact met mij op.'

Ze zou naar kantoor moeten om te bellen. De gang door, maar het was onzin bang te zijn want die... die vent lag een verdieping lager en hij zou het niet wagen om deze tijd uit zijn bed te komen.

Toch rende ze door de gang of ze een wedstrijd moest winnen, kwam hijgend in het kamertje, waar om deze tijd niemand was. Voor ze zich kon bedenken draaide ze met bevende vingers het nummer. De telefoon ging enkele malen over. Ze hield haar ogen op de deur gericht. De laatste tijd voelde ze zich doodsbang in een afgesloten ruimte.

'Dupron,' klonk het dan van de andere kant.

Paulette kon het eerste moment niets uitbrengen en ongeduldig herhaalde hij zijn naam.

'Met Paulette spreek je,' fluisterde ze dan.

'Met wie? Wil je wat duidelijker spreken, ik heb enkele mensen op bezoek. Er speelt hier muziek...'

'Paulette van Oeveren. Ik ontmoette je in het ziekenhuis...'

Aan de stilte die volgde begreep ze dat hij nog niet wist wie ze was.

'Je zei toen, als ik lachen of huilen moest,' ging ze met de moed der wanhoop verder.

'Ah, ja, ik herinner het mij. Aan je stem te horen valt er nu niets te lachen. Wat wil je, een afspraak maken?'

'Ik dacht... ja, ik wil hier weg, vanavond...'

'Juist. Nu, ik laat mijn bezoek even alleen. Een vriendin van mij regelt dat wel. Ik zal binnen tien minuten staan wachten aan de voorzijde van het ziekenhuis. Een grijze kever. Kijk daarnaar uit.'

Toen Etienne de hoorn had neergelegd keek hij even peinzend voor zich uit. Hij herinnerde zich het meisje nu, althans haar grote grijze ogen en het roodbruine haar. En ook haar hooghartige houding. Het had hem geen type geleken dat ooit zou bellen en helemaal serieus was hij toen ook niet geweest. Er moest iets vervelends zijn gebeurd. Goed, hij zou dan toch maar gaan. Als er werkelijk iets was kon hij haar niet in de steek laten.

Binnen zaten enkele jonge mensen druk te praten, zich intussen te goed doend aan allerlei hapjes.

'Ik moet even weg,' zei hij luid. 'Ina, neem jij de honneurs waar.'

'Waar moet je ineens naartoe?' vroeg ze achterdochtig.

'Even een bezoekje aan een andere vrouw,' plaagde hij.

Ze lachte. Hoewel hij de waarheid sprak geloofde ze hem niet. Etienne vond het soms een belasting, de achterdocht en de jaloezie van het meisje. Toen hij een moment later door de stad reed dacht hij nog aan Ina. Ze was eerst een aardige vriendin geweest, maar nu eiste ze hem te veel op.

Hij kon daar absoluut niet tegen. Deze relatie zou dus niet lang meer duren. Mogelijk was hij toch niet geschikt voor een vaste verhouding.

Hij zag het meisje al staan toen hij aan kwam rijden. Een lange, tengere gestalte, waarbij de prachtige haarkleur onmiddellijk opviel.

Hij stopte vlak bij haar, hield het portier voor haar open. Ze schoof naast hem.

'Waarnaartoe?' vroeg hij, haar van terzijde opnemend. 'Hoewel het officieel al bijna een maand lente is, is het toch te koud om te wandelen. Ik geef overigens de voorkeur aan de vrije natuur, omdat je daar het beste praat. Zullen we ergens iets drinken?'

'Kunnen we niet naar het park gaan? Als het te koud is kunnen we in de auto blijven.'

Hij knikte. Ze hield er kennelijk ook van buiten te zijn. Of misschien was ze bang om door iemand gezien te worden.

Het park lag aan de rand van de stad en was heel mooi aangelegd. De bomen waren nu echter nog kaal, de struiken toonden een aarzelend begin van het nieuwe seizoen. Het was er rustig, slechts enkele wandelaars, meest met honden, kwamen ze tegen.

Zwijgend liepen ze naast elkaar voort. Af en toe keek hij naar haar, maar ze reageerde niet. Ze zag er wel heel anders uit dan de aantrekkelijke jonge vrouw die hij zich van de feestavond herinnerde.

'Wel, wat scheelt eraan?' vroeg hij ten slotte.

'Ik weet eigenlijk niet of ik het wel durf te vertellen,' zei ze, nog steeds hardnekkig voor zich uit kijkend. 'Niemand weet het.'

'Lieve kind, vertel het mij. Ik ben haast een vreemde voor je. Je geheim is bij mij veilig. Uit het feit dat je mij opbelde maak ik op dat je behoorlijk in de nesten zit. Zeg het maar. Ben je in verwachting?'

Ze schudde het hoofd.

'Dat is al een hele zorg minder, nietwaar?'

Paulette begon het steeds moeilijker te vinden. Ze wist niet hoe te beginnen. Hij was tenslotte een vreemde.

'Ik belde je op omdat ik bang was,' zei ze dan. 'Maar ik heb nu spijt van dat telefoontje. Laten we het vergeten.'

'Zo je wilt. Maar als je dan geen confidenties te doen hebt, laten we dan naar mijn huis gaan. Daar zijn meer jonge mensen en het is er warm.'

Ze stemde toe en pas toen ze voor de deur van zijn flat stopten vroeg Etienne zich af wat Ina van dit alles zou zeggen. In eerste instantie was hij het echter die iets zei.

'Waar zijn de anderen?' vroeg hij, rondkijkend of hij verwachtte dat ze zich ergens hadden verborgen.

'Ze wilden naar huis nu jij weg was.'

'Daar geloof ik niets van. Niet als jij hebt gezegd dat ik binnen een uur weer terug zou zijn.'

Een uur, dacht Paulette. Een uur had hij voor haar uitgetrokken... Daarna zou hij weer teruggaan en verder feesten. Achterwaarts lopend wilde ze ongemerkt weggaan, maar hij greep haar bij de arm, hield haar stevig vast.

'Ik heb gezegd dat je vanavond niet meer terugkwam,' gaf Ina toe.

'Wie heb je meegebracht?' Het klonk of ze naar de herkomst vroeg van een onbekend, maar uitermate weerzinwekkend insect.

'Wie ben je eigenlijk?' Etienne draaide zich om en keek Paulette aan. Deze rukte om los te komen.

'Ina, het lijkt me beter dat jij ook naar huis gaat. Volgens wat je de anderen hebt verteld, ben ik er helemaal niet.'

Het verwonderde Paulette dat het meisje zo gedwee ging. Etienne bracht haar naar de deur. Ze hoorde hen praten en vroeg zich af of ze het over haar hadden. Als die Ina nadacht kon ze weten dat zij hem zelf had opgebeld. Ze keek rond in de ruime, nu wat rommelige kamer. De tafel stond vol wijnglazen en halfvolle asbakken. Kussens lagen her en der op de vloer verspreid, evenals grammofoonplaten.

Er was ook een wand met boeken, veel etsen hingen aan de muur. Een lichtbruine leren bank stond voor de open haard die nog een beetje nagloeide.

'Zo, ga zitten, ik zal eerst het een en ander opruimen.' Hij bukte zich, rakelde de haard op, gooide een blok op het vuur, kleine vlammen speelden er onmiddellijk omheen. Daarop begon hij de glazen te verzamelen.

'Zal ik helpen?' vroeg ze.

'Goed. Als jij deze naar de keuken brengt.'

In de keuken stond veel afwas, maar ze voelde zich niet geroepen voor huisvrouw te gaan spelen. Er lag ook een nog ingepakte bos bloemen en ze begon deze te verzorgen. Even later bracht ze de vaas naar binnen. De kamer zag er nu heel anders uit. Het vuur vlamde al wat hoger op. Kussens lagen voor de haard, platen in het rek. Ze zette de bloemen op een lage tafel.

'Wat kan ik voor je inschenken?' vroeg hij.

Ze haalde de schouders op.

'Of zal ik koffiezetten? Ja, laat ik dat maar doen.'

Terwijl hij in de keuken bezig was keek ze de kamer weer rond. Overal waren etsen te zien, ze herinnerde zich dat hij had gezegd dat hij schilderde. Ze herkende ook een portret van het meisje dat zojuist was weggegaan. Het stond op zijn bureau. Eigenlijk kon je het geen portret noemen. Het was wel haar gezicht, maar eromheen fladderden vreemde vogeltjes. Ze ging ernaartoe om het van dichterbij te bekijken, bestudeerde het nog toen hij binnenkwam met de koffie.

'Waarom heb je deze tekening ontsierd met die gekke beesten?' vroeg ze.

'Ik houd niet van volmaakte portretten. Het is niet echt.'

'Dit is ook niet echt. Ik zag tenminste daarnet niets van de vogels om haar heen,' weerlegde ze.

'Dat komt omdat je haar niet kent.'

'Maar wat stelt het dan voor,' hield ze aan.

'Het zijn jaloezieduiveltjes.'

Ze staarde hem aan. 'En dat vind je leuk om op je bureau te zetten?'

'In het begin was het alleen haar portret. Die beestjes zijn er later bijgekomen. Waarom vraag je dat eigenlijk? Het kan je toch niet interesseren wat ik teken?'

Hij bekeek haar aandachtig, de heel donkere ogen ondoorgrondelijk en ze voelde een kleur omhoogkruipen.

'Ik vraag me af hoe je mij zou tekenen.'

'Ik zou je in eerste instantie tekenen als een aantrekkelijke jonge vrouw, hooghartig, maar ook onzeker. Misschien ben je wel een tikje arrogant omdat je onzeker bent. Kom, ga zitten en drink je koffie op. En vertel me nu toch maar waarom je mij belde. Tenslotte ken je me nu al wat beter, je weet hoe ik woon en wat ik soms teken. Je weet dat ik door maskers heenkijk.'

'Ik zal nooit trouwen,' flapte Paulette eruit. Het was het eerste dat haar te binnen schoot. 'Ik haat mannen.'

Hij bleef haar aankijken, scheen niet ondersteboven van dit bericht.
'Daar is een reden voor,' vervolgde ze.
Hij knikte. 'Dat kan. Overigens, sommige mensen zijn zo geboren dat ze alleen van hetzelfde geslacht kunnen houden.'
Paulette die dit weleens had gehoord maar dan alleen als iets wat vreemd en geheimzinnig was, staarde hem geschokt aan.
'Die mannenhaat heeft bij jou dus een andere reden. Vertel het dan maar. Ik ben heus geen type dat verbijsterd de handen voor de oren slaat.'
Paulette glimlachte even bij het idee. Daarop begon ze hem inderdaad te vertellen van de gebeurtenis nu bijna drie jaar geleden. Hij viel haar niet in de rede, fronste alleen de wenkbrauwen toen ze opbiechtte hier nog nooit met iemand over geprat te hebben.
'Een vervelende ervaring,' zei hij toen ze even zweeg. 'Maar toch niet direct een reden om alle mannen te haten. Tenslotte was degene die tussenbeide kwam ook een man. En ik... ik kan je met de hand op mijn hart verzekeren dat het nooit bij me is opgekomen een meisje op zo'n manier te benaderen. Ik begrijp niets van dergelijke kerels. En het merendeel van de mannen en jongens is niet zo, dat kun je gerust van me geloven. Maar was dit waarvoor je zo opeens belde?'
'Dat was de voorgeschiedenis,' zei ze. Daarop vertelde ze hem van haar schrik toen ze haar belager in het ziekenhuis had gezien, van de bedreigingen wederzijds en van haar abnormale angst.
'De beste bescherming zal zijn als je tegen verschillende mensen zegt dat hij je heeft bedreigd en dat dan ook tegen hém zegt. Hij zal niet eens meer naar je durven wijzen. Hij wordt onmiddellijk gegrepen als hij maar iets durft te doen. Het andere punt is dat je deze nare ervaring nog steeds niet hebt verwerkt. Ik denk dat je eerst de echte liefde moet leren kennen. Dan vergeet je dat andere. Ben je ook bang voor mij?'
Hij zat tegenover haar, boog zich naar haar toe, streelde even vluchtig haar wang.
'Een beetje wel, is het niet?'
Zijn stem klonk zachter. 'Ik denk dat ik kan maken dat het overgaat, Paulette. Maar het zal tijd kosten. Heb je die tijd ervoor over?'
'En jij?' vroeg ze.
Hij glimlachte. 'Ik vind het een interessant experiment.'
Dat was nu niet precies wat Paulette wilde horen. Want hoewel ze huiverde bij zijn aanraking werd ze toch geboeid door zijn warme stem en donkere ogen.

'Laten we afspreken dat ik je de eerste week iedere dag even zie. En nu breng ik je naar het ziekenhuis terug.'

Paulette was liever wat langer gebleven maar het was absurd zoiets te willen. Gek genoeg voelde ze zich bij deze man toch veilig. Ze moest er niet aan denken dat hij haar aan zou raken, maar er was nooit een man geweest waarbij ze dat wél gewild had.

Hij zou haar niet aanraken nu hij alles wist. Ze dacht er niet aan dat iets wat als therapie was begonnen weleens uit de hand zou kunnen lopen. Omdat gevoelens zich nu eenmaal niet laten dwingen.

Marieke zette de stoelen in de tuin en legde het kleed op de ronde tafel. Daarna wachtte ze op de 'barones', zoals ze mevrouw in stilte noemde. Het duurde niet lang of Robins moeder kwam naar buiten, kaarsrecht en uiterst verzorgd. 'Zo kind. Een echte zomerse dag. Ik hoop dat Robin nu eindelijk beneden komt.'

'Dat hoop ik ook,' antwoordde Marieke.

'Ik dacht dat je meer invloed op hem zou hebben,' zei de oude dame fronsend.

'Daar wilde ik het juist met u over hebben.' Marieke ging ook zitten. 'Ik ben hier nu twee weken en het enige wat ik heb gedaan is Robins kamer op orde brengen, zijn bed opmaken en dergelijke. Hij wil niet dat ik hem ergens mee help. Hij laat zijn baard staan, omdat hij moeite heeft met scheren. Hij doucht en verzorgt zichzelf al kost het hem anderhalf uur. Hij wordt nu wat sterker en het zal hem steeds beter afgaan. Ik ben van plan volgende week te vertrekken. Mijn verblijf hier heeft geen enkele zin.'

'Weet Robin dat je weggaat?'

'Nee. Maar hij zal het nauwelijks merken.' Het klonk bitter en tante Paula keek haar opmerkzaam aan. 'Houd je echt van hem, of is het omdat hij rijk is?'

Marieke wilde verontwaardigd reageren, maar met een handgebaar werd haar het zwijgen opgelegd. 'Hoor eens, beste kind, ik ben zijn moeder, maar ik zie heus wel dat hij niet aantrekkelijk is voor meisjes. Daarbij is hij nogal wat ouder. En jij bent een knap meisje. Zou je ook van hem houden als je hem bijvoorbeeld had ontmoet als een patiënt? En dan iemand die weinig geld had?'

'Dan had ik hem niet zo goed leren kennen,' zei Marieke.

'Een diplomatiek antwoord. Ha, daar is hij dus toch. Robin, daar doe je verstandig aan.'

Terwijl hij ging zitten wierp hij een vluchtige blik op Marieke. Ze zag er terneergeslagen uit en hij zou haar willen troosten. Maar dat was nu juist wat hij zeker niet moest doen.

'Marieke vertelde me zojuist dat ze volgende week gaat vertrekken. Ben jij het daar mee eens?'

'Het is nooit nodig geweest dat ze kwam,' antwoordde Robin kortaf.

Marieke stond op en liep weg. Ze keken haar beiden na.

'Dat was niet erg tactvol,' zei zijn moeder berispend. 'Je bent niet goed wijs dat je niet met haar trouwt. Ze houdt van je.'

'Ik kan haar leven niet aan het mijne verbinden. Ik ben invalide, zie er afschrikwekkend uit en daarbij ben ik ook nog vijftien jaar ouder. In elk geval, door uw toedoen is nu ook onze vriendschap verknoeid.'

'Je kunt best iets aan je gezicht laten doen,' zei zijn moeder, zonder op het eerste in te gaan. 'En met die invaliditeit valt het ook wel mee.'

Robin zei niets, hij draaide zijn stoel in de schaduw en sloot de ogen. Zijn moeder stond op en ging terug naar het huis zonder dat hij het merkte.

Ze kwam Marieke tegen die met haar koffer de trap afdaalde.

'Je zei volgende week,' zei tante Paula met iets van verwijt in haar stem.

'Ik ben van gedachten veranderd.'

Robins moeder drong niet verder aan. 'Kom je nog weleens langs?'

'Dat denk ik niet.'

Paula keek haar even na. Natuurlijk ging ze nog naar Robin. Dat meisje scheen totaal geen trots te hebben. Zij zou vroeger niet zo achter een man hebben aangelopen. Dat was trouwens nooit nodig geweest, ze liepen wel achter háár aan.

'Ik ga, Robin,' zei Marieke.

Hij opende de ogen, zag haar staan, het hoofd opgericht, maar de bruine ogen intens verdrietig.

'Het spijt me,' was alles wat hij wist te zeggen.

'Wat spijt je?'

'Dat ik ben, die ik ben.'

'Ik kom niet meer terug.'

Hij stond op. 'Marieke, ik heb je nooit verdriet willen doen.'

'Waarom doe je het dan?' vroeg ze met bevende stem.

'Dat weet je. Het zou allemaal te benauwd voor je worden. Maar ik wens je alle geluk dat mogelijk is.'

'Als je dat meende...' zei ze met haar ogen in de zijne.

Dan greep ze haar koffer en liep snel weg. Hij keek haar na, zijn hand in een onbewust gebaar tegen zijn geschonden gezicht. Langzaam ging hij weer zitten. Hij zou willen janken als een kind. Waarom nam hij niet wat hem werd aangeboden? Was het niet beter korte tijd gelukkig te zijn dan helemaal niet? Nee, nee, hij was maar een half mens, naar zijn gevoel. Het was beter zo. Hij zat daar nog stil toen Clare eraan kwam met een blad waarop de koffie stond.

'Waar is Marieke?' was haar eerste vraag.

'Weg,' antwoordde hij kortaf.

'Hoezo, weg?'

'Gewoon, weg. Ze komt niet meer terug.'

Clare ging zitten, schonk de koffie voor hem in. Ze zag er nog altijd vele jaren jonger uit dan ze was.

'Eigenlijk ben je ontzettend dom,' zei ze. 'Marieke houdt van je.'

'Zou jij met een man als ik willen trouwen?' vroeg hij haar doordringend aankijkend.

'Ik bén getrouwd,' ontweek ze.

'Dat is geen antwoord. Je weet toch dat ik een zwak hart heb. En daarbij, hoe ik eruitzie... Mag ik een meisje als Marieke daarmee opschepen?'

'Nee,' zei ze tot zijn verrassing. 'Maar je moet er iets aan laten doen. Het schijnt dat ze in Duitsland zoiets helemaal kunnen herstellen. En op het gebied van de hartchirurgie zijn ze in Amerika al een eind. Er kan zoveel hersteld worden. Jij laat Gods water maar over Gods akker lopen. Waarom doe je niets? Waarom zit je maar te wachten tot je nog meer aftakelt? Tot je echt oud bent? Waarom doe je niet wat aan je conditie, zodat je snel sterker wordt? Je hebt geld genoeg. Je zou alles moeten proberen, Robin. Al is het niet voor het meisje, dan wel voor jezelf.'

'Dat was een lange toespraak,' zei hij toen ze zweeg.

'Je bent dat van mij niet gewend. Maar ik zie toch dat jullie alle twee ongelukkig zijn.'

'En omdat je zelf gelukkig bent heb je daar last van?' vroeg hij.

'Dat zou kunnen,' gaf ze toe. 'Ik heb ook veel te laat ontdekt hoe dichtbij mijn geluk was. Over een jaar zijn we vijfentwintig jaar getrouwd. Maar eigenlijk was het amper drie jaar. Ik kan die andere jaren nooit meer inhalen. Die jaren dat ik Michel nauwelijks zag en alleen maar dacht aan datgene wat ik verloren had.'

'Dank de hemel dat je daar niet té laat achter kwam,' zei Robin. 'Jullie kunnen nog jaren samen hebben.'

'Ja. Maar niet de jaren van de jeugd.'

'Ach Clare, wat doet leeftijd ertoe.'

Ze keek hem scherp aan. 'Aha. Jij praat alleen maar verstandig als het niet jezelf aangaat.'

Hij glimlachte. 'Misschien heb je me toch wel iets geleerd, Clare. Namelijk dat het nooit te laat is.'

HOOFDSTUK 19

Etienne en Paulette zagen elkaar nu regelmatig. Soms reden ze in zijn auto naar een andere plaats en dronken koffie in een landelijk cafeetje. Een andere keer wandelden ze in het park of maakten een maaltijd klaar op zijn kamer. Ze praatten veel samen en Paulette dacht dat ze zelfs met Robin nooit zo vertrouwelijk was geweest. Ze keek naar hun ontmoetingen uit en voelde zich ontspannen in zijn nabijheid. Bij hem verloor ze haar gereserveerde houding.

Etienne zag de verandering, maar hij hield zich bewust op een afstand. Hij behandelde haar of ze zijn zusje was. Zij scheen daar genoeg aan te hebben. In die tijd was degene die haar zo'n angst aanjoeg uit het ziekenhuis vertrokken en Paulette was ook in haar werkomgeving weer rustiger geworden. Ze had niet meer het gevoel dat hij om elke hoek te voorschijn kon komen.

Haar collega's raakten nu echter nieuwsgierig wie haar knappe begeleider was.

'Gewoon een vriend,' ontweek ze.

Eerst geloofden ze haar niet, maar op een keer zei Hetty: 'Ik denk dat ze gelijk heeft. Ik zag hem in de stad met een blonde vrouw. Nou, als ik iemand had die méér was dan een vriend zou ik het niet pikken zoals dat mens met hem omging.' Ze keek naar Paulette. 'Maar je zult wel weten wat je doet. Ik neem aan dat jij je niet laat beduvelen.'

'Ik weet wat ik doe,' antwoordde Paulette zo kalm mogelijk. Ze stond op en verliet de koffiekamer. Wat de anderen er ook van zouden denken, ze kon daar niet langer blijven. In het gezelschap van meisjes die haar uithoorden, die misschien meewarig zouden doen, maar waarvan verschillenden het hoogst amusant zouden vinden als ze inderdaad beduveld werd.

En dat werd ze niet, dacht ze op haar kamer. Etienne ging vriendelijk met haar om, maar wel op een afstand. Ze vroeg zich af hoe het zou zijn als hij haar in zijn armen zou nemen. De gedachte stond haar zeker niet tegen. Nu, dat was dan wel een verbetering, zijn therapie werkte dus. Alleen was zijn zogenaamde behandeling er waarschijnlijk op gericht dat ze zich zou gaan interesseren voor mannen in het algemeen en niet speciaal voor hem.

Toen ze de volgende dag even op hem moest wachten werd ze toch onrustig. Haar gedachten gingen naar de opmerkingen van Hetty. Wie was die blonde vrouw geweest? Ina? Was Ina nog steeds zijn vaste vriendin en maakte hij alleen af en toe wat tijd vrij voor haar, omdat hij het interessant vond te zien hoe ze langzamerhand haar reserve verloor? Misschien wist die Ina er wel van, mogelijk vertelde hij haar wel hoe alles verliep.

Toen zijn auto bij haar stopte, stapte ze snel in en na een vluggeblik op haar gezicht wist hij dat er iets was. Haar gezicht had weer die gespannen, afwerende trek, haar ogen dwaalden alle kanten uit, behalve naar hem.

'Het is een sombere dag, zullen we naar mijn flat gaan?' stelde hij voor.

Ze knikte. Zwijgend reden ze de enkele kilometers en zwijgend klommen ze de trappen op. Boven mikte Paulette haar blazer op de kapstok, ging direct in de kamer zitten.

'Koffie?' vroeg hij kortaf, wachtte niet op antwoord en verdween in de keuken.

Paulette staarde somber voor zich uit. Ze zat nog zo toen hij na tien minuten weer binnenkwam. Hij ging tegenover haar zitten en toen kon ze zijn blik niet ontwijken. 'Wat is er aan de hand?' vroeg hij rechtstreeks. 'Heb je hem weer gezien?'

Niet-begrijpend keek ze hem aan. Dan zei ze: 'Nee, dat niet. Etienne, heb jij eigenlijk nog contact met die Ina?'

Hij zette voorzichtig zijn kopje neer. 'Heb je er belang bij dat te weten?'

'Nee, maar ik dacht...'

'Wat dacht je?' moedigde hij haar aan.

'Ik dacht dat ik een vriendin van je was,' flapte ze eruit, onmiddellijk een kleur krijgend.

'Maar dat ben je toch ook?' Hij boog zijn hoofd om zijn glimlach te verbergen.

'Je behandelt mij als een klein kind,' zei ze.

'Hoe wil je dan behandeld worden?' Iets in zijn toon was veranderd. Het klonk minder onpersoonlijk.

'Gewoon.'

'Gewoon, zoals jonge mensen met elkaar omgaan? Dat doen wij toch. We praten veel, we gaan uit, we luisteren naar muziek. Dat bedoel je kennelijk niet. Je mist iets. Is dat het? Kijk me aan, Pauly.'

Er was nu een tedere klank in zijn stem en toen ze zijn ogen zag kreeg ze het gevoel dat zijn blik haar naar hem toetrok, haar vasthield.

'Nou,' hield hij aan zonder zijn ogen af te wenden.

'Hoe weet ik of ik iets mis en wat ik eigenlijk wil. Je weet dat ik verder nooit met mannen omga. Ik vind jou aardig en ik was helemaal van streek toen ik hoorde dat je met een ander was gezien.'

'Dat is een aardig begin. Kom eens naast me zitten.' Hij legde zijn arm om haar heen en ze drukte zich tegen hem aan. Zijn hand draaide haar gezichtje naar zich toe. Hij zag haar schitterende donkerblauwe ogen die hem vol vertrouwen aankeken. 'Ik wil je graag kussen. Als je 't niet wilt moet je 't zeggen.'

Ze keek in zijn donkere ogen, zo vlak bij de hare.

'Ik wil het,' zei ze ademloos.

Na lange tijd maakte hij zich los, keek haar aan. 'Misschien word je verliefd op mij.'

'Dat ben ik natuurlijk,' zei ze. 'Anders zou ik dit nooit doen.'

'Wat doen,' plaagde hij.

'Nou, gewoon dit.' Ze kroop weer tegen hem aan en met een glimlach dacht Etienne dat zijn therapie boven verwachting gewerkt had.

Robin zat op zijn geliefde plaats in de tuin. Hij had een vouwstoel meegenomen en een boek. Het was volkomen rustig. Niemand, behalve Martijn, kwam hier ooit. Marieke was hier een keer geweest, maar dat was alweer een maand geleden. Het was nu nazomer en een drukkend warme dag. Na deze periode zou de herfst weer aanbreken met zijn heldere koele dagen, of nog wat later die dagen vol intense stilte, als de mist tussen de bomen hing. Robin hield van de voortdurende seizoenwisseling, maar hij kon zich niet herinneren dat het altijd zo geweest was. Vroeger stond hij daar niet zo bij stil. Gek genoeg was het Martijn geweest die hem er iedere keer bijsleepte als hij in de natuur iets zag wat hem boeide.

Martijn, over een jaar kwam hij van de lagere school. Hij ging dan naar de stad en natuurlijk zou hij het kind dan veel minder zien. Misschien zou Martijn een jongen worden vol bravoure, met een ruwe stem. Zo'n jongen die de stilte stukscheurde met keiharde muziek, of met het geknal van een brommer. Eigenlijk zou hij er liever geen getuige van zijn als dat ging gebeuren.

Het liefst zou hij van hier vertrekken en totaal opnieuw beginnen. Maar het was moeilijk, waar zou hij heen moeten? Soms speelde hij met de gedachte inderdaad naar Amerika te gaan. De gedachte in dit statige huis oud te moeten worden trok hem totaal niet.

Hij hoorde nu een licht gerucht. Martijn kwam uit school vaak rechtstreeks hierheen.

'Meneer zegt dat ik verder moet gaan studeren,' was het eerste wat het kind zei toen hij hem zag.

Robin knikte. 'Hij heeft gelijk. Weet je wat je wilt worden?'

'Bloemenkweker of dierenarts,' antwoordde Martijn prompt.

'Het een hoeft het ander niet uit te sluiten,' glimlachte Robin. 'Als dierenarts kun je ook bloemen kweken.'

Martijn plofte naast hem neer. 'Vader heeft geen geld mij te laten studeren.'

'Daar is vast wel iets op te vinden,' antwoordde Robin.

'Weet je wie ik zag,' ging Martijn dan op iets anders over. 'Marieke. Ze liep langs de rivier. Ik dacht dat ze naar jou toekwam, maar dat was niet zo, zei ze. Ze is verpleegster bij een van die dames aan de overkant.'

Robin gaf niet direct antwoord. Hij wist dat Marieke de particuliere verpleging was ingegaan.

'Was ze alleen?' vroeg hij.

'Nee, ze was met een man. Ze zag me eerst niet.'

Een patiënt? Of was ze helemaal verdiept in een mannelijke bewonderaar? vroeg Robin zich met een steek van jaloezie af. Dan riep hij zichzelf tot de orde. Hij had haar liefde geweigerd, mocht hij eisen dat ze haar verdere leven alleen bleef? Hij wenste haar immers alle geluk van de wereld toe.

Zij had de kans een andere weg in te slaan, dacht hij opstandig. Voor mij is er maar één weg. De weg alleen.

Paulette stond bij de receptie toen ze hem in de wachtkamer zag. Met een ruk draaide ze haar rug naar hem toe, vroeg het meisje achter de balie de gegevens die ze nodig had en verliet toen snel het vertrek.

Pas in de gang stond ze stil, om toch om te kijken. Hij kon haar nu niet zien, maar ze wist dat hij haar wel had opgemerkt. Ze begreep dat hij hier nog een keer voor controle moest zijn. En dan, als hij dan voorgoed ontslagen werd, zou ze hem dan nooit meer zien? Of zou ze hem op de meest onverwachte momenten tegen het lijf lopen, zoals nu. Haar hart bonsde nog na van de schrik. Eensklaps nam ze een besluit. Ze liep terug de wachtkamer in, liep op hem toe en zag zijn schrikreactie.

Het was maar een kort moment dat ze vlak bij hem bleef staan, maar ze kon zien dat hij zich niet op zijn gemak voelde, onzeker was. Dan liep ze rakelings langs hem door de andere deur de gang in. Daar draaide ze zich om. Hij keek haar met een verontruste blik na en ze dacht, hij is ook bang voor mij. Terwijl ze daar stond voelde ze zich kalmer worden.

Ik ben niet meer zo in paniek dacht: ze met iets van opluchting. Die vent doet me al veel minder.

'Dat komt omdat ik jou heb leren kennen,' zei ze die avond tegen Etienne. Ze waren op zijn kamer, ze zat tegen hem aangeleund op de bank.

'Het komt ook omdat je alles hebt verteld,' zei hij rustig. 'Dus eigenlijk is onze therapie afgelopen.'

Hij streelde vluchtig haar wang, stond dan op om iets te drinken te maken. Ze keek naar zijn bewegingen, voelde zich een beetje onrustig. Het was soms of hij haar ontglipte. Ze durfde er niet met hem over te praten, omdat ze bang was voor zijn antwoord.

'Morgen kom ik weer,' zei ze in plaats daarvan.

'Ik weet niet of ik morgen thuis ben,' zei hij met zijn rug naar haar toe.

Paulette's hart bonsde eensklaps in haar keel. 'Waar moet je heen?' Het wantrouwen klonk in haar stem door, ze hoorde het zelf.

'Je moet niet zoveel beslag op me leggen,' antwoordde hij.

Ze zweeg, haar ogen vulden zich met tranen, die ze heftig probeerde weg te slikken. Hij draaide zich naar haar om.

'Huil niet,' verzocht hij vriendelijk. 'Ik ben er niet alleen voor jou, liefje. Ik heb mijn werk en het schilderen, waar ik de laatste tijd helemaal niet meer aan toekom.'

'Ik dacht dat je van me hield,' zei ze met trillende stem.

'Dat doe ik ook.'

'Ja?'

Haar grijze ogen hielden zijn blik vast. Hij zag de blik in haar ogen die naar zijn gevoel veel van adoratie weg had. Zuchtend wendde hij zich af.

'Waarom trouwen we niet?' vroeg ze, met de moed der wanhoop.

'Trouwen? Lieve kind.' Hij greep haar beide handen. 'Ik ben zesentwintig. Jij bent niet alleen veel jonger, geestelijk ben je daar niet rijp voor. Je hebt lang met die nare ervaring geleefd en toen heb jij je aan mij vastgeklampt, of ik de enige man in de wereld was. Je moet me loslaten, lieverd. In ieder geval tijdelijk.'

'Hoe lang?' vroeg ze met bevende stem.

Hij aarzelde. 'Een jaar.'

'Een jáár? Nee, Etienne, dat kan ik niet. Dan heb jij allang een ander.'

'Of jij,' antwoordde hij.

'Ik nooit,' antwoordde ze heftig.

Hij trok haar tegen zich aan. 'Je bent lief, Pauly. Maar je moet een jaar op eigen benen staan. Je bent te afhankelijk.'

'Dus je wilt me niet meer zien?' Het klonk intreurig en het liefst had hij zijn woorden ingetrokken, maar hij bleef sterk.

'Voorlopig niet.'

'Goed.' Ze stond op. 'Ik verwacht dat jíj dan contact opneemt. Ik doe het niet, dat moet je niet denken.' Daarop verliet ze de kamer en voor het goed tot hem doordrong was ze weg. Hij hoorde het tikken van haar hakken op de trap. Met een diepe zucht staarde hij voor zich uit. Hij hield van haar. Maar zij was zo... ze aanbad hem bijna. Hij wist dat hij weinig moeite zou hoeven te doen haar voor dag en nacht bij zich te houden.

Maar hij aarzelde. Ze was nog zo'n onervaren kind. Ze was altijd bang geweest voor mannen. Hij had haar die angst leren overwinnen met het gevolg dat nu al haar aandacht op hem was gericht. Hij vroeg zich af of ze de gevoelens van genegenheid, dankbaarheid en het feit dat ze hem vertrouwde voor liefde aanzag. Ze had immers niets om te vergelijken. Of ze nu alleen waren, of met meer, ze zag altijd alleen maar hém. En hoe vertederend hij dat ook vond, het was niet wat hij zich van een huwelijk voorstelde. Niet de vrouw een verlengstuk van hemzelf. Maar dat hij nu het risico liep haar volledig te verliezen, daarvan was hij zich volledig bewust.

Frank en Vera waren samen met vakantie gegaan. Niet, zoals het plan was naar de Canarische Eilanden. Vera was ineens met bezwaren gekomen. Bezwaren dat ze niet tegen de warmte kon en dat ze geen zin had om hele dagen aan een strand te liggen. Ze wilde weleens iets anders zien, zei ze. Frank verdacht haar ervan dat ze haar kennis over cultuur wilde spuien. En hij gaf haar zoveel mogelijk haar zin. Ze had haar vader nog steeds niets verteld over die vechtpartij, maar als ze dat wel deed zou de oude heer de zaak tot de bodem uitzoeken, daarvan was hij overtuigd. Ze waren het eens geworden over een hotel aan een Zwitsers-Italiaans meer. Een diepblauw meer, beschut door de bergen.

Een schitterend gebied, maar zeker niet minder mondain dan de zuidelijke kusten. Er was veel watersport en het was er druk. Prachtig gebruinde mensen flaneerden over de boulevards, in zo schaars mogelijke kleding.

Vera voelde zich daartussen niet op haar gemak. Haar figuur was prima, maar ze werd heel moeilijk bruin, het gevolg was dat ze bijna altijd een simpele zonnejurk droeg.

Frank daarentegen was in enkele dagen donkerbruin verbrand. En wat Vera verwacht had gebeurde: Hij was voortdurend omringd door lieftallige dames. Hij beweerde dat hij er niets aan kon doen en misschien was dat ook wel zo. Tenslotte had ze zelf ook genoeg moeite voor hem gedaan, dacht Vera beschaamd.

Maar hij weerde het vrouwelijk gezelschap niet af, zei hen evenmin dat hij getrouwd was en dat zijn vrouw bij hem was. Het grootste deel van de dag negeerde hij haar. Nadat Vera zich de eerste dagen beurtelings woedend en doodongelukkig had gevoeld, begon de verontwaardiging te overheersen. Op een dag liep ze door het stadje en ontdekte een schoonheidssalon annex kapper.

Op hetzelfde moment nam ze een besluit. Ze hoefde niet te wachten en kreeg een volledige behandeling. Ze werd gemasseerd, geëpileerd en deskundig opgemaakt. De kapper knipte haar lange haren en zette er een permanent in, waardoor het meer volume kreeg.

Het was een heel andere jonge vrouw die haar vanuit de spiegel aankeek. Niet plotseling een schoonheid, maar zeker niet lelijk. Ze kocht twee vlotte zonnejurken en een witte lange broek met enkele felgekleurde bloesjes. Het was inmiddels bijna middag en de meeste mensen verdwenen voor enkele uurtjes om te slapen en daarna tot diep in de nacht door te feesten.

Vera besloot deze keer in de tuin van het hotel te blijven. Er zat daar een man te lezen, ze had hem al vaker gezien. Want ze had zich niet zo mooi gemaakt voor Frank! Toen ze vlak bij hem ging zitten keek hij wat geërgerd op.

'Ik vroeg me af of u voor mij ook iets te lezen hebt,' zei Vera. 'Ik verveel me.'

De man liet zijn boek zakken, keek haar hoogstverbaasd aan. 'U verveelt u? Hier in deze plaats waar alles is om jonge vrouwen te amuseren.'

'Dat geldt dan zeker niet voor mij,' glimlachte Vera. 'Ik houd niet zo van dat mondaine gedoe. Mijn man wel, die heeft het hier dan ook uitstekend naar zijn zin...'

'U mag natuurlijk gerust een boek van me lenen,' zei de man, duidelijk wat met de situatie verlegen.

'Heel graag. Maar misschien kunt u mij ook ergens anders mee helpen...'

Toen Frank die avond in het hotel kwam, voelde hij zich een beetje schuldig. De hele dag had hij Vera niet gezien. Hij verwaarloosde haar, dat wist hij heus wel. Toen hij in de eetzaal kwam keek hij zoekend rond, zijn ogen bleven rusten bij een tafel bij het raam. Was dat Vera? Hij zou bijna gaan twijfelen, niet alleen omdat ze een metamorfose had ondergaan, maar ook omdat ze in geanimeerd gesprek was met een niet onaantrekkelijke jongeman.

Hij liep snel naar het tafeltje toe, en ze keek naar hem of ze het helemaal niet prettig vond dat hij was gekomen.

'Dit is dus mijn man,' stelde ze hem achteloos voor. 'Frank, dit is Niek Hofman. Ik heb afgesproken met Niek te eten. Ik wist namelijk niet wanneer je terug zou komen. Je mag er wel bij komen zitten, dan moet je het even tegen de ober zeggen. Niek en ik hebben vandaag zulke interessante gesprekken gehad.'

De ander knikte en Frank nam hem wat beter op. Een aardige vlotte vent, stelde hij bij zichzelf vast. En Vera zag er heel wat leuker uit dan hij van haar gewend was. Had ze zich voor deze vent zo opgedoft? Een primitief gevoel van jaloezie overviel hem. Hij trok een stoel bij. Dit leverde hem een geïrriteerde blik van zijn vrouw op, maar dit verkoos hij te negeren. Ze was tenslotte zijn vrouw, dacht hij bij zichzelf. Hij vergat het feit dat hij dat de laatste week het liefst voortdurend was vergeten. Hij kwam echter al spoedig tot de ontdekking dat hij zich beter afzijdig had kunnen houden. De gesprekken die Vera met deze Niek voerde gingen volledig boven zijn pet. Ze praatten over enkele boeken die ze hadden gelezen, wisten het een en ander over de schrijver en zijn achtergrond en wat hem gedreven had juist dát boek te schrijven.

Ze hadden het ook over het runnen van een hotel en wat daar allemaal aan vastzat. Frank had het idee dat hij daar zelf ook wel iets van wist, maar elke opmerking die hij maakte scheen er precies naast te zijn. Het was lang geleden dat hij zich zo de mindere had gevoeld van mensen waar hij mee omging. Hij kon er Vera bijna om haten. Voor ze het dessert kregen stond hij op. 'Nu je toch op haar let,' wendde hij zich tot Niek, 'kijk uit dat ze niet te veel drinkt. Anders mag je haar straks de zaal uitdragen.'

Het deed hem genoegen te zien dat Vera een kleur kreeg en haar ogen neersloeg.

'Deze opmerking laat meer zien over úw karakter dan over dat van uw vrouw,' merkte haar begeleider op.

Frank wandelde naar buiten, inwendig razend. Het was gemeen om zoiets te zeggen, dat wist hij heus wel, maar hoefde ze hem zo te vernederen? Ze wist dat hij er altijd moeite mee had dat hij minder geleerd had dan zij.

Hij was juist op de boulevard toen snelle voetstappen hem inhaalden. Een lang blond meisje voegde zich bij hem. Hij luisterde naar haar gebabbel en zag haar perfecte figuurtje, maar hij vroeg zich af of het de moeite waard zou zijn Vera terug te winnen. Hij was ervan overtuigd dat hij daar weinig moeite voor zou behoeven te doen. Hij wist zeker dat hij zich daar nauwelijks voor behoefde in te spannen.

Vera bleef de volgende dagen met Niek omgaan en Frank begon zich enigszins ongemakkelijk te voelen. Toen ze zich op een avond verkleed had en naar beneden wilde gaan, vroeg hij: 'Moet dit nu steeds, Vera?'

'Wat bedoel je?'

'Met die vent optrekken. Niet alleen overdag, maar ook 's avonds.'

'Ik hoef jou toch niet te amuseren?' vroeg ze koel. 'Jij wilde vrij zijn.'

'Wat zie je in die vent?' vroeg hij verongelijkt.

'Hij is intelligent,' antwoordde ze. 'Ik kan met hem praten. Ook van het hotelwezen weet hij veel af.'

'En bevalt hij ook in bed?' vroeg hij ruw.

'Daar kom ik nog wel achter,' antwoordde ze.

Ze stond op en rekte zich uit. Frank keek of hij haar voor het eerst zag. Een prima figuurtje en het korte haar stond haar uitstekend.

'Waarom ga je vanavond niet met mij uit?' vroeg hij.

Ze keek hem even aan. 'Niek is aardiger.' Daarop verliet ze de kamer, hem verontwaardigd en ongerust achterlatend.

Rusteloos liep hij de kamer op en neer. Er moest iets gebeuren, anders zou hij haar aan die vent verliezen. Die kerel die overal verstand van had, tot overmaat van ramp ook van hotels en dergelijke. Hij zou dus wel weten hoe je een hotel moet leiden en zo niet, dan was dat snel te leren voor een vent met zoveel verstand. Wat moest hij doen om te zorgen dat dit niet uit de hand liep?

HOOFDSTUK 20

Het was een zonnige namiddag. In de tuin van het huis aan de Vecht zat de familie bijeen. Robin en tante Paula lazen een boek. Martijn speelde met een van de jonge hondjes. Michel en Clare zaten met een kopje thee in de hand. Ze keken elkaar aan. Michel kuchte. De anderen onderbraken hun bezigheid en keken hem aan.

'Wij zijn volgende maand vijfentwintig jaar getrouwd,' begon Michel.

Waarop tante direct eruit flapte: 'Of jullie dat zouden halen heb ik weleens betwijfeld.' Clare keek op haar handen, maar Michel ging onverdroten voort: 'Dat is een mooi lustrum, en wij wilden wel een feest geven.'

'Jij wilde,' verbeterde Clare gauw. 'Ik... er zijn zoveel dingen gebeurd.'

'Ja leuk, een feest,' riep Martijn. 'We geven nooit een feest.'

'Anderen dan wel?' vroeg tante belangstellend.

'Eh, dat weet ik niet,' bond Martijn in. 'Karels oma was laatst tachtig, die gaven een feest.'

'Zo oud is tante Paula nog lang niet,' lachte Robin. 'Maar, ik vind het geen gek idee. Het is midden zomer, we kunnen iets in de tuin organiseren.'

'Poeh, ook in de zomer kun je niets buiten regelen in dit land. Sta je met je lampions en gedekte tafels in de stromende regen.'

'Lekker goedkope manier om de wijn aan te lengen. Maar we zouden toch uit kunnen wijken naar de serre, moeder?' vroeg Robin.

'Natuurlijk,' vond tante Paula, die meteen het heft in handen nam. 'Er valt dan nog heel wat te regelen. Jullie hebben toch wel de uitnodigingen klaar, nietwaar?'

'Wij wilden alleen jullie en de kinderen,' antwoordde Michel.

Tante Paula keek afkeurend naar Clare. Maar Robin nam het voor haar op: 'Toe, moeder, het is hun feest.'

'Als we de kinderen bedoelen,' sprak Clare zachtjes, 'heb ik het ook over Frank en Vera...' Het werd stil. Robin zakte zwijgend in zijn stoel. Tante Paula trok wit weg. Ze waren het nog niet vergeten.

Robin had geen aanklacht ingediend, omdat Frank 'in noodweer had gehandeld', maar niemand had hem de laffe aanval vergeven.

'Is dat stel dan nog wel bij elkaar?' vroeg tante Paula giftig.

Clare keek haar onzeker aan. 'Tante, ik heb een jaar niets van ze vernomen...'

Robin keek op en zag Michels afwachtende blik op hem rusten. Hij zuchtte, ging overeind zitten: 'Ik heb nooit meer wat van Frank gehoord, maar ik heb geen zin haatdragend te blijven. Hij ging veel te ver, maar ik had me moeten beheersen. Ik zal hem niet uit de weg gaan, van mij mag hij komen. Ik zal er niet om wegblijven.'

Clare keek hem opgelucht aan. Ook Michel knikte kort, uit dankbaarheid. Tante Paula wilde haar zegje doen, maar Michel was haar voor: 'Tante Paula, het is uw huis. Frank is dan wel niet mijn zoon, maar hij hoort toch bij die vijfentwintig jaar. Wij willen hem uitnodigen, maar u hoeft hem niet toe te laten...'

'Als ik dat doe, houden jullie dan toch het feest?' vroeg tante Paula meteen.

'Ja,' antwoordde Michel, 'maar dan uiteraard niet hier.'

Weer was het stil. Tante Paula stond op en liep naar binnen. De spanning was om te snijden, maar ze kwam terug met een blocnote en een pen. Ze keek iedereen aan. 'Wat kijken jullie? Goed, goed, ik zal hem de toegang niet weigeren, maar ik hoef hem geen hand te geven, ja? Nou, laten we dan maar eens wat opschrijven. Er moet nog heel wat gebeuren.'

Paulette kreeg de uitnodiging op een vrijdagmiddag. Een feest omdat papa en mama vijfentwintig jaar waren getrouwd? Niet met veel mensen, maar wel met de kinderen en hun eventuele vrienden en vriendinnen.

Had zij vrienden? Alleen Marieke. In gedachten keek ze uit het raam. Ze was al geruime tijd niet thuis geweest. Ze had er niets te zoeken. Haar ouders konden het tegenwoordig zo overdreven goed met elkaar vinden, daar kon ze niet zo goed tegen. Tante Paula vroeg regelmatig: 'En Paulette, wanneer breng jij eens een vriend mee? Je bent tenslotte al negentien jaar'. Dergelijke opmerkingen irriteerden haar. Maar het was een feit, de meeste meisjes van haar leeftijd hadden een vriend, waren verloofd of zelfs getrouwd.

En dan gingen ze thuiszitten om voor hun man te zorgen. En meestal waren ze binnen enkele maanden in verwachting. En daar voelde zij dus niets voor.

Ze was het laatste jaar regelmatig uitgegaan. Er waren enkele jongens verliefd op haar geworden, maar zij kon er alleen om lachen.

Er was maar één man voor haar en dat zou nooit iets worden. Zij had indertijd tot Etienne gezegd dat zijzelf nooit het initiatief zou nemen. Hij had niets meer van zich laten horen. Dus lag de conclusie voor de hand. Ach, en zij was niet de enige met dergelijke problemen. Ook Marieke hield nog altijd van Robin. Misschien waren zij tweeën daarom zulke goede vriendinnen geworden, dacht ze bitter. Marieke zou ze in elk geval mee kunnen vragen. Als ze mee wílde, zij kwam de laatste tijd ook niet meer. Frank en Vera, zouden die komen? Eigenlijk was het wel aardig iedereen weer eens te zien. Vooral Martijn, haar zachtaardige broertje.

Ze beet op haar lip, het was of ze Martijn ineens levensgroot voor zich zag.

Iedereen hield van Martijn. Vooral papa. En moeder was altijd dol op Frank geweest. Zij was het kind daartussenin.

Eigenlijk was dit een mooie gelegenheid om Etienne mee te vragen. Hoewel ze hem geen 'vriend' kon noemen. Ze zou de uitnodiging bij hem in de bus kunnen laten glijden en dan afwachten. Als hij dan niets van zich liet horen, wist ze waar ze aan toe was. Ze keek op haar horloge, nam een besluit voor ze van gedachten kon veranderen. In het kantoor typte ze de uitnodiging over en deed er een briefje bij.

Ik vroeg me af of je ervoor voelde mee te gaan. Tenslotte was je eens een goede vriend en ik beschouw je nog altijd zo,

Paulette.

Na haar werk verkleedde ze zich, maakte zich zorgvuldig op. Ze droeg een wijde rok met bijpassend jasje in een blauwwit streepje. De blouse had een diepblauwe kleur, waardoor haar ogen violet leken. Zij was geen type voor pantalons, hoewel die er steeds meer in kwamen voor vrouwen en meisjes.

Het was een mooie avond en ze besloot te gaan lopen. Hoe dichter ze bij de straat kwam waar hij woonde, hoe zenuwachtiger ze werd. Als hij daar woonde met een vrouw… Als hij haar binnen noodde en als die vrouw daar dan ook was… als… Belachelijk, ze hoefde niet naar binnen te gaan.

Ze haalde diep adem voor ze de trappen beklom. Ze wist zelf niet waarom ze op haar tenen liep. Zijn naam stond niet op de deur en ze herinnerde zich niet of dat vorig jaar wel zo geweest was. Misschien woonde hij hier niet meer, mogelijk was hij verhuisd naar een andere plaats, naar een ander land misschien wel. Hij had eens gezegd: 'Ik zou ergens willen wonen waar de zon altijd schijnt, zodat ik tekeningen kan maken in vrolijke kleuren'.

Ze stond nog met de enveloppe in haar hand toen ze iemand naar boven hoorde komen. Ze keerde zich naar de deur, deed net of ze wachtte nadat ze gebeld had. De voetstappen hielden op en ze draaide zich om.

'Ik dacht dat je ergens was waar altijd de zon scheen,' was het eerste wat haar te binnen schoot.

Etienne glimlachte. 'Hier schijnt de zon ook. Zelfs voor mijn deur.'

'Flauw,' reageerde ze. Dan reikte ze hem de enveloppe en wilde voorbijlopen.

'Wil je niet even binnenkomen?' vroeg hij.

'Ben je alleen?'

'Dat zie je toch?'

'Ik bedoel of er iemand binnen wacht.'

'Dat zou voor mij ook een verrassing zijn,' zei hij vriendelijk.

Binnen ging ze op haar geliefde plaatsje zitten. Ze keek de kamer rond. Er was weinig veranderd. Er hingen wel wat andere schilderijen. Zijn bureau lag vol papieren, maar niets wees op een vrouwenhand.

Hij ging tegenover haar zitten, nam de uitnodiging en het briefje uit de enveloppe. Hij was niet veranderd. Terwijl ze naar hem keek, dacht ze aan zijn geduld met haar, aan zijn tederheid, herinnerde zich dat hij haar in zijn armen had gehouden.

Ze stond op. 'Ik had hier nooit moeten komen.'

Hij keek haar aan. 'Dat bedenk je te laat.' Hij schoof de uitnodiging in de enveloppe. 'Ik geloof dat ik maar met je mee moet gaan over twee weken. Ik moet een afspraak verzetten, maar dat is wel te regelen. Ik vraag me alleen af wat je familieleden zullen zeggen als je daar ineens met mij aankomt. Ik ken hen niet. Als ze het 'onder ons' willen houden dan hoor ik daar eigenlijk niet.'

'Nee, eigenlijk niet,' gaf ze zachtjes toe. 'En het zal ook geen feest zijn zoals jij gewend bent.'

Hij kwam vlak bij haar staan, legde zijn handen op haar schouders. 'Het beste kan ik een keer meegaan om kennis te maken met je ouders. We moeten de komende twee weken maar vaak afspreken, anders kennen wij elkaar ook nauwelijks.'

'Laten we er niet omheen draaien,' zei ze heftig. 'Er is nu bijna een jaar voorbij. Het is gebleken dat ik toch niet zo'n kind was dat alleen maar verliefd werd op haar beschermer. Het was veel meer.' Ze haalde diep adem, het was niets voor haar zo duidelijk haar gevoelens te laten blijken.

'Ik bleek uiteindelijk ook geen vaderlijke vriend te zijn die alleen wat genegenheid opvatte voor zijn beschermelinge. Het was veel meer,' zei hij op dezelfde toon.

Ze keken elkaar aan tot hij zijn armen langzaam, bijna plechtig om haar heen legde.

'En als ik niet was gekomen?' vroeg ze, haar gezicht naar hem opheffend.

'Dan was ík gekomen,' antwoordde hij rustig.

'Hoe kan ik dat ooit zeker weten,' mompelde ze.

Hij keek haar aan. 'Pauly, niet wantrouwend zijn. Ik had mezelf nog een week gegeven. Kijk!' Hij draaide het bovenste vel van een stapel papieren om en ze zag een tekening van zichzelf. De volgende die hij omdraaide en die daaronder lag, steeds was zij het, maar met een uitdrukking in haar ogen die ze niet van zichzelf kende. Ze leek onzeker, een beetje schichtig haast.

'Je bent veranderd,' zei hij. 'De volgende tekening zal heel anders zijn.'

Ze leunde tegen hem aan. 'Ik moet eigenlijk terug naar huis.'

'Meen je dat echt?' Zijn ogen lachten en hij keek als een soort Don Juan op haar neer.

'Nee, ik geloof dat ik nog niet wil,' fluisterde ze.

Na die onthutsende vakantie-ervaring, was het huwelijk van Frank en Vera er niet rustiger maar wel stabieler op geworden. Niek Hofman was niet meer dan een geweldige gesprekspartner voor Vera geweest. Hij had haar niet aan willen raken, maar Vera was zich nu wel bewust van het feit dat ze niet een onaantrekkelijk of onbeduidend meisje was. Ze had zelfvertrouwen gekregen, en verloor zichzelf niet meer in depressieve buien – waar ze uit trachtte te komen door het consumeren van alcohol en kalmeringstabletten.

Ze staakte haar therapeutische behandelingen en begon zich nadrukkelijk met het familieconcern bezig te houden. Frank verweet het haar heftig.

'Wie moet dan voor Stefanie zorgen,' beet hij haar toe. 'Dat kind heeft een moeder nodig.'

'Dat kind heeft een kindermeisje,' zei Vera, 'dat heel goed voor haar zorgt. En ik ben er altijd in de namiddag. Werkte jouw moeder vroeger ook niet?'

'Mijn moeder werkte omdat mijn stiefvader een paar schamele centen verdiende,' zei Frank bitter. 'Jij bent rijk.'

'Ik werk opdat mijn vader eens iets terugkrijgt voor die ruime toelages die hij ons altijd geeft,' weersprak Vera. 'Aangezien mijn dierbare echtgenoot de hersens niet heeft voor het leiden van een hotelketen, doe ik dat dan maar.'

Frank wilde woedend uithalen, maar Vera verblikte niet en ze zei: 'Pas op, mannetje. Als jij me durft te raken, dan schop ik je op straat. Dan verlies je je baan, je kind en zal ik zorgen dat je in dit vak nergens meer aan de bak komt.'

Frank liet zijn hand zakken. Het kreng had de overhand gekregen. Hij had maar te accepteren dat ze deed wat zij wilde, anders kon hij vertrekken. O ja, hij kon als chef van de receptie van het hotel best weleens een meisje versieren, maar zijn eigen vrouw beschouwde hem als een soort huisdier! Hij mocht niet meer bij haar slapen, ze was zelden thuis als hij er was, en ging uit met wie ze wilde. Ze had een begeleider voor concerten en theaters nodig, maar nooit vroeg ze hem. Ze zei dan altijd: 'Dat is niets voor jou, Frank. Dat waardeer je toch niet.'

Hij had zich beklaagd bij zijn schoonvader, maar die had hem uitgelachen. 'Mijn dochter is zienderogen opgeknapt, jongen. Ze ziet er leuk uit, ze gebruikt haar verstand en heeft geen tijd meer om zich door jou ongelukkig te laten voelen.'

'Je hoeft niet bang te zijn,' zei Frank mat. 'Ik zal je niet aanraken, Vera. Maar ik begrijp je niet. Jij wilde mij, herinner je dat nog.'

'Ja Frank,' antwoordde ze. 'Ik was verliefd op je, maar je hebt nooit van mij gehouden.'

'We zouden het opnieuw kunnen proberen...'

'Ja, als jij dat zou kunnen. Maar pas als we weer van elkaar houden...'

'Ik vind je heus aardig,' probeerde Frank.

'Wat ben je toch tactvol.' Vera's stem beefde een beetje.

'Het zal wel weer niet goed zijn.' Frank maakte een afwerend gebaar. 'Ik ga naar Steffie kijken.'

Terwijl Frank met grote passen verdween, dacht Vera: Hij kan niet van me houden. Hij houdt eigenlijk alleen van zichzelf. Alleen Stefanie veroverde langzaam een plek in zijn hart. Het meisje leek uiterlijk op hem. Gelukkig voor haar.

Ze liep de gang in en pakte de post, die keurig aaneengebonden in de vensterbank lag. Haar oog viel direct op de enveloppe waar de uitnodiging in zat. Met de invitatie in haar hand liep ze naar boven, waar Frank net voorzichtig de deur van Stefanies kamertje sloot. Hij zag Vera aankomen. 'Wat heb je daar?'

'Een uitnodiging voor een feest van je ouders. Ze zijn binnenkort vijfentwintig jaar getrouwd. Ze verwachten ons drietjes.'

'Zozo,' zei Frank geringschattend. 'Ben ik weer in genade aangenomen? Waar is het?'

'Bij tante Paula,' zei Vera zacht.

Frank zweeg en zijn gedachten gingen terug naar Robin. Hij had nooit meer wat gehoord. Hij had nog wel iets verwacht van de politie, maar blijkbaar had Robin geen aanklacht ingediend. Hij had eigenlijk daarna niet meer verwacht dat een van zijn familieleden nog wat van zich zou laten horen. Hij las de uitnodiging en lachte schamper.

'Waarom lach je?'

'Dat ze dat vieren. Alsof mijn moeder niet jarenlang op die man afgegeven heeft, en er met mijn echte vader nog een paar maanden tussenuit is geknepen. Belachelijk.'

'Juist,' zei Vera. 'Je durft er dus niet heen te gaan?'

'Hoe bedoel je, durf ik niet,' riep Frank driftig. 'We gáán. Ik heb me nergens voor te schamen.'

Meewarig schudde Vera haar hoofd.

De dag van het feest regende het de hele ochtend. Maar tegen de middag klaarde het zienderogen op. Tante Paula gaf toch de opdracht om de lampions tussen de bomen te plaatsen en een lange tafel op het gazon in elkaar te zetten. De zon liet de regendruppels aan de bomen en struiken als parels glinsteren. Clare liep nerveus heen en weer, tot tante Paula commandeerde: 'Nichtje, ga je vast verkleden. Het lijkt wel of je vandaag moet trouwen.'

'Ik voel me gek genoeg ook zo,' bekende Clare. 'Terwijl alleen de kinderen komen...' Maar ze ging naar boven. De witte jurk met de grote donkerblauwe kraag lag klaar op bed. Tante had gewild dat ze een hoed kocht en voor deze keer had ze toegegeven. Het herinnerde aan haar jeugd, en dat had ze liever niet. Maar ze moest toegeven, chic stond het beslist.

In deze kleren leek ze heel iemand anders dan de vrouw die een aantal jaren geleden in een smalle straat woonde en werkhuizen had, en wier man en zoon elke avond uit de fabriek thuiskwamen. En ook heel anders dan dat onzekere meisje van achttien dat trouwde met Michel, de tuinmanszoon. In een eenvoudig jurkje, met een boeket angstvallig voor haar uitdijende buik. Op verzoek van haar moeder, die beweerde dat sommige mensen alles zagen, ook al was er nog niets te zien. Haar schoonmoeder had kattig gezegd dat het toch uitkwam, omdat elk zinnig mens kon rekenen.

Ze zuchtte. Het was geen goed begin geweest en ze had veel jaren zelf verpest. Ze stond voor de spiegel te peinzen, toen Michel binnenkwam. Hij keek zijn ogen uit.

'Hemel, Clare, wat ben jij beeldschoon. Eigenlijk was je altijd te chic voor mij...'

Ze draaide zich naar hem toe. 'Zeg dat niet. Jij was met een meisje van je eigen stand veel gelukkiger geworden.'

'Dacht je dat? Je bent mijn grote liefde. Ik was al verliefd op Claartje van de notaris voordat jij het maar vermoedde. Dat jij me wilde trouwen... dat was me wat waard.'

'Het heeft je heel wat gekost, Michel...'

'Ja Clare. Maar gelukkig kan ik vandaag zeggen dat 't het allemaal waard is geweest.'

Hij kuste haar op het puntje van haar neus. 'Ik ga je niet omhelzen, want dan kreukt je jurk. Dus vertel ik je maar met woorden dat de laatste tijd de gelukkigste van mijn leven is. Achteraf denk ik dat het goed is geweest dat je Brian hebt weergezien. Want anders had je nog zitten dromen over een onbereikbare liefde...'

Hij tikte haar op de arm. 'Zeg me snel waar mijn kleren liggen, anders bedenk ik me nog en zoen ik je ter plekke.'

Ze lachte en zocht alles bij elkaar. Zittend bij het raam wachtte ze tot hij klaar was. Ik kan het niet meer overdoen, dacht ze. Maar ik kan wel proberen nooit meer een uur van liefde verloren te laten gaan.

'Daar komt Frank met de auto en papa en mama zijn er nog niet,' riep Martijn hijgend. Hij zag er keurig opgedoft uit en dat paste helemaal niet bij zijn rood aangelopen jongenskopje. Tante Paula stond op van haar stoel. Ze zag er als een Engelse lady uit en sprak: 'Dan zal ik dat jongmens hoogstpersoonlijk verwelkomen. Haal jij je moeder.'

Toen Clare met Michel de trap afdaalde, was het alsof ze tante Paula met Brian zag praten. Haar hart sloeg over, echter niet meer van opwinding maar van schrik. Maar het was duidelijk Frank, met Vera en

Stefanie naast hem. Mijn zoon, schoon- en kleindochter, dacht ze met iets van verbazing en weemoed. Wat heb ik ze lang niet gezien. Frank, waar ik zoveel van heb gehouden en die nu bijna een vreemde voor me is geworden...

Frank begroette Clare joviaal. 'Zo moeder, ik heb net van tante Paula persoonlijk toegang tot dit huis gekregen. Alles goed met je?'

'Heel goed, dank je.'

'Komen er nog meer gasten?'

'Paulette. Maar dan houdt het wel op...'

'Zo, mijn zusje... Komt ze alleen?'

'Paulette heeft geschreven dat ze een vriend meenam. De grote onbekende...'

Frank feliciteerde Michel stijf met het jubileum, en Michel bedankte Frank verder vormelijk. Clare en tante Paula probeerden Stefanie aan het lachen te maken, maar het meisje moest nog maar weinig van deze vreemden hebben. Clare keek Vera aan. 'Gaat het goed met jullie?'

'Het is weleens slechter geweest,' zei haar schoondochter openhartig. 'Maar we zijn nog niet rijp voor een tweede kind.'

Clare zweeg verbluft. Vera was overduidelijk. Martijn en Robin kwamen de hal binnen en iedereen wachtte in spanning hoe Frank en Robin op elkaar zouden reageren. Maar Frank stapte brutaal naar voren en stak zijn hand uit.

'Zo, er weer helemaal bovenop?' zei hij, alsof er nooit wat tussen hen was geweest.

Droog antwoordde Robin: 'Er bleek me heel wat te mankeren. Het was dus maar goed dat iemand me het ziekenhuis in slóeg, anders was het nog verkeerd met me afgelopen. Nog bedankt, hè?'

Meesmuilend liep Frank de tuin in, en miste de aankomst van een tweede auto.

De tweede, kleinere auto stopte nu achter de eerste en Clare zag het eerst het kastanjebruine haar van haar dochter. Een donkere jongeman met een baard was bij haar. En achterin zat Marieke.

Ze wierp een vlugge blik op Robin. Zou hij dit aankunnen? Dan keek ze weer naar haar dochter. Enkele maanden was ze niet thuis geweest en het was verbluffend de verandering te zien. Paulette zag er stralend uit en dat maakte haar opvallend. Ze is een schoonheid, dacht Clare verbluft. Bij haar verbleken we allemaal.

Kwam dit allemaal door deze jongeman die een rustig zelfvertrouwen uitstraalde, terwijl hij iedereen een hand gaf?

Toen hij bij haar kwam zei hij, na haar gefeliciteerd te hebben: 'Het is duidelijk dat Pauly uw dochter is, maar het is ook ongelooflijk.'

'Op zo'n manier kun je altijd in de gunst komen bij je aanstaande schoonmoeder,' merkte Frank op.

'Ik deel nooit complimentjes uit als ik deze niet meen,' antwoordde Etienne rustig.

Marieke had hen intussen ook allemaal begroet, onderhield zich met Martijn.

'We zijn nu nog onder elkaar,' begon tante Paula dan. 'Na het diner, dat buiten geserveerd zal worden, komen de andere gasten. Mensen uit het dorp, kennissen van mij en ook van Clare en Michel. Mensen die Michel kent uit de kynologenclub. Een trainer voor blindegeleidehonden.

De dominee, de onderwijzer van Martijn met zijn vrouw, en enkele ouders van schoolvriendjes.'

'Tante, hier wist ik niets van.'

Clare's stem klonk verontwaardigd.

'Nee liefje, maar als ik je had ingelicht had je 't niet goedgevonden.'

'Was u vergeten dat het ónze trouwdag is,' merkte Michel fijntjes op.

'Zeker niet. En ook niet dat Clare deze dag stilzwijgend voorbij wilde laten gaan. Ik heb daar een stokje voor gestoken.'

'Zeg maar een knuppel,' bromde Michel.

'We zullen eerst iets drinken.' Tante Paula dirigeerde hen naar de zitjes. Naast mevrouw Van Weersum was ook Rita er. Michel keek naar haar en vroeg zich vol verbazing af hoe het mogelijk was dat hij ooit bijna zijn verstand verloren had. Hij had haar in zijn armen gehouden. Het was Martijn die hem toen kwam storen, hij wist niet wat er anders gebeurd zou zijn. Hij verkoos echter te denken dat het bij een enkele zoen was gebleven.

Hij keek even naar zijn jongste zoon. Zou hij het zich nog herinneren? Rita was niet te vergelijken met zijn tengere, uiterst beschaafde Clare. Hij keek glimlachend naar zijn vrouw, vroeg zich ineens af of ze weleens iets had vermoed. Zij behoefde zich niet alléén schuldig te voelen. Aan de andere kant was het beter het verleden nu maar te laten rusten.

Eenmaal aan tafel hield tante Paula een korte toespraak, waarin ze verhaalde hoe Michel en Clare hier waren aangekomen, verlegen en onzeker en vol ontzag voor het grote huis. Ze herinnerde nog even aan Michels moeder, die voorzover zij wist, hier ook prima had kunnen wennen.

In sommige opzichten was tante naïef, dacht Clare. Michels moeder was hier noodgedwongen, en thuis had ze zich hier nooit gevoeld. Na korte tijd was er niemand meer die ze naar haar hand kon zetten, ze voelde zich terzijde geschoven.

Ze luisterde weer naar tante Paula die uitweidde over Michels kwaliteiten. Zijn rust en betrouwbaarheid, en zijn grote liefde voor zijn vrouw.

'We zullen 't niet hebben over de scheve schaats die Clare reed.'

Alsjeblieft niet, dacht Clare.

'Iedereen weet ervan en voorzover ik weet beschuldigt niemand haar.' Clare kneep haar handen ineen, ze zag dat Robin de aandacht van zijn moeder probeerde te trekken. Ze voelde Michels hand op de hare, hij knikte haar geruststellend toe.

'Hierdoor is uiteindelijk gebleken dat Clare en Michel toch bij elkaar horen en daarom was er alle reden aandacht aan deze dag te geven.'

Ze sprak nog even verder, waarna Robin opstond.

'Jullie weten allen hoe ik leefde toen jullie hier pas woonden. Maar dankzij de jongste van dit gezelschap, ben ik weer gaan leven. En niet alleen leven, ik ben de schoonheid van de natuur gaan zien, ik ben van dieren gaan houden. Ik heb aan Martijn heel veel te danken. Daarom wil ik van nu af aan zijn studie betalen. En denk niet dat iemand me hiervoor dankbaar moet zijn. Ik ben blij dat ik iets terug kan doen voor Martijn, die me weer met mijn neus op het leven drukte en dat niet één keer, maar meermalen. Als Michel en Clare het goedvinden zal ik Martijn zo goed mogelijk begeleiden. Wat hij ook wordt, het zal iets te maken hebben met hulpverlening aan mensen of dieren in nood, daarvan ben ik overtuigd. En dat hij als sociaal werker of dierenarts uitzonderlijk goed zal zijn, dat weet ik heel zeker.'

Martijn stond er wat verlegen, maar niet verbaasd bij te kijken. Clare begreep dat die twee al het een en ander besproken hadden. Het was een prachtige oplossing. Bij hen was immers geen geld voor een studie, en verstand hadden zij er ook niet van. Het was een opluchting dat Robin die zorg overnam.

Robin praatte nu tegen Paulette die van een schuchter stil meisje was opgebloeid tot een mooie jonge vrouw. Hij zei dat hij hoopte dat ze nu wat vaker thuis zou komen, samen met haar vriend die hij ook van harte welkom heette.

Paulette keek met genegenheid naar hem. Clare vroeg zich af hoe het kwam dat Paulette zo op Robin gesteld was. Waarom had zíj nooit echt contact met het meisje? Toen Michel opstond en haar even aan-keek, dacht ze: hemel mij niet op. Dat niet.

'Jullie kinderen weten dat ons huwelijk goed is. Soms heb ik weleens het gevoel dat we zoveel met ons tweeën waren dat jullie er wat aan-dacht betrof bij inschoten. Wat mezelf betreft weet ik heel zeker dat ik soms tekortschoot. Mijn meeste liefde ging altijd naar mijn vrouw. We hebben onze problemen gehad en dat is niet aan jullie voorbijge-gaan. Maar het is nu beter dan ooit. Onze zoon Frank wil ik even noemen. Als hij er niet geweest was waren Clare en ik waarschijnlijk nooit getrouwd. Als je weet, Frank, dat wij het samen goed hebben, dan weet je ook dat ik dankbaar ben dat jij er was. En tot slot hoop ik dat onze kinderen een even goede relatie zullen opbouwen als wij. Dan weet ik dat het goed is.'

Toen hij ging zitten brak tante Paula de spanning door te zeggen: 'Nou, Michel, dat zei je heel aardig. Iedereen kan nu opgelucht adem-halen. Ik zie je ervoor aan dat je deze redevoering eerst bij de honden hebt afgestoken.'

De sfeer werd nu wat meer ontspannen. Dat kwam ook door Stefa-nie, die totaal niet verlegen meer was, voortdurend praatte in korte zinnetjes en goed verstaanbaar. Het deed Clare goed dat Frank en Vera beiden zoveel aandacht aan het kind besteedden. Misschien zou-den ze door het kleine meisje wat naar elkaar toegroeien. Nu alles wat informeler werd, ging Clare gezellig naast Frank en Vera zitten. Frank zei wat hooghartig: 'Leuk. We moeten een afspraak maken. Jullie kunnen bij ons logeren. Wij hebben een groot huis. Veel mo-derner dan dit hier.'

Clare glimlachte. Frank zou de neiging tot opscheppen wel nooit af-leren. Ze zag Vera opstaan en zoekend rondkijken.

'Ik droomde er altijd van een mooie vrouw te trouwen,' zei Frank. 'In plaats daarvan trouwde ik een intelligent wezen, dat precies weet hoe het hoort.'

'Schoonheid vergaat, intelligentie nooit. Als jij je best deed eens wat meer te lezen, te leren misschien, dan zou je niet voortdurend het ge-voel hoeven te hebben dat je minder weet dan zij. Je bent nog veel te jong om stil te blijven staan. Als je iets van je huwelijk wilt maken zul je daarmee moeten beginnen. Want wat gebeurt er als Vera een man vindt die haar intelligentie wel waardeert? Kom, ik ga met de ande-ren praten. Ik ben overigens blij dat je er bent, Frank.'

Hij keek haar na. Ze had niet gezegd: 'Heb ik je niet altijd aange-spoord meer te lezen, nog enkele jaren verder te gaan met leren?

Maar je wilde alleen geld verdienen, veel geld. En geen tijd verliezen met je neus in de boeken.'

Dat had ze kunnen zeggen, maar ze deed het niet. Ze was een tof mens. En als ze kwam logeren zou Vera ontdekken dat zij niet dat eenvoudige zieltje was, waarvoor zijn vrouw haar altijd had gehouden. Zijn moeder sprak waarschijnlijk beter Engels dan Vera.

Hij zou inderdaad eens wat moeten leren, een cursus volgen misschien.

Vera hoefde dat voorlopig niet te weten. Nee, het moest zo gaan dat ze op een keer verbaasd stond van zijn kennis over een bepaald onderwerp. Frank begon er zin in te krijgen en toen Vera zijn richting uitkwam liep hij haar tegemoet.

Paulette en Etienne waren op haar geliefde plaats gaan zitten. De plaats waar ze Robin voor het eerst had gezien en later ook Brian.

'Hoe vind je mijn familie?' vroeg ze.

'Een deel is zeker de moeite waard.'

'Slechts een deel,' lachte Paulette, niet in het minst beledigd.

'Om beter te leren kennen, bedoel ik. Je broer valt daar niet onder. Maar je ouders zeer zeker en ook Martijn.'

'Frank was altijd al een buitenbeentje,' peinsde Paulette. 'Maar als we gaan trouwen, vragen we iedereen.'

Ze leunde tegen hem aan. 'Gaan we trouwen, Etienne?'

'Ja, als jij dat ook wilt?'

Ze keek in zijn donkere ogen. 'Ik wil niets liever. Etienne, laten we vanavond dansen. Weet je nog, die eerste keer?'

'Jazeker. Toen ik absoluut geen plannen had met jou te dansen, maar jij al naast je stoel stond. Ik moest toen wel.'

Ze keek hem nog steeds aan.

'Hoewel, ik had je voorbij kunnen lopen, maar ik deed het niet. Wat denk je van Paulette Dupron?'

'Het is een mooie naam. En eerlijk gezegd is er geen naam die ik liever zou willen dragen.'

'Ik ga eerst naar de hbs. En daarna verder studeren.'

'Wil je dat graag?'

Martijn knikte. 'Het duurt allemaal zo lang. Voor ik echt iets ben, bedoel ik. Robin gaat me met alles helpen. Hij heeft ook zoiets als hbs gedaan en hij was leraar. Hij weet heel veel.'

'Je houdt veel van Robin, hè?' Marieke keek naar het kind naast zich.

Zo'n prachtjoch. En Robin die hem zou begeleiden, daar eigenlijk al mee bezig was.

'We houden allemaal van Robin. Jij toch ook?'

Gelukkig hoefde ze niet te antwoorden omdat het onderwerp van gesprek er juist aankwam. Martijn kondigde, met hem aangeboren fijngevoeligheid, aan dat hij met Steffie ging spelen.

'Zo, Marieke, dat is lang geleden.' Hij kwam naast haar zitten.

Het meisje antwoordde niet, keek op haar handen. Het was haar op dat moment onmogelijk iets te zeggen, omdat zijn aanwezigheid zoveel emoties opriep. Emoties waarvan ze had gedacht dat ze eroverheen was. Deze man zou haar nooit meer onberoerd laten. Hij die haar liefde had geweigerd, haar in de steek had gelaten.

'Heb je Martijn geadopteerd omdat je de verantwoording voor eigen kinderen niet aandurfde?' flapte ze er dan uit. Gelijk had ze wel in het niets willen verdwijnen. Wat had ze gezegd? Hij... die juist daarom... Toen hij zijn hand op de hare legde, trok ze deze heftig terug, keek hem eindelijk aan, haar ogen vol tranen.

'Ik heb ook om jou veel verdriet gehad, Marieke.'

'Je kunt hoogdravende taal gebruiken, maar daar schiet niemand iets mee op. Ik had niet hierheen moeten komen. Ik dacht dat ik eroverheen was.'

'Waar overheen? Over het feit dat een invalide man, veel ouder, uiterlijk afstotend, jouw liefde durfde weigeren? Later zei men dat je mij om mijn geld wilde trouwen.'

'Geld?' Verbijsterd keek ze hem aan. 'Heb jij dat geloofd? Ik wist niet eens dat je geld had! Ik had het kunnen weten, maar ik dacht er nooit bij na. Voor ik hierheen kwam dacht ik: eens heb ik van hem gehouden, maar nu is het over.'

'En dat is niet zo?'

'Nee, dat is niet zo. En ik heb zelfs geen Martijn om mijn genegenheid aan te geven.'

Hij legde onverwacht een arm om haar heen. 'Ik ga naar Amerika,' zei hij zacht. 'Over twee weken al. Ik blijf een halfjaar weg. Plastische chirurgie en zo meer. Wil jij dan op Martijn letten? Ik zal je schrijven.'

'Een troostprijs,' zei ze triest.

Hij stond op, trok haar ook overeind. Op dat moment zag ze alleen zijn ogen waar alles in te lezen stond.

'Het loopt misschien op een hoofdprijs uit,' zei hij ernstig. 'Dus wacht nog voor je serieus probeert eroverheen te komen.'

'Probeer jij dat dan ook niet?'

Hij schudde het hoofd. 'Mij zal dat nooit lukken, Marieke.'

'Was het een geslaagd feest of niet?' Aan tante Paula was te horen dat ze er in elk geval tevreden over was.

'Het was geslaagd,' zei Michel. 'Wij zijn u veel verschuldigd.'

'Onzin,' weerde ze af. 'Ik ben blij dat ik een gelegenheid had om een feest te geven. Daarbij, ik was zonder jullie hier volkomen vereenzaamd. En dat Robin uiteindelijk toch naar Amerika gaat is Clare's verdienste. Wat er ook gebeurt, ik heb laten vastleggen dat jullie hier altijd mogen blijven wonen. Als Robin zou trouwen, is er nog ruimte genoeg.'

Tante Paula dacht nog steeds aan Robin als was hij een jongen, dacht Clare. Hij was een man van ruim veertig, het was niet al te waarschijnlijk dat hij ooit zou trouwen.

'Ik zag hem toch weer met Marieke,' zei Michel of hij haar gedachten geraden had. 'Je weet het maar nooit. Hij kan van gedachten veranderd zijn.'

'Dat hoop ik voor hen beiden,' antwoordde Clare.

'Ik ga nog even naar de kennels,' zei Michel. Tante Paula en Clare knikten. Wat er ook gebeurde, de kennels moesten iedere avond gecontroleerd worden. Clare stond voor het raam en keek de donkere tuin in. Vandaag had ze haar kinderen weer om zich heen gehad. Geen van allen hadden ze haar nog echt nodig.

Frank vond haar een tof mens. Dat was de hoogste lof die ze ooit van hem had gekregen. Hij was nu weer naar huis met zijn vrouw en dochter. Ze hoopte dat hij haar raad ter harte zou nemen. Het was misschien beter geweest als hij indertijd Marieke had gekozen. Ze mocht Marieke en ze was haar als schoondochter heel wat liever geweest dan Vera, die koel en afstandelijk bleef. Kinderen gingen hun eigen weg.

Neem Paulette. Haar vriend bleek een volwassen man, een soort kunstenaar nog wel. En Paulette had voor niemand oog dan voor hem. Tussen die twee zat het wel goed. Martijn zou haar steeds meer ontgroeien. Als hij ging studeren, kwam hij in een andere wereld terecht. Maar zo ging het in het leven. Ze was samen met Michel begonnen, ze zouden ook met zijn tweeën eindigen. Ze had vandaag nauwelijks een gedachte aan Brian gewijd. Hoewel hij eigenlijk de oorzaak was dat ze vijfentwintig jaar geleden met Michel was getrouwd.

Ze hoorde haar man de trap opkomen, draaide zich naar hem om.

'Clare, één van de honden is zover. Ik moet bij haar blijven. Je weet, Thera is een kostbare hond.'

'Je behoeft je niet te verontschuldigen. Ik ga mee.'

'Je gaat mee?' Verrast keek hij haar aan.

'Ik kan me nauwelijks een betere afsluiting van dit feest voorstellen,' plaagde ze. 'Tenslotte zijn wij ons huwelijk enkele jaren geleden ook op deze manier opnieuw begonnen. Bij de geboorte van Thera's kinderen!'

Hand in hand liepen ze door de donkere tuin van het huis aan de Vecht. Het huis waarin ze elkaar bijna voorgoed waren kwijtgeraakt. Maar waar ze elkaar ook weer opnieuw hadden gevonden.

Een hond blafte en ze verhaastten hun pas.

Dit is mijn leven, dacht Clare. Dit huis, de kinderen zo af en toe, maar vooral Michel. En zo is het goed.